사자의 아들
칸의 여행

사자(獅子)의 아들: 칸의 여행 3

허담 新무협 판타지 소설

초판 1쇄 찍은 날 § 2021년 1월 21일
초판 1쇄 펴낸 날 § 2021년 1월 28일

지은이 § 허담
펴낸이 § 서경석

총괄팀장 § 노종아
편집책임 § 강서희
디자인 § 스튜디오 이너스

펴낸곳 § 도서출판 청어람
등록번호 § 제387-1999-000006호
등록일자 § 1999. 5. 31
어람번호 § 제2-2860호 ·

주소 § 경기도 부천시 부일로 483번길 40 서경B/D 3F (우) 14640
전화 § 032-656-4452   팩스 § 032-656-4453
http://www.chungeoram.com
E-mail § chungeorambook@daum.net

© 허담, 2020

ISBN 979-11-04-92306-7 04810
ISBN 979-11-04-92295-4 (세트)

청어람
서출판

허담 무협 판타지 소설

3

사자의 아들

칸의 여행

FANTASTIC ORIENTAL HEROES

겨울 대륙
(빙하의 땅)

북해

무산열도

대마협

서북빙해

오주의 섬

열화산

곤모산

누라섬

색림

무산해협

수호자들의 섬

오사성 포주데민
소타항

봄섬

사령군도
서려섬

마제암령
마정

어둠섬

궁산
백림

환몽향

사령반도

북산섬

육주
(천섬, 천록의 땅)

파나류
(검은 대륙)

신마대아성

엘라항

사자의 섬

육주의 바다
(천해)

련다

송강

회림

대관산

라인항

운몽향

서해상가

대타항

천록의 성

섬

대사막

고해
(잊혀진 바다)

왕의 섬

롬의 바다
(야수해)

도산

관산

남화성
맥전

열사의 섬

남대해

매산성

사자의 아들

칸의 여행

목차

제1장

다시 바다로

　흥겨운 시간이 이어졌다. 삼공자 두굴에 대한 흑상 혈화단의 공격이 없었던 일처럼 느껴질 정도였다.

　두굴을 음모에 빠뜨리려 했던 자를 찾아내는 일은 더 이상 진행되지 않았다. 도주 두와가 명을 내렸고, 당사자인 두굴을 포함해 석림도의 모든 수뇌들이 수긍했다.

　이 일이 커졌을 때, 석림도에 불어닥칠 혈풍과 혼란이 감당하기 힘들 만큼 크다는 것을 모두 알았기 때문이다.

　두굴로서는 억울할 수도 있었다. 자신을 공격한 자들을 벌주는 것을 포기해야 하기 때문이다.

　그러나 그는 도주 두와의 결정에 크게 반발하지 않았다. 왜냐하면 그로 인해 그가 얻은 것 역시 적지 않기 때문이다.

　그렇게 위험한 음모가 어둠 속으로 묻히자 석림도는 다시 축제의 섬이 되었다. 그리고 그 축제의 정점은 두와의 생일날 저녁이었다.

만굴성의 수천 개의 석동이 화려한 등을 밝혔다. 그 빛이 만들어내는 신비로운 아름다움이 사람들을 환상 속으로 이끌었다.

마치 거대한 은하가 석림도 한가운데 내려앉은 것 같았다.

석림도를 찾은 여행자들이 항구 도시로 몰려나와 만굴성의 수천 석굴에서 만들어내는 빛의 향연을 즐겼다.

곳곳에서 이색적인 음악이 연주되고 있었고, 여행객들은 얼큰하게 취해 끊임없이 노래를 부르며 석림의 번영과 도주 두와의 건강을 기원했다.

더군다나 오늘 하루는 만굴성에서 석림도의 모든 주점과 반점의 술값을 대신 치르는 날이어서 금화가 부족한 여행객들도 부담 없이 이 흥겨운 잔치를 즐길 수 있었다.

그러나 모든 사람이 화려한 축제의 밤을 즐기는 시간, 그 축제에 함께하지 못하는 사람도 있었다.

"이건 정말 너무하는 거 아닙니까?"

평소답지 않게 무한이 투덜거렸다.

"어쩔 수 없어. 총관님의 결정이니까. 이런 일에는 총관님이 선장님보다 더 엄격하신 분이지."

하연이 대답했다.

묵룡대선의 선원들이 머물고 있는 석림도 서남쪽 언덕 위 장원, 그 장원 안에서 무한과 하연이 화려한 축제가 벌어지는 항구 도시를 담장 너머로 바라보고 있었다.

다른 선원들은 모두 항구로 축제를 즐기러 갔지만, 무한과 하연은 장원에 남아 경비를 서고 있었다.

이틀 전 포구에 나갔다가 삼공자 두굴의 일에 연루되어 늦게 귀가한 것에 대한 벌이었다.

이미 두 사람이 늦은 이유가 자세히 밝혀졌지만 총관 함로는 냉정했다.

이유야 어쨌든 정해진 시간에 귀가하지 않은 것, 그리고 선장 독안룡 탑살의 허락 없이 타인의 일에 관여한 것에 대한 벌은 반드시 받아야 한다는 것이 총관 함로의 생각이었다.

그래서 두 사람은 석림도의 화려한 축제가 절정에 달한 오늘 밤 장원에 남아 번을 서고 있었던 것이다.

"에이, 어쩔 수 없죠, 뭐."

무한이 하연의 말을 듣고는 더 이상 늦더라도 항구에 나가는 것을 기대하지 못하겠다는 듯 풀 죽어 말했다.

"그래도 며칠 제법 재미있게 보냈잖아?"

하연이 무한을 보며 말했다.

"하하, 하긴 그래요. 위험하긴 했어도 재미도 있었어요."

"그렇게 말이야. 그리고 뭐, 벌은 받고 있지만 선물도 아주… 헤헤."

하연이 갑자기 실없는 웃음을 흘렸다.

"맞아요. 이 정도면 뭐… 흐흐흐!"

무한도 전염된 듯 속없이 웃으며 품속에서 작은 금패를 꺼냈다.

한순간 주위에 은은한 빛이 퍼졌다. 눈부신 순금 금패였다.

삼공자 두굴을 위기에서 구해준 것에 대한 석림도주의 답례가 바로 이 금패였다.

순금으로 만들어진 금패는 적어도 금화 스무 동 이상 되는 가치를 지니고 있었다. 거상들에게는 그리 대단한 것이 아닐 수 있지만 무한이나 하연 같은 묵룡대선의 선원들에게는 쉽게 손에 넣을 수 없는 거액이었다.

더군다나 금패의 실질적인 가치는 순금의 무게에 있지 않았다. 석림도 금패는 석림도를 출입할 수 있는 증명이나 마찬가지였다.

또한 석림도 밖에서 언제든 석림도 사람들에게 도움을 청할 수 있는 권리를 부여하는 것이 이 금패였다.

그래서 도주 두와가 두 사람에게 금패를 주었을 때, 두 사람은 이런 중요한 금패를 받아도 되는지 독안룡 탑살에게 허락을 구했어야 할 정도였다.

탑살은 두 사람이 석림도주의 선물을 받는 것을 허락했고, 그로 인해 두 사람은 평생 석림도의 귀한 손님이 된 것이다. 물론 금패가 두 사람의 수중에 있어야 가능한 일이지만.

"잘 간직해. 우리가 금패를 가지고 있다는 것이 알려지면 욕심내는 자들이 있을 테니까."

"설마 대묵룡대선의 선원을 상대로 금패를 빼앗으려 하겠어요?"

무한이 물었다.

"훔치려는 자는 있을 수 있지."

"도둑이요?"

"웅, 이 석림도의 금패는 참 쓸데가 많거든. 이걸 주면 한철도 열 근은 구입할 수 있다고 하더라고. 좋은 검 하나 만들 정도의 무게지."

"한철까지요?"

"웅. 그러니까 탐내는 사람이 많을 거야. 사실 그걸 생각하면 오늘 같은 날 이곳에 남아 있는 것도 나쁜 것은 아니지. 지금 포구에는 소매치기들이 득실댈 테니까."

"음… 그건 또 그렇군요. 하지만 심심해요. 누가 장원을 공격할 것도 아닌데 굳이 번을 서야 한다니. 배를 지키는 것이라면 모를까."

"후후, 총관께서 일부러 그렇게 벌을 주신 거야. 포구에 나가고 싶은 마음을 알고 계시니까."

"생각보다 장난기가 있으시네요."

"맞아. 사실 묵룡대선의 사람들은 모두 흥이 있는 사람들이지. 무뚝뚝한 사왕님들조차도. 뱃사람들의 특징이랄까? 아! 지루하다!"

하연이 말을 하다 말고 기지개를 켜며 소리쳤다.

그런데 그때, 두 사람의 지루함을 끝내줄 일이 일어났다.

쾅쾅쾅!

갑자기 장원 정문 쪽에서 문 두드리는 소리가 들렸다.

"뭐죠?"

"누가 온 것 같은데."

무한과 하연이 동시에 서로를 바라봤다. 그러고는 재빨리 정문을 달려갔다.

"누구세요?"

문 앞에 도착한 무한이 서둘러 물었다.

그러자 문 밖에서 익숙한 목소리가 들렸다.

"소형제, 나야. 문 좀 열어봐!"

뜻밖의 손님은 석림도의 삼공자 두굴이었다.

"무슨 일일까요?"

무한이 하연을 보며 놀란 표정으로 나직하게 물었다.

"일단 문부터 열어."

하연의 말에 무한이 얼른 문을 열었다.

"뭐야? 정말이네? 정말 갇혀 있었던 거야?"

두굴이 무한과 하연의 얼굴을 보고는 실실 웃으며 물었다.

"이게 다 누구 때문이죠."

하연이 퉁명스럽게 말했다.

"하하하, 맞소. 다 나 때문이지. 그래서 이렇게 두 사람을 즐겁게 해주려고 내가 오지 않았소."

"그런데 뭘 가져오신 거죠?"

하연이 두굴의 뒤쪽을 보며 말했다.

두굴은 두 사람과 동행했다.

한 사람은 짐을 잔뜩 실은 말의 고삐를 잡고 있는 모양새로 보아 영락없는 일꾼이다.

반면 두굴로부터 대여섯 걸음 떨어져 있는 사내는 허리에 검을 차고 있었다. 거기에 투명한 빛을 품은 동공, 은은히 느껴지는 압박감, 단순하게 석림도를 지키는 일반 병사가 아닌 무종의 씨앗을 받은 무인이었다.

"어차피 내일이면 떠나야 하니까 아예 짐을 가져왔소. 그리고 두 사람에게 줄 선물도 좀 가져왔지."

"뭐가 급하시다고……."

두굴은 묵룡대선을 타고 석림도를 떠나는 것이 소원이었던 사람처럼 들떠 있었다.

떠날 때 가져와도 될 짐을 하루 전에 싸 들고 온 것만 봐도 그랬다. 더군다나 오늘은 석림도주의 생일 당일, 곁에서 아버지의 생일을 축하해야 할 사람이 외진 장원에 나타난 것도 정상은 아니었다.

"겸사겸사, 두 사람이 나 때문에 이 즐거운 날 갇혀 계시니 내가 위로하러 오지 않을 수 없었지."

두굴이 천연덕스럽게 말했다. 이럴 때 보면 망나니로 살아온 삶의 과거가 여실히 드러나는 것 같기도 했다.

"그래도 오늘은 도주님 곁에 계셔야 하는 것 아닌가요?"

무한이 물었다.

그러자 두굴이 어깨를 으쓱하며 대답했다.

"그 연회에 가봐야 날 반기는 사람은 없으니까."

"그래도 내일 떠나시는데……."

"뭐, 골치 아픈 아들 놈 하나 떠나니까 그게 효도지. 자자, 아우. 우리 그런 껄끄러운 말은 그만하고. 한잔하자고. 저기가 좋겠군. 저기에다 상을 차리게."

두굴이 말고삐를 잡고 있는 사내에게 말했다.

"예, 삼공자님!"

사내가 대답을 한 후 말에 싣고 온 짐들 중 일부를 꺼내 들고 장원 한쪽에 있는 정자로 향했다.

사내가 정자에 상을 차리기 시작하자 두굴이 그제야 다른 사내를 무한과 하연에게 소개했다.

"그리고 소개할 사람이 있소. 이쪽은 바루호라고… 음, 어려서부터 날 돌봐준 사람이지. 아저씨, 이 두 사람은 굳이 소개하지 않아도 되지요?"

"당연하지요. 먼저 두 분께 감사드리겠소. 삼공자님을 도와주신 덕에 나로선 평생의 불명예를 안고 살아야 하는 불행에서 벗어났소. 고맙소. 바루호요."

바루호라는 사내가 무한과 하연에게 가볍게 고개를 숙여 보였다.

"이미 충분한 사례를 받았는걸요."

하연이 바루호라는 사내에게 가볍게 고개를 숙여 보이며 대답했다.

"나 개인적으로 감사의 인사를 하고 싶었소."

바루호가 정색을 하며 말했다.

그러자 두굴이 끼어들었다.

"바루호 아저씨는 내가 갓난아이일 때부터 날 지킨 분이오. 그래서 내게 무슨 일이 생기면 당신의 명예에 큰 흠이 생긴다고 생각하시지. 물론… 나에 대한 애정도 있겠지요?"

두굴이 갑자기 바루호에게 물었다.

"불쾌한 질문이시군요."

바루호가 냉정하게 대답했다. 당연한 것을 묻는다는 의미다.

"하하하, 미안해요. 그래도 늘 사람들 멸시만 받고 살아서 항상 확인하고 싶다니까. 아무튼 평생 불명예 속에서 살 수도 있었는데, 두 사람이 날 구해줘서 그런 일이 없게 되었으니 당연히 두 사람에게 고맙다고 하는 것이오."

"그런데… 그럼 그날은 왜……?"

무한이 물었다.

그날, 혈화단 흑상들이 두굴을 공격한 날. 바루호가 두굴 옆에 없었던 것이 의아했던 것이다.

"내가 몰래 빠져나왔거든."

두굴이 대신 대답했다.

"또한 설마 석림도에서 그런 짓을 할 사람이 있으리라고는 생각지 못한 나의 불찰도 있지요."

바루호가 말했다.

"후후후, 그게 바로 아저씨의 가장 큰 단점이에요. 아저씨는 석림도 사람들을 너무 믿어."

두굴이 고개를 저으며 말했다.

"앞으로는 조심하지요."

바루호가 정색을 하며 대답했다.

"아이고, 늘 이렇다니까. 농담을 농담으로 받아들이질 못하니. 어이, 다 차렸어?"

두굴이 화제를 돌리려는 듯 정자에 술상을 차리고 있는 사내를 보며 소리쳤다.

"예, 공자님 다 됐습니다."

사내가 얼른 대답했다.

"좋아. 그럼, 노조는 그만 성으로 돌아가."

"저도 함께 가면……."

사내가 망설이며 물었다.

"안 돼. 나도 노조가 같이 가면 편하지만, 아버님과 독안룡께 바루호 아저씨만 동행하는 것으로 허락을 받았어."

"그럼 삼공자님의 시중은 누가……."

"내가 뭐 어린앤가? 시중을 받을 나이는 지났지. 장원이나 잘 돌봐줘."

"알겠습니다. 돌아오실 때는 지금보다 나은 모습일 겁니다."

"흐흐, 지금이야 어디 장원인가? 폐가지."

두굴이 실소를 흘렸다.

동쪽 해안가에 있는 자신의 장원을 두고 하는 말이다.

"무사히 돌아오셔야 합니다."

사내가 어린아이를 떠나보내는 부모처럼 말했다.

"뭐가 걱정이야. 바루호 아저씨가 동행하는데."

"하긴… 전 바루호 님만 믿습니다."

사내가 바루호를 보며 말했다.

"걱정 말게. 돌아오실 때는 지금과 다른 모습이실 테니. 단단히 준비해 두게. 석림도 삼공자님의 모습에 어울리는 거처와 포구가 준비되어 있어야 할 걸세. 도주께서도 약속하신 일이니."

"알겠습니다."

노조라는 사내가 굳은 표정으로 대답했다.

"얼른 가봐. 밤길 조심하고."

두굴이 사내 노조를 재촉했다.

"알겠습니다. 그럼… 삼 년 후에 뵙겠습니다."

사내 노조가 아쉬운 표정으로 말을 하고는 끌고 온 말을 타고 장원을 떠났다.

그러자 두굴이 두 손을 비벼대며 말했다.

"자, 그럼 우린 술부터 좀 마셔봅시다. 묵룡대선을 타면 마음대로 마시지 못할 테니, 그런 면에서 이게 마지막 만찬인 셈인가?"

화려한 축제는 어둠이 사라지는 새벽이 되어서야 끝이 났다.

새벽, 축제 뒤의 을씨년스러움이 석림도 포구를 휘감았다. 며칠간 이어졌던 만남과 축제의 시간은 이별의 시간으로 변했다.

거대한 항구 도시를 떠나는 배들이 줄지어 바다로 향했다. 포구에는 떠나는 사람들을 환송하는 인파로 가득했다. 그들에게선 더 이상 어젯밤까지 이어진 축제의 흥겨움은 찾을 수 없었다.

떠나는 배들 중에는 묵룡대선도 있었다.

물론 묵룡대선의 출항은 사람들의 이목을 끌지 않았다. 석림도에서 마련한 서쪽의 포구에서 조용히 출항을 준비했기 때문이다.

그러나 그들의 출항은 그 어떤 상인들보다 위엄이 있었다. 왜

냐하면 석림도주 두와가 직접 독안룡 탑살을 배웅하기 위해 서쪽 별포까지 나와 있었기 때문이다.

"저저… 쯔쯔, 아직도 정신을 못 차리고……."

석림도주 두와가 혀를 찼다. 그의 눈에 어젯밤 늦게까지 이어진 술자리 때문에 아직 숙취에서 깨어나지 못하고 있는 두굴의 모습이 보였다.

두굴은 지난밤 무한과 하연을 붙잡아 놓고 밤새 술을 마셨다. 묵룡대선의 선원들이 포구의 축제에서 돌아온 이후에도 그는 계속 마셨다.

술자리는 무한과 하연이 취한 그 몰래 자리를 피하고 나서야 끝이 났다.

인사불성의 그를 무인 바루호가 방으로 데려가 재운 것이 새벽녘, 그래서 출항을 위해 아침에 포구로 불려 나온 그는 겨우 한 시진도 제대로 눈을 붙이지 못한 상태였다.

따라서 출항 준비에 바쁜 묵룡대선의 선원들 사이에서 꾸벅꾸벅 졸고 있는 두굴의 상태는 지극히 정상적인 것이었다.

하지만 그런 모습을 좋아할 아버지는 없다.

"마지막이라 생각하고 과음을 한 것 같소."

탑살이 담담하게 말했다.

그는 두굴의 동행이나 그의 술버릇을 크게 걱정하지 않는 것 같았다.

"내가 독안룡께 큰 짐을 맡기는 것 같아 마음이 무겁소이다. 죄송하외다."

술꾼 아들을 맡기는 것이 못내 미안한지 두와가 고개까지 숙이며 말했다.

그러자 독안룡 탑살이 고개를 저었다.

"무슨 말씀을! 내가 어찌 모르겠소. 말을 그렇게 하셔도 도주님의 마음속에 삼공자에 대한 기대가 산처럼 크다는 것을! 그건 곧 삼공자의 능력이 도주의 마음을 움직일 정도로 뛰어나다는 것이니 묵룡대선에도 큰 도움이 될 것이오. 오히려 그런 삼공자를 보내주시니 내가 고마운 일이오."

"후우… 그렇게 말씀해 주시니 고맙소. 사실, 저 아이에 대한 기대가 크기는 하오. 제 어미의 출신 때문에 좌절하기는 했지만 재주가 많은 아이오. 다행히 이번 일을 통해 후계자로서 경쟁할 수 있는 기회가 생겼으니 독안룡께서 잘 가르쳐 주시기 바라오."

"이미 성장은 끝난 것 같고, 삼공자에게 필요한 것이 무엇일까 싶소."

탑살이 묻듯이 말했다. 두굴에게 더 가르칠 것은 없다는 뜻이었다.

"저 아이에게 필요한 것은 마음과 사람이오."

"마음과 사람이라. 무슨 말씀인지 알 것 같소. 석림도의 일에 본격적으로 관여할 마음과 자신을 도와줄 사람을 구하는 것이란 뜻이구려."

"맞소이다. 사실 석림도 내에서 저 아이가 세력을 만드는 것은 거의 불가능하오. 첫째와 둘째를 후원하는 가문들의 견제가 워낙 강력해서. 하지만 만약 삼 년 후 두굴이 돌아올 때, 어느 정도의 힘을 가지고 온다면 대석수 중 일부 가문은 저 아이 편에

설 수도 있소."

"그것이 삼공자를 떠나보내는 이유겠구려."

"맞소이다. 그런 면에서 독안룡께서 도움을 주셨으면 합니다."

"음… 두고 봅시다."

독안룡이 가볍게 고개를 끄떡였다.

"고맙소. 내 이 은혜는 잊지 않겠소."

두와가 다시 가볍게 머리를 숙여 보였다. 육주의 이왕사후에 못지않은 권력을 가진 그로서는 좀처럼 보여주지 않는 모습이었다.

"작은 기회를 줄 수 있을 뿐, 무엇을 얻는가는 삼공자의 몫일 것이오. 그건 그렇고… 파나류의 일이 심상치가 않으니 걱정이오."

"북창은 결국 파나류에서 물러났다고 하니 그곳의 소식을 제대로 알기가 더 어려워졌구려."

두와가 고개를 끄떡였다.

이미 독안룡 탑살에게 소룡일대의 소룡 전위로부터 북창의 촌장 염호가 결국 포구를 포기하고 파나류를 떠났다는 소식이 전해진 상태였다.

"신마성이라는 곳… 어떤 곳일지."

탑살이 막막한 표정으로 중얼거렸다.

"한편으로는 이상한 일이기도 하오. 최근 파나류에서 일련의 혈사들이 이어지기는 했지만, 북창과 같이 큰 마을이 공격당한 경우는 없었소. 또한 침입자들이 스스로의 정체를 밝힌 적도 없었고. 그런데 이번에는 스스로 자신들의 정체를 밝혔으니… 그만큼 자신이 있다는 뜻인 것인지……."

"범상치 않은 곳임은 분명하오. 아무튼 이번 일로 육주의 정세도 크게 변할 것 같소이다."

"이왕사후가 움직일까요?"

"아마도……."

"들리는 소문에 의하면 철사자 무곤의 아드님께서 불행한 일을 당하신 후 이왕사후 사이에 전운이 감돌고 있다고 하던데, 그 일도 신마성의 등장으로 묻히겠구려."

두와의 말에 탑살이 고개를 끄떡였다.

"맞소이다. 사실 그들 중 누가 소사자의 죽음에 동정심을 갖겠소. 다만 자신들의 힘을 과시할 기회로 여길 뿐이지. 하지만 신마성의 등장은 조금 다를 것이오. 그들에게도 직접적인 영향이 미치는 일이니까."

"후후후, 이왕사후보다는 사해상가가 더 다급하겠구려. 파나류에 몇 개의 철광산을 가지고 있으니까."

"혹은 절호의 기회로 볼 수도 있소. 큰 전쟁이 일어나면 결국 철의 수요가 크게 늘어나게 마련이니까 말이오. 그런 면에서 보자면 도주께도 좋은 기회가 되겠구려."

"물론 그렇긴 하지만 그래도 전쟁이 일어나는 것은 싫소. 흑라의 시대를 다시 겪고 싶지는 않소."

두와가 치가 떨리는 표정으로 말했다.

흑라의 시대에 석림도는 그들의 침입을 모두 막아냈지만 그래도 힘겨운 시절을 보낸 것은 부인할 수 없었다.

"아무튼 연락망을 좀 더 충실하게 보완해 봅시다. 그동안 은갑전사단과 석림도. 그리고 우리 묵룡대선의 봄섬과 북창으로 이어지는 네 개의 축이 있어서 그나마 파나류 북쪽과 무산열도

인근의 정보들을 확보할 수 있었는데, 북창이 무너졌으니 정보망을 다시 손봐야 할 것 같소."

"그럽시다. 석림도를 드나드는 상선들이 가져오는 소식들도 좀더 면밀하게 살피겠소."

두와가 대답했다.

"석림도의 존재로 인해 세상이 얼마나 큰 이득을 보는지 사람들은 제대로 알지 못할 것이오. 항상 도주께 고마운 마음이오."

"하하하, 독안룡께서 그런 말씀을 하시면 안 되지요. 묵룡대선이야말로 세상을 지키는 숨은 파수꾼 아니오. 나야 그저 장사치일 뿐이고."

두와가 호탕하게 웃음을 터뜨렸다.

그때 묵룡대선의 총관 함로가 바쁜 걸음으로 두 사람에게 다가왔다.

"준비가 끝났습니다."

함로가 타살을 보며 말했다.

"그럼 떠납시다."

탑살이 고개를 끄떡였다.

그러자 함로가 고개를 숙여 보이고는 두와에게 작별의 인사를 했다.

"도주님의 환대에 감사드립니다. 다음 계절에 또 뵙겠습니다."

"아들놈 좀 잘 부탁합시다, 총관!"

"저야 뛰어난 선원을 내주셔서 감사할 따름입니다."

"선원? 하하하! 맞소이다. 이제 굴은 묵룡대선의 선원이니 총관께서 마음대로 부리십시오."

"알겠습니다. 가장 먼저 술 마시는 것은 오늘까지로!"

함로가 가볍게 미소를 지으며 말했다.

"그것 참 듣던 중 반가운 소리구려. 부디 삼 년 뒤에는 술병에서 손을 뗀 녀석의 모습을 보길 기대하겠소."

"그거야… 아무튼 노력해 보겠습니다. 그럼!"

함로가 빙그레 미소를 짓고는 묵룡대선을 향해 걸어갔다.

"나도 그만 가봐야겠소이다."

탑살이 두와에게 작별을 고했다.

"소식 기다리지요. 북창의 사람들이 정착하면 정확한 위치를 알려주시구려. 내가 도울 일이 있을 테니."

"고맙소이다. 북창의 촌장도 감사하게 도움을 받을 것이오."

"생각보다 중요한 사람이란 것은 나도 알고 있으니 당연히 도와야 할 일이오."

"알겠소이다. 그럼!"

탑살이 가볍게 고개를 숙여 보이고는 묵룡대선을 향해 걸어가기 시작했다.

"닻을 올려라!"

둥둥둥둥!

북소리가 요란하게 울려 퍼졌다. 그 속으로 다시 총관 함로의 목소리가 퍼져 나갔다.

"출항이다. 각자 자기 위치를 지켜라!"

함로의 명에 따라 묵룡대선의 선원들이 일제히 갑판 위에 도열했다. 그들의 모습은 마치 출병하는 병사들처럼 위엄이 있었다.

그런데 묵룡대선의 선원들이 모든 항구에 드나들 때마다 이런 모습은 아니었다. 오늘은 특별히 석림도주 두와의 배웅을 받고 있는 터라 묵룡대선에서도 배웅하는 두와에게 예의를 지키기위해 오랜만에 위엄 있는 출발을 하는 것이었다.

두와가 어느새 묵룡대선의 선수에 서 있는 탑살을 향해 가볍게 고개를 숙여 보였다.

그러자 탑살 역시 고개를 숙여 답례를 한 후 무겁게 명을 내렸다.

"모든 돛을 편다. 빠르게 대해(大海)로 나간다!"

"예, 선장님!"

갑판장 하삭이 대답을 한 후 돛을 책임지는 선원들에게 소리쳤다.

"모든 돛을 편다!"

"돛을 펴라!"

명이 반복되어 전해지자 묵룡대선의 거대한 돛들이 하나둘 펼쳐졌다. 그리고 금세 거대한 바람을 품에 안기 시작했다.

그렇게 바람을 타기 시작한 묵룡대선이 빠르게 포구를 벗어나 석림도의 주 출입문을 향해 나아가기 시작했다.

*   *   *

만굴성을 벗어난 석림도 남쪽 능선의 중턱, 십여 명의 사람들이 모여서 떠나는 묵룡대선을 바라보고 있었다.

숫자는 많지 않았지만, 범상치 않은 기운들을 지니고 있어 마치 수백 명이 모여 있는 듯한 느낌이 드는 일행이었다.

그중 삼십 대 중반의 사내가 문득 입을 열었다.

"만족하셨습니까?"

"무슨 소리냐?"

사내와 같은 또래의 나이로 보이는 자가 되물었다.

"셋째를 결국 석림도에서 내보내지 않으셨습니까? 아니면… 뇌옥에 갇히거나 죽었어야 만족하셨을까요?"

"그걸 왜 내게 묻는 거지?"

질문을 받은 사내가 다시 물었다.

사내 이름은 두휘, 대석림도주 두와의 첫째 아들이다. 그에게 질문을 한 자는 도주의 둘째 아들 두수였다.

"셋째에게 벌어진 일… 형님의 작품 아니었습니까?"

이공자 두수가 이제 더 이상 감출 필요 없다는 표정으로 물었다.

"난 아우가 한 일이라고 생각하고 있었는데?"

"…이젠 사실대로 말하셔도 될 텐데요."

이공자 두수가 가벼운 미소를 지으며 대답했다.

그는 삼공자 두굴에게 누명을 씌우려 한 것이 대공자 두휘라고 확신하는 것 같았다.

"아니, 아니야. 내가 한 일이라면 숨길 이유가 없지. 특히 아우에게는. 우린 적어도 셋째에 대해서는 같은 마음이니까. 그런데 정말 난 아니야."

"…저도 아닙니다."

갑자기 두 사람의 표정이 심각해졌다.

서로에게 거짓이 없다고 가정하면 대체 누가 셋째 두굴을 음모에 빠뜨리려고 했는지 종잡을 수 없기 때문이다.

이 석림도에서 두 사람의 눈에서 벗어난 일이, 그것도 삼공자를 음모에 빠뜨리려는 일이 진행되었다는 사실은 무척 당혹스러운 것이었다.

적어도 두 사람은 석림도에서 일어나는 모든 일을 알고 있다고 자신하고 있기 때문이다.

"이거… 누가 뒤에 있는 거지?"

두휘가 눈살을 찌푸렸다.

그러자 이공자 두수가 잠시 침묵을 지키다가 입을 열었다.

"결국 가능성은 두 가지밖에 없는 것 같군요."

"음… 역시 아버님?"

"가장 유력하지요. 후계자로서는 몰라도 아들로서는 셋째를 가장 아끼셨으니까요. 석림도에 남아 있어서는 셋째의 목숨이 위험하다 생각하셨겠지요."

"그래서 이런 일을 꾸며 셋째를 자연스럽게 묵룡대선에 태웠다?"

"그렇습니다. 더군다나 삼 년의 시간을 벌었으니 그 안에 셋째가 적어도 자신을 온전히 지킬 힘을 만들어낼 수도 있을 겁니다. 독안룡이 돕는다면."

"음… 가능한 일이다. 그럼 두 번째는?"

"굴, 그 아이 스스로 만든 일일 수도 있지요."

"자작극? 석림도를 떠나기 위해서?"

"늘 그걸 원한 녀석 아닙니까?"

"그렇다고 해도 그건 너무 무리한 추측인데? 우리 눈을 피해 그런 일을 꾸미기에는……."

두휘가 고개를 갸웃했다.

"그렇지요? 그럼 역시 아버님이라고 봐야겠군요."

"후우… 물론 다른 가능성이 하나 더 있기는 해. 아우와 내 외가의 사람들… 그들이 우리 몰래 일을 꾸몄을 수도 있지."

"하긴 그렇군요. 우리에게 부담을 주지 않기 위해서 충분히 그럴 사람들이니까. 하지만 그래도 전 아버님이 의심이 가는군요."

"그래? 그렇다면 삼 년 후가 걱정이군. 굴이 힘을 가지고 돌아왔을 때, 그 아이를 후계자로 지목하지 않는다고 누가 장담하겠어? 지금도 편애에 가까운 마음을 보이시는데. 지금까지는 단순한 동정심이라고 생각했었지만."

"그런 일이 있으면 안 되지요."

두수가 고개를 저었다.

"뭔가 생각이 있군."

두휘의 눈빛이 빛났다.

그러자 두수가 냉정한 음성으로 말했다.

"석림도 밖 세상에서는 어떤 일이라도 일어날 수 있지요. 그리고 아주 작은 사고로도 누군가 죽을 수도 있을 겁니다."

"아우, 자네……!"

"형님도 같은 생각 아니십니까? 그런 의미에서 이번에는 함께 일을 만들어보시지요."

두수가 두휘를 보며 싸늘한 미소를 지어 보였다.

그사이 묵룡대선은 어느새 석림도의 주항을 지나 두 개의 거대한 절벽이 만들어내는 입구를 통과해 대해로 나아가고 있었다.

*   *   *

어둠에 싸인 자가 천천히 걸음을 옮겼다.

그러자 그를 에워싼 일백여 명의 전사들이 파도 갈라지듯 좌우로 길을 열었다.

그는 황폐한 항구를 향해 걸어갔다. 오래전, 세상 그 어느 곳보다 번성했던 항구다.

그러나 지금은 단 한 명의 주민도 머물지 않는 폐허의 장소다. 그럼에도 불구하고 화려했던 시절의 흔적은 곳곳에 남아 있었다.

무너진 거대한 성탑, 번성하던 시절 불이 꺼지지 않았던 등대, 그리고 한 번에 수백 척의 배가 머물 수 있었던 포구까지. 역사의 흔적은 세월로도 지우지 못할 유적으로 남아 있었다.

어둠에 싸인 자는 과거의 영화를 화석처럼 간직한 폐허의 항구로 들어섰다.

그의 뒤를 따라 어둠을 따르는 검은 구름처럼, 강렬한 기운을 뿜어내는 칠 인의 전사가 호위하듯 따라붙었다.

어둠에 싸인 자는 한동안 폐허의 북창 옛 항구를 거닐었다. 특별히 하고자 하는 일도 없었다. 그저 과거의 흔적과 푸른 대양을 바라볼 뿐이었다.

그렇게 한동안 거닐던 사내가 잠시 걸음을 멈췄다. 거대한 성탑이 무너져 있는 자리에서였다.

"이곳이었나?"

어둠에 싸인 자가 입을 열었다.

"그렇습니다."

그의 뒤를 따르던 자들 중 한 명이 대답했다. 얼마 전 새로운 북창을 공격해 북창의 사람들이 파나류를 떠나게 만든 신마성의 신마후 갈단이다.

"찾을 수 없었다고?"

"얕은 바다까지는 모두 찾아보았습니다만. 포구 안쪽을 제회하고는 급격하게 수심이 깊어지는 해저 지형이라……."

갈단이 말꼬리를 흐렸다.

"염호도 사라지고……."

어둠에 싸인 자가 무감정한 목소리로 중얼거렸다.

"죄송합니다."

"아니다. 그에게 시간을 주도록 한 것은 내 결정이었으니까. 그대의 말대로 그에게 시간을 주지 않았다면 적어도 염호 그자는 내 앞에 있겠지."

"그래도 제 실수입니다. 퇴로를 확실히 차단했어야 하는데……."

갈단이 고개를 숙이며 말했다.

"괜찮다. 사실 처음부터 그를 꼭 잡아야 한다는 생각은 없었다. 그저… 그에게 빛의 술사에 대한 이야기를 들을 수 있으면 좋겠다 싶었던 거지. 북창을 차지한 것, 그리고 육주를 움직이게 하는 것! 그게 주목적이었으니 그것으로 족하다."

"감사합니다."

갈단이 고개를 숙였다.

그러자 어둠에 싸인 자가 잠시 침묵을 지키다가 문득 물었다.

"그대들은 흑라가 실패한 이유가 무엇 때문이라고 생각하는가?"

"……."

갑작스러운 질문에 그를 따르는 자들 중 누구도 대답을 하지 못했다.

그러자 어둠에 싸인 자가 다시 입을 열었다.

"그대들 중 흑라의 힘이 부족했다고 생각하는 사람이 있는가?"

"……."

여전히 누구도 대답하지 않았다.

"없을 거야. 흑라는 그야말로 전대미문의 힘을 가졌었으니까. 끊임없이 마종을 뿌려 마공을 속성한 전사들을 수없이 키워내는 능력도 무종의 역사에서 그를 따라갈 인물은 없었다. 사실 그것이 그의 가장 두려운 점이었지. 무종을… 거의 무한대로 뿌려대고 있었으니까."

"맞습니다. 십이신무종조차 감히 그런 일은 불가능했습니다."

갈단이 오랜만에 어둠에 싸인 자의 말에 대답했다.

"바로 그거다."

"……?"

"흑라가 실패한 이유 말이다."

"무슨 뜻이온지……?"

갈단이 사내의 말을 이해하지 못하겠다는 듯 다시 물었다.

"흑라는 자신의 힘을 너무 일찍 세상에 드러냈다. 그래서 세상의 모든 사람이 그가 등장하는 순간부터 그를 두려워했다. 육주의 권력자들은 감히 자신들의 전사를 이끌고 파나류로 건너와 흑라와 싸울 엄두도 내지 못했다. 독안룡의 대해전과 은빛전사단의 사자의 섬 대종단 이후에도 그들은 감히 파나류로 건너올 생각은 못 했으니까."

어둠에 싸인 자가 북창의 포구 위쪽으로 펼쳐진 검은 바다를 보며 말했다.

"그게 어째서……?"

갈단이 여전히 사내의 말을 이해하지 못하겠는지 조심스럽게 물었다.

"간단한 문제야. 흑라가 실패한 이유는 싸움터를 잘못 골랐기 때문이야. 그는 마전사들을 보내 육주를 점령하려는 욕망에 가득 차 있었다. 그래서 육주의 무인들을 파나류로 끌어들여 유리한 지형에서 싸울 생각은 하지 않았다. 먼 곳의 적을 공격하기 위해서는 적보다 세 배의 힘이 필요하다. 반면 적을 자신의 앞마당으로 끌어들여 기습할 수만 있다면, 적보다 약한 전력으로도 상대를 몰살시킬 수 있다."

그러자 그의 말을 듣고 있던 자들이 묵묵히 고개를 끄떡였다.

"그러기 위해서 흑라는 자신의 힘을 조금은 감출 필요가 있었다. 육주의 지배자들이 바다를 건너와 대원정을 시도할 만큼 말이다. 그랬다면 자신의 본거지에서 기습을 당할 일도 없었을 것이다. 육주의 지배자들에게는 그 기습이 최후의 선택이었으니까. 만약 그들에게 다른 방법이 있었다면 절대 선택하지 않았을 일이다. 십이영웅에게 육주 최고의 영광이 돌아가는 일을 할 인물들이 아니므로."

어둠에 싸인 자가 할 말을 다한 듯 다시 침묵에 빠져들었다.

그를 따라온 자들은 감히 그런 그의 침묵을 쉽게 깨지 못했다. 그러나 결국 그들 중 한 명은 묻고 싶은 말을 참지 못했다.

"그럼 성주께서 계획하시는 것은 저들을 파나류로 끌어들이는 것입니까?"

검은 가사, 검은 선장을 든 수도승이다. 나이를 짐작할 수 없고, 외모는 승려지만 과연 정말 수도승일까 하는 의구심이 생길 수밖에 없는 섬뜩한 기운을 드러내는 인물이었다.

"그래야겠지. 난… 흑라의 힘조차 가지지 못했다."

"성주님의 능력은 흑라를 능가하십니다."

"글쎄, 목숨을 걸고 싸운다면 또 모르지. 하지만 신마성의 세력을 보면 그렇지 않아. 흑라는 마종을 무제한적으로 뿌릴 수 있는 그 신비한 생명의 능력으로 거대한 마도 세력을 형성했다. 내겐 그런 불사와 같은 생명의 능력이 없다. 그래서 그들을 끌어들여야 한다. 상처뿐인 승리 따위는 내게 필요치 않다. 이왕사후를 내 앞에 무릎 꿇리고 그들을 지배할 그대들이 필요하다. 그래서 가장 효율적인 전쟁을 치러내야 한다."

"성주께서 원하시는 바, 모든 것이 이뤄질 것입니다."

어둠에 싸인 자 앞에서 강력한 마기를 뿜어내는 자들이 일제히 머리를 숙였다.

"북창을 재건한다. 세상이 북창에서 시선을 떼지 못하게 하라. 그사이 난 남쪽으로 가겠다. 금하강 유역에 사해상가의 철광산들이 여러 개 있지."

"사해상가를 먼저 공격하는 것입니까?"

갈단이 물었다.

"사해상가는 육주의 각 세력에 영양분을 공급하는 뿌리와 같은 곳이다. 그들이 움직이는 육주의 대상단은 이왕사후의 자금줄들이다. 그래서 사해상가가 금하강의 철광산들을 잃는다면 가주 노백은 반드시 이왕사후를 움직일 것이다."

"절묘한 계책이십니다."

갈단이 머리를 숙였다.

"북창의 재건과 동시에 신마성의 이름을 세상에 알려라. 새로운 파나류의 지배자가 탄생했음을 천하에 선포한다!"

"예, 성주!"

"반응!"

"예, 성주!"

두건이 달린 짙은 감청색 외투를 입은 자가 한 걸음 앞으로 나서며 대답했다.

"바다를 건너 북창의 촌장 염호의 흔적을 찾아라. 데려올 수 있으면 좋고. 적어도 그의 소식을 파악하라."

"예, 성주!"

"무리는 하지 말라. 아마도 독안룡 탑살의 그늘에 있을 터, 아직은 독안룡을 불러들일 때가 아니다. 다만 그들과 거래하는 무산열도의 원주족들을 이용해 탑살의 행보를 상세히 알아내라."

"알겠습니다."

반융이라 불린 사내가 고개를 숙이며 대답했다.

"마도한, 아불은 나와 함께 간다. 북창의 재건은 갈단이, 나머지는 소악산의 신마성으로 돌아가 전사들을 정비하라."

"명을 받습니다."

어둠에 싸인 자, 신마성주의 명을 받은 자들이 일제히 대답했다.

＊　　　　＊　　　　＊

북창의 소식은 빠르게 세상으로 퍼져 나갔다. 흑라의 시대 이후 파나류에서 가장 빨리 그 성세를 회복해 가던 곳이 북창이었다. 신북창으로 상인들의 왕래가 빈번했고, 거대한 상선들도 하나둘 신북창을 찾아들고 있던 시기였다.

그 북창이 신마성이라는 미지의 세력에 의해 하룻밤 사이에 잿더미로 변했다는 소식이 세상에 알려진 후 얼마 지나지 않아, 다시 옛 북창의 재건 소식이 세상으로 퍼져 나갔다.

신마성에 의한 북창의 재건, 그것도 촌장 염호가 일궜던 흑룡강 하구의 신북창이 아니라, 과거 흑라의 시대에 몰락한 옛 북창이 재건된다는 소식은 큰 파장을 일으켰다.

소식을 전한 자들이 북창을 통해 파나류 내륙을 오가던 상인들이었으므로 소식의 진위를 의심할 수도 없었다.

북창은 분명히 재건되고 있었다. 그것도 놀라울 정도로 **빠른** 속도로.

그리고 신마성은 재건되는 북창을 상인들에게 개방한다고 선언했다. 어떤 상인이라도 신마성이 재건하는 북창의 옛 포구를 이용할 수 있다는 선언이 함께 전해졌다.

그 소식은 상인들의 본능을 자극하기에 충분했다.

파나류는 거대한 땅이다. 육주와는 비교할 수 없는 크기를 자랑하는 곳이 검은 대륙 파나류다.

흑라의 시대로 인해 죽음의 땅으로 인식되어 상인들의 발길이 뜸해졌지만, 제대로 개척만 되면 상인들에게 막대한 이득을 안길 땅이라는 것을 누구나 알고 있었다.

그 길이 열리고 있었다.

공교롭게도 북창을 멸한 신마성에 의해서, 그들이 재건하는 새로운 북창에 의해 어둠의 대륙 파나류가 다시 사람들에게 길을 열고 있었다.

그렇게 북창의 재건 소식이 파나류를 떠나 무산열도로, 다시 사자의 섬으로, 그리고 육주의 바다를 넘어 육주 본섬에 닿았을 무렵, 북창의 재건을 명한 신마성주는 파나류 중동부 금하강 상류에 모습을 드러냈다.

금하강은 파나류 내륙 깊은 곳에서 발원해, 중동부를 흘러 내려간다.

그리고 사람들이 옛 바다라 부르는 고해(古海)와 야수의 바다 사이로 흘러 들어가는 큰 강이다.

강의 이름이 금하인 것은 강물에 철분의 성분이 많이 포함되어 있기 때문이고, 당연히 강 주변에도 철산이 많았다.

그곳에 사해상가의 광산들이 있었다. 흑라의 시대 이후 상인들의 발길이 끊긴 이곳에서 사해상가는 막대한 양의 철을 생산해, 바닷길을 통해 육주로 가져갔다.

그 철들이 사해상가를 육주를 넘어 천하제일의 상가로 군림하게 만드는 원천이었다.

신마성주는 금하를 타고 올라와 광산에서 철을 싣고 다시 강을 내려가는 사해상가의 상선을 바라보고 있었다.

"성주, 명만 내려주십시오. 단번에 광산을 무너뜨리겠습니다."

육중한 체구, 강력한 힘이 느껴지는 사내 마도한이 신마성주에게 청했다.

그러자 신마성주가 고개를 저으며 말했다.

"어리석은 소리, 단지 사해상가의 배들만 불태운다. 광산은 우리에게도 필요한 것이다."

"예, 성주님! 제가 어리석었습니다."

마도한이 즉시 고개를 숙였다.

"시작하라!"

신마성주가 무심하게 명을 내렸다.

제2장

신마성(神魔城)

고오오!

화염이 허공으로 치솟자 그 속에서 기이한 소리가 났다. 애초에 불은 소리를 갖고 있지 않지만, 하늘로 승천하는 불길은 공기와 결합해 기음을 만들어냈다.

금하강의 굽이진 강변 마을, 울창한 숲을 베어내 만든 광산 근처 포구 마을에 정박했던 사해상가의 상선이 불타오르고 있었다.

기름을 뿌린 듯 거침없이 타오르는 불길이 만들어내는 소리가 공포스러워 누구도 불을 끄러 달려가지 못했다.

용기를 내는 단 한 사람은 그 배를 책임지는 선장 추망도였다.

"뭣들 하느냐? 어서 불을 꺼!"

마을의 숙소에서 잠을 자다 달려 나온 추망도가 불타는 배를 향해 달려가며 소리쳤다.

그러나 그의 말에 호응하는 사람은 없었다. 마을 사람들이나 하물며 함께 배를 타고 온 선원들조차도 불을 끄러 달려가는 사람은 없었다.

추망도의 명을 거역하려는 것은 아니었다. 추망도를 제외하고, 어쩌면 사실은 추망도까지도 이미 배를 구할 수 없다는 것을 알고 있었기 때문이다.

이미 배는 반쯤 타버린 후였다. 설혹 불을 끈다 한들 다시 상선 구실을 할 수는 없는 상태였다.

"대체… 어떻게 된 일이냐? 어떻게 배가 불타!"

배는 추망도에게는 목숨과 같은 것이다. 사해상가에서 크기에 상관없이 하나의 상선을 책임진다는 것은 일정한 권력이 주어진다는 의미였다.

사해상가가 운용하는 상선의 숫자가 오십여 척, 그중 상가를 떠나 있는 배들의 수가 절반이다.

사해상가는 하나의 배가 들어오면 하나의 배가 나가는 방식으로 상선을 움직인다. 그 오십 척의 상선으로 사해상가는 천하의 상권을 장악했다.

웬만한 왕국의 전선(戰線)보다 많은 숫자의 상선들, 그 상선들을 지키는 무인들을 제대로 무장시키면 사해상가는 언제든 하나의 왕국을 선포해도 이상할 것이 없는 거상(巨商)이었다.

그런 만큼 사해상가를 떠받치는 상선들을 책임지는 선장들의 권위는 강력했다. 그들 한 명, 한 명은 상선에서 왕으로 군림했다.

하지만 그 권력은 자신의 배를 상실했을 때 신기루처럼 사라진다. 사해상가주 노백은 배를 잃은 선장을 단 한 번도 용서한 적이 없었다.

죽지 않으면 다행, 살아도 평범한 선부로 추락해야 하는 것이 배를 잃은 선장들의 운명이었다.

그런데 그 비참한 운명이 추망도를 찾아온 것이다.

"불을 꺼!"

추망도가 악을 쓰듯 다시 소리쳤다.

"선장님… 늦었습니다. 그만하십시오."

추망도의 오랜 수하 이량이 부들거리는 추망도의 몸을 부여잡았다.

"무슨 소리냐? 불을 끄면 수리할 수 있어. 아직 포기할 때가 아니야."

추망도가 분노한 목소리로 소리쳤다.

"지금… 배가 급한 것이 아닙니다."

이량이 나직하게 말했다.

"뭐? 네놈이 미친 거냐? 배가 중요하지 않으면 뭐가 중요해! 배가 곧 목숨임을 모르느냐?"

추망도가 호통을 쳤다.

그러자 이량이 추망도의 몸을 힘으로 돌리다시피 해, 강변 위쪽에서 불타는 배를 바라보고 있는 십여 명의 이방인들을 가리켰다.

"저자들이 안 보이십니까?"

이량의 말에 그제야 추망도가 익숙하지 않은 자들이 자신들을 바라보고 있음을 깨달았다. 그리고 그 순간 무슨 일이 벌어졌는지 알아챘다.

"설마… 실화가 아니라 방화였단 거냐?"

"그런 듯합니다."

이량이 불안한 목소리로 대답했다.

"어떤 놈들이기에 감히 사해상가의 배를!"

추망도가 믿을 수 없다는 듯 중얼거렸다.

그러자 이량이 급히 대답했다.

"선장님, 여긴 검은 대륙입니다. 이곳에선 사해상가의 이름이 육주에서처럼 힘을 갖지 못합니다. 아니, 아예 사해상가의 상선이 이곳까지 왕래한다는 것 자체를 모르는 사람이 더 많지요."

"그럼 단순한 마적 떼라는 것이냐?"

"그건 저도 잘 모르겠습니다. 하지만… 마적이라기에는 저자들의 기운이 심상치가 않습니다."

이량이 속삭이듯 말했다.

"무사들을 모아라."

"이미 모두 나와 있습니다."

이량이 대답했다.

추망도가 고개를 돌려보니 어느새 그를 중심으로 이십여 명의 무사들이 병장기를 들고 모여 있었다.

그중 절반은 자신과 함께 상선을 타고 온 자들이고, 다른 절반은 이곳에서 정주하며 사해상가의 철광산을 보호하는 자들이었다.

"좋아. 기왕에 이렇게 된 것, 저놈들의 머리라도 베어 가야 한다. 그래야 목숨이라도 부지하지. 가자!"

추망도가 살기를 일으키며 괴인들을 향해 다가가기 시작했다.

"내게 맡겨주시오, 아불!"

신마성주를 따르는 건장한 체격의 전사 마도한이 수도승 모습을 한 자에게 말했다.

"그럽시다. 손에 피를 묻히는 것은 나도 싫으니."

"후후후, 여전히 불산 출신임을 잊지 않고 있는 것이오?"

마도한이 웃으며 물었다. 그렇다고 비웃는 것은 아니었다.

"언젠가는 돌아가야지 않겠소?"

"그게… 가능하리라 생각하오?"

"불법에서 불가능한 것은 없소. 한순간 눈을 감았다 뜨면 세상이 바뀌고, 세상이 바뀌면 우리의 신분도 변해 있을 것이오."

"후우… 글쎄올시다."

"난 성주를 믿소."

아불이라 불린 수도승이 말했다.

"물론 나도 성주를 믿소. 하지만……."

"이왕사후를 깨는 것이 어렵다는 것은 나도 아오. 또한 십이신무종을 굴복시키는 것은 더욱 어렵겠지. 하지만… 성주라면 길을 찾으실 것이오."

아불이 말했다.

"꿈같은 일이구려."

"꿈이라도 꿀 수 있게 해주신 성주 아니오. 그런 분을 믿고 사는 것은 결코 손해날 일이 아니오. 설혹 그 믿음이 꿈에 지나지 않을지라도."

"하긴! 꿈이면 또 어떻소. 살아 있고, 할 일이 있으니 나쁘지 않지. 그럼… 좀 놀아보겠소."

"즐기시구려."

아불이 수도승 같지 않은 말을 하며 뒤로 물러났다.

그러자 마도한이 대도를 움켜쥐고 다가오는 추망도와 사해상가의 무사들을 향해 달려갔다.

"막앗!"

갑자기 질주를 시작한 마도한을 보며 추망도를 따르던 사해상가의 무사들이 소리쳤다. 그러면서 누가 먼저랄 것도 없이 추망도의 앞을 막아섰다.

그런 사해상가의 무사들을 향해 신마성의 전사 마도한이 대도를 휘둘렀다.

쩌적!

그의 대도가 공기를 바위처럼 갈랐다. 허공에서 벼락 치는 소리가 터져 나왔다.

카캉!

동시에 앞을 막는 사해상가 무사들의 검이 마른 나뭇가지처럼 부러져 나갔다.

"악!"

"크억!"

쏟아지듯 비명 소리가 터져 나오고 사해상가의 무사들이 갈

대처럼 쓰러졌다.

"죽음의 사신을 맞으라!"

검은 투구를 쓴 마도한의 입에서 음산한 경고성이 흘러나왔다. 그의 목소리가 유형의 안개처럼 밤공기를 타고 강변으로 깔려 나갔다.

순간 그를 막아선 사해상가의 무사들과 멀리서 그 모습을 지켜보고 있던 마을의 광부들이 부르르 몸을 떨었다.

그의 말처럼 마도한의 모습과 음성이 사신(死神)의 그것처럼 느껴졌기 때문이다.

쿵!

한순간 마도한의 주먹이 당황한 사해상가의 무사 한 사람의 가슴을 쳤다.

"악!"

마도한의 주먹에 가슴을 격중당한 무사가 피를 토하며 허공으로 날아갔다.

번쩍!

한 명의 적을 날려 보낸 마도한이 다시 대도를 휘둘렀다. 그러자 그의 대도가 뿜어낸 검은 기운이 단번에 두 명의 몸을 갈랐다.

쿠쿵!

대도에 베인 자들은 비명도 지르지 못하고 땅에 너부러졌다.

마도한은 정말 사신이었다. 그는 스스로 자신의 말을 증명했다. 그리고 그 사신을 가로막을 자는 더 이상 존재하지 않았다.

"대… 체 누구냐?"

자신의 앞을 막아주는 무사들이 모두 사라졌을 때도 선장 추망도는 자신의 목숨을 지킬 생각보다 이 전율적인 사신이 어디에서 왔는지가 더 궁금했다.

틱!

그 순간 마도한이 추망도의 멱살을 움켜쥐었다.

"컥!"

숨이 막힌 추망도가 토하듯 신음을 흘렸다.

"이름이 뭐냐?"

추망도의 물음에 대답을 하는 대신 마도한이 추망도에게 물었다.

"추망도……."

"네가 저 배의 선장이냐?"

마도한이 대도를 들어 불타는 배를 가리켰다.

"그, 그렇소. 대체 당신들은……?"

"사해상가의 배가 확실하지?"

마도한이 여전히 추망도의 질문을 무시하고 물었다.

"그, 그렇소. 우린 사해상가의 사람이오."

이쯤 되면 믿을 것은 사해상가의 이름뿐이라고 생각한 추망도가 얼른 대답했다.

"그럼 모든 일이 제대로 됐군."

마도한이 고개를 끄떡였다.

"당신들은 대체 누구요?"

추망도가 세 번이나 같은 질문을 했다.

"난 위대한 신마성주님의 칠대신마후 중 한 사람인 마도한이라고 한다. 이제부터 금하강은 신마성의 강이다. 그러므로 강 유역에 비밀리에 세워진 광산들 역시 신마성으로 귀속된다."

"신… 마성!"

추망도가 눈을 크게 뜨며 소리쳤다.

"들어봤나?"

"북창의 그……."

"역시 소문이 빠르군. 아니, 사해상가의 정보망이 대단한 건가? 북창을 정복한 후 바로 이곳으로 왔는데, 일개 선장이 벌써 신마성의 이름을 알고 있다니."

마도한이 중얼거렸다.

"가주가… 결코 이 일을 좌시하지 않을 것이오."

추망도가 사해상가주를 들먹이며 살길을 찾으려 했다.

"바로 그걸 원하는 거야."

"……?"

"그 늙고 탐욕스러운 자가 우리를 찾아오길 원한단 말이다. 이왕사후! 그 위선자들을 데리고."

마도한이 추망도만이 들을 수 있는 작은 목소리로 속삭이듯 말했다.

"다, 당신들… 대체?"

추망도가 육주 전체를 상대하겠다는 마도한의 말에 놀라 제대로 말을 잇지 못했다.

"이 말까지 들었으니 네가 죽어야 한다는 것도 알겠지?"

마도한이 물었다.

"그, 그런! 컥!"

한순간 추망도의 입에서 숨이 막힌 듯한 신음 소리가 흘러나왔다. 그리고 다음 순간, 추망도의 숨이 끊겼다.

대체 어떻게 손을 썼는지 마도한이 추망도를 죽인 방법을 알아본 사람은 없었다. 그의 손은 여전히 추망도의 멱살을 잡고 있고, 다른 손에는 대도가 들려 있었다. 그럼에도 추망도는 죽고 말았다.

모두가 경악스러운 눈으로 죽은 추망도를 들고 있는 마도한을 바라봤다. 죽음의 사신, 그 이상의 말이 필요 없는 모습이었다.

쿵!

모두가 그의 강력한 기운에 질려 있을 때, 마도한이 손에서 추망도를 놓았다. 그러자 추망도의 시신이 땅 위에 나뒹굴었다.

그런 추망도의 시신을 가볍게 넘어선 마도한이 두려움에 몸이 굳은 사해상가의 생존자들과 광산의 일꾼들을 향해 산처럼 무거운 음성으로 말했다.

"위대하신 신마성주님의 명을 전한다. 오늘부터 금하강과 그 강에 의지해 사는 모든 씨족들은 신마성에 복속된다. 이를 거역하는 자는 죽음의 사신을 맞이하게 될 것이다!"

*   *   *

금하강 하류 포구에서 급히 배에 오른 사해상가 중급 상선의 선장 야부는 그가 떠나온 포구가 한순간에 불길에 휩싸이는 것을 바라보고 있었다.

불행 중 다행으로 추격선은 없었다. 어찌 보면 충분히 자신을 죽일 수 있었음에도 일부러 살려 보내는 듯한 느낌도 들었다.

"추격은 없는 것 같습니다."

야부 옆에서 두려움에 질린 표정으로 이량이 말했다.

야부에게 신마성 마인들의 기습적인 공격을 알린 것은 상류에 파견되었던 이량이었다. 이량은 금하강 상류의 철광산을 담당하는 선장 추망도의 수하였다.

이량이 강 하구의 책임자 야부를 찾아와 신마성의 공격을 전한 지 채 한 시진이 되지 않아 죽음의 사신 같은 신마성의 마전사들이 야부가 있던 마을을 급습했다.

그들이 강 하구까지 왔다는 것은 추망도는 물론 금하강 중류에 머물고 있던 또 다른 상선의 선장 덕광의 죽음을 의미하는 것이었다.

야부는 감히 신마성의 마전사들과 싸울 엄두를 내지 못했다.

애초에 이량에게 금하강 유역에 흩어져 있는 사해상가 철광산들이 모두 신마성 마전사들의 손에 정복되었다는 소식을 들은 직후부터 후퇴를 결심한 야부였다.

그래서 급히 서둘러 당장 바다를 건너는 데 필요한 물건들만 챙겨 배에 오른 직후 신마성의 마전사들이 야부가 있던 강 하구 마을을 습격한 것이다.

그들은 순식간에 야부가 관리하던 마을을 장악했다. 그리고 마치 다시는 돌아오지 말라고 경고하듯 상선이 정박해 있던 포구를 불태우고 있었다.

그럼에도 야부는 안도의 한숨을 내쉬었다. 이량의 말처럼 신마성의 마전사들이 그들을 추격할 의사는 없는 것 같았기 때문이다.

"전서구는 보냈느냐?"

추격자가 없는 것을 확인한 야부가 그제야 여유를 찾았는지 수하를 보며 물었다.

탈출을 위해 배에 오른 순간 가장 먼저 한 일이 사해상가로 전서구를 보내는 일이었다.

혹시라도 추격이 있을 경우 바다 위에 있는 사해상가의 상선들로부터 도움을 받을 수도 있기 때문이다.

"예, 선장님!"

전서구를 담당하는 선원의 대답이 들려왔다.

"좋아. 경계를 늦추지 말고 최대한 속도를 내라. 대해로 나가서 휴식을 취한다. 그때까지는 잠잘 생각들 마라."

"예, 선장님!"

구사일생 목숨을 구한 선원들이 일제히 대답했다.

그러자 야부가 다시금 불타는 포구로 시선을 돌렸다.

"신마성. 왠지 느낌이 좋지 않아. 마치 흑라의 마졸들이 처음 등장할 때와 너무 비슷하지 않은가."

"그렇게까지 생각하십니까?"

이량이 조심스럽게 물었다. 설마 흑라와 견줄 수 있겠느냐는 반문이었다.

"판단하는 게 아니네. 그냥 느낌이지. 그리고… 그렇게 되길 바라야 할 걸세."

"예?"

이량이 반문했다. 선뜻 야부의 말이 이해되지 않았다. 신마성이 흑라와 견줄 수 있는 자들라면 그건 재앙과 같은 결과를 초래할 일이다.

"그런 정도의 위협적인 존재가 아니라면 오늘 우리가 철광을 버리고 도주한 결정이 용납될 수 있겠는가?"

야부가 냉정하게 말했다.

"아……! 그렇군요."

이량이 금세 야부의 말을 이해했다.

사해상가주 노백은 상벌이 확실한 사람이다. 그는 정당한 이유 없는 상행의 실패를 용납하는 사람이 아니었다.

만약 신마성이 대단치 않은 존재라면 야부나 이량이나 지금의 지위를 포기하는 것은 물론 죽임을 당할 수도 있었다. 그래서 그들에게는 신마성이 흑라의 시대와 비슷한 위험이기를 바라야 하는 상황이었다.

"북창이 무너졌으니까 어느 정도는……."

야부가 중얼거렸다.

"그렇지요. 북창을 무너뜨린 자들이니까요."

이량이 맞장구를 쳤다.

둘은 어느새 운명을 함께하는 사이가 되어 있었다.

*   *   *

사해상가주 노백은 오랜만에 다시금 철사자 무곤의 비석을 보관해 둔 지하 석실에 들어와 있었다.

아무도 없는 공간, 그가 유일하게 사람들의 시선을 벗어나 편하게 휴식을 취할 수 있는 공간이었다.

가끔 세상의 정세를 판단하기 힘들 때나, 혹은 어려운 결정을 해야 할 때면 그는 그가 만금을 주고 사들인 보물들을 모아둔 이 지하의 석실로 들어와, 자신의 부(富)를 증명해 주는 보물들을 바라보며 머리를 식히곤 했다.

"북창이 망했다? 신마성! 어디서 튀어나온 자들일까?"

노백이 고개를 저으며 중얼거렸다.

갑작스레 전해진 파나류 북쪽 항구 도시 북창의 멸망 소식이 그가 그리고 있던 육주의 판세에 예상치 못한 영향을 미쳤기 때문이다.

"외부에 적이 생기면 내부의 분란은 가라앉게 마련인데… 쯔쯔!"

노백이 혀를 찼다.

그러면서 그의 시선이 철사자 무곤의 비석으로 향했다.

"애초에 이 비석을 가져온 이유는 이왕사후간의 권력쟁투의 빌미를 만들기 위해서였지. 어떤 식으로는 고착된 육주의 상황을 흔들어 이왕사후가 싸워줘야 큰 장사를 할 기회가 생길 수 있기 때문에… 그런데 이런 변수라."

얼마 전까지 모든 일은 그의 계획대로 되어가고 있었다.

사후(五后) 중 한 명이자 철사자 무곤의 미망인인 주란과 혼인한 오사성주 사중산은 이미 삼룡대산맥을 넘어와 궁산 비룡성에 머물고 있었다.

이왕과 다른 사후들은 소사자 무한의 죽음의 이유를 밝혀야 한다고 떠들어대고 있었고, 은근히 그 책임을 주란에게 물어야 한다는 쪽으로 여론을 몰아가고 있었다.

주란에 대한 책임을 묻는 순간, 그건 사후의 일인 오사성에 대한 공격이 된다. 그렇게 되면 자연스럽게 이왕사후 간의 내분이 발생할 수 있었다.

애초에 이왕사후가 서로를 경쟁 상대로 생각하고 있음은 누구나 아는 사실이었다. 이왕은 육주의 실질적 지배자가 자신들뿐이라고 생각했고, 사후는 이왕의 권위가 자신들 위에 있는 것을 불쾌해했다.

그런데 사실 그 내면에는 천록(天鹿)의 왕국이 무너진 이후 육주의 제왕 자리를 둔 이왕과 사후의 경쟁심이 자리 잡고 있었다.

이런 상황에서 이왕이 소사자 무한의 죽음에 대한 책임을 사중산에게 묻겠다고 나온다면, 자연스레 이왕과 사후간의 쟁투가 벌어지게 될 것이었다.

그 반목을 전쟁으로까지 만들어낼 수 있다면 사해상가에게는 흑라의 시대 이후 가장 큰 시장이 형성되는 것이었다.

그런데 갑자기 외부에서 뜻하지 않은 소식이 전해진 것이다.

"신마성이라는 자들이 얼마나 큰 위협이 되느냐에 따라 달라지겠지. 하긴, 사실 아무 상관 없는 일 아닌가! 전쟁이야 누가 누구와 하든 나에겐 큰 시장인 건 매한가지니까. 후후후!"

노백이 가볍게 웃음을 흘렸다.

그에게 필요한 것은 전쟁이다. 전쟁을 통해 이득을 얻기만 하면 누가 전쟁을 하든 상관없는 노백이었다. 그런데 그런 노백의 생각을 완전하게 뒤엎는 일이 벌어졌다.

"가주님!"

지하 석실은 노백을 제외하고 누구라도 함부로 접근할 수 없었다. 그런데 누군가 급하게 노백을 찾고 있었다.

"무슨 일인가?"

노백이 언짢은 기색으로 석실 입구를 바라봤다.

그러자 사해상가의 총관 나이만이 당황한 기색이 역력한 표정으로 석실 안에 한 걸음 들어왔다. 물론 아무리 급해도 노백의 허락 없이 그 이상 들어오는 것은 불가능한 일이다.

"총관이 이렇게 당황하다니. 큰일이 벌어진 모양이군."

"그렇습니다."

나이만이 늙은 얼굴에 주름을 더하며 대답했다.

"이왕사후가 전쟁이라도 벌였나?"

노백이 물었다. 그 정도 일이 아니라면 이런 행동은 용납할 수 없다는 표정이다.

"금하가 공격당했습니다."

"뭐?"

노백이 되물었다.

금하강이라면 사해상가에게 가장 중요한 지역 중 하나다. 흑라의 시대 이후 육주의 중소상인들은 파나류 진출을 두려워했다. 파나류에 여전히 흑라 시대의 위협이 남아 있을 거라 생각했기 때문이다.

그러는 사이 사해상가는 파나류 중동부 금하강 유역으로 진출해 거대한 광산들을 일궈냈다.

그리고 그 광산에서 생산되는 질 좋은 철들을 가공해 육주 각 지방의 성(城)에 공급함으로써, 사해상가의 재력을 다른 대상 가들과 견줄 수 없는 경지로 만들었다.

물론 금하강의 철들이 무산열도의 신비로운 섬, 석림도의 한 철에 비할 바는 아니지만, 한철은 그 수량이 적은 반면 사해상가 가 금하강에서 생산하는 철은 육주 각 성의 수요를 충족할 수 있을 만큼 풍부했다.

그런데 바로 그 금하강이 공격당했다는 것이다.

"어떤 놈들이지?"

노백이 노기를 억누르며 물었다.

"선장 야부가 보낸 전서에 의하면 신마성의 마전사들이라고 합니다. 상류와 중류의 마을을 순식간에 빼앗겼고, 선장 추망도 와 덕광이 죽었다고 합니다. 야부는 강 하류의 마을에 머물고 있어서 다행히 상선을 지켜낼 수 있었다는 전언입니다."

"신마성! 북창을 멸망시킨?"

"그렇습니다."

"대체 뭔지? 그놈들!"

노백이 차갑게 굳은 얼굴로 중얼거렸다.

그러자 총관 나이만이 조심스럽게 입을 열었다.

"아마도… 검은 대륙에 새로운 패자가 등장한 것 같습니다."

"패자(覇者)? 그 정도일까?"

북창을 멸하고 금하강의 사해상가 광산 마을들을 공격했다고 해서 그들이 파나류의 새로운 패자라고 할 수는 없었다.

적어도 흑라의 시대를 겪은 사람들에게 파나류의 패자라면, 흑라와 비견되는 세력을 가져야 한다.

"그동안 수집된 정보들에 나타난 파나류 내 일련의 혈사들이 그들의 소행으로 추정됩니다. 그 혈사의 숫자가 지난 한 해 수십 건에 달합니다. 그 혈사가 북창의 멸망과 본 세가에 대한 공격까지 이어진 것이고. 더군다나 그자들이 금하강의 광산들이 본 세가의 것이라는 것을 알고도 공격했다면……."

총관 나이만이 빠르게 자신의 생각을 말했다.

"감히 사해상가에 도전할 정도면 패자의 위치에 오른 자들이어야 할 것이다?"

"…그렇습니다."

"음… 그럴 수도 있겠지. 본 가를 공격하면 육주가 움직인다는 것을 알고 있을 테니. 더군다나 북창의 경우 육주의 상인들이 파나류를 개척하기 위한 관문 같은 곳이고. 묵룡대선의 독안룡과도 인연이 깊지?"

"그렇습니다."

나이만이 대답했다.

그러자 노백의 표정이 좀 더 심각해졌다.

"그렇다면 총관의 생각이 맞을지도 모르겠군. 특히 이런 일을 은밀히 벌이지 않고 자신들의 정체를 드러낸 것은 그만큼 자신이 있다는 뜻이겠지."

노백이 고개를 끄떡였다.

"바로 원정대를 구성하시겠습니까?"

나이만이 물었다.

그러자 노백이 잠시 생각에 잠겼다가 고개를 저었다.

"아니야."

"예?"

나이만이 놀란 표정으로 노백을 바라봤다.

이런 경우, 사해상가가 바로 복수를 하지 않으면 상가의 명성에 치명적인 흠집이 생길 수 있다. 그렇게 되면 사해상가가 누리고 있는 상계의 독보적인 위치가 흔들릴 수도 있었다.

"너무 위험해. 자네 말처럼 신마성이 파나류의 새로운 패자라면 본 가의 무력만으로 감당할 수 없네."

"그럼……?"

"마침 북창의 일도 있고 하니 이왕사후를 움직여 보지."

"이왕사후를요?"

나이만이 되물었다.

"음……."

"그들이 움직여 줄까요?"

"당연히! 그들은 지금 어디라도 힘을 쏟아내지 않으면 내부에서 뭔가 폭발할 만큼 힘을 키워놨어. 이왕사후도 그걸 모르지 않으니 반드시 움직일 걸세. 그리고… 파나류! 사실 매력적인 땅 아닌가?"

"그렇지요. 정복할 수만 있다면 육주의 몇 배나 되는 땅을 차지할 수 있으니까요."

"좋아. 기왕 이렇게 된 것 판을 키워보자고!"

노백이 파나류의 사해상가 광산이 공격받았다는 충격에서 금세 벗어나 상인으로서 새로운 기회를 찾을 수 있을 거라는 기대에 생기를 되찾은 듯 보였다.

"그럼 이대로……"

"사자의 섬까지만 상가의 전사들을 보내 금하강의 동태를 살피라 하게. 싸움은 철저히 피하고."

"예, 가주!"

"그리고… 이왕사후에게 파나류에 보낼 원정대를 조직하는 일에 대한 의견을 묻는 서신을 보내게."

"알겠습니다."

나이만이 대답했다.

"후후, 그 야심가들이 움직이지 않을 리 없지. 그 땅의 잠재력을 누구보다 잘 아는 자들이니까. 아무튼 신마성이라. 어떤 자들인지 모르지만. 감히 사해상가를 공격한 대가를 처절하게 치르게 될 것이다. 뿌리까지 뽑아주마. 후후후."

노백이 엷은 미소를 머금으며 중얼거렸다.

*　　　　　*　　　　　*

바다 위를 여행하는 사람들에게 세상의 변화는, 적어도 항해하는 동안에는 아무런 의미가 없다. 그래서 석림도를 떠난 후 묵룡대선 사람들은 한동안 부담 없이 여행을 즐겼다.

석림도에서의 분란도, 파나류에서 일어나고 있는 미지의 세력 신마성의 위협도, 육주의 바다 끝에서 겪은 십이귀선 후인들의 공격도 잠시 동안은 마음에서 내려놓을 수 있는 시간이었다.

뱃길도 순조로웠다. 석림도는 위치로 보면 무산열도의 남중부에 위치해 있어서, 서쪽으로도 무산열도의 크고 작은 섬들이 줄지어 이어져 있었다.

그 섬들의 군락으로부터 일정한 거리를 두고 항해를 하면 큰 파도를 타지 않고도 묵룡대선의 최종 목적지인 봄섬에 도착할 수 있었다.

아주 가끔 묵룡대선과 거래하는 사람들이 살고 있는 작은 섬에 들를 때도 있었지만, 그 시간은 반나절을 넘지 않았다. 그 작은 섬들은 세상에 알려지지 않은 곳이었고, 그들 역시 세상의 소식을 듣지 못했다.

그렇게 작은 섬에 들를 때에도 묵룡대선은 바다에서 잠을 자고 바다에서 깨어났다. 가끔은 그 시간이 영원히 이어질 것 같은 느낌이 들기도 했다.

하지만 모든 여행에는 끝이 있어서, 그들은 어느 날 아침 불쑥 이름 모를 섬 앞에 도착해 있었다. 그리고 그곳에서 육지를 밟았다.

무산열도에서 툭 튀어나와 무산해협에 던져진 듯한 섬에서의 일이었다.

둥둥둥!

이른 아침부터 묵룡대선에 큰 북소리가 울렸다. 선원들은 북소리에 놀라 서둘러 잠자리에서 일어났다. 그리고는 무슨 일인가 싶어 모든 선원들이 갑판으로 내달렸다.

"뭐죠?"

뒤늦게 갑판에 도착한 무한이 아적삼에게 물었다.

"섬이다."

아적삼이 짧게 대답했다. 물론 무한도 눈앞에 나타난 커다란 섬을 보지 못했을 리 없다. 그래서 아적삼의 대답은 충분한 답이 되지 못했다.

"가끔 들르는 곳이에요?"

무한이 다시 물었다.

"아니, 처음 와보는 곳인데… 왜 이런 곳에 불쑥 들른 거지? 예고도 없이."

묵룡대선은 육주에서 출발해 무산열도의 서쪽 끝까지 항해한다. 그 바닷길을 한 번 오가면 일 년여의 시간이 걸리는 대장정이었다.

그런데 항해 중에 들르는 곳은 매년 거의 동일했다. 그래서 아적삼 등 노련한 선원들은 보지 않고 듣지 않아도 다음 행선지를 예측할 수 있었다.

그런데 이 섬은 그들의 예측에서 벗어난 섬이었다. 선장 탑살이나 총관 함로가 미리 특별한 목적지를 언급한 것도 아니었다.

그야말로 기습하듯이 나타난 섬이었다.

그러나 선원들에게는 급작스러운 방문이지만 독안룡 탑살이나 총관 함로, 그리고 적어도 묵룡사왕들에게는 계획된 도착지가 분명했다.

"하선을 준비하라. 석 달 치 식량을 내린다."

총관 함로의 목소리가 새벽 공기를 타고 들려왔다.

"뭘 하려는 거지?"

함로의 명을 들은 아적삼이 고개를 갸웃했다. 하선의 명은 그렇다 치고 석 달 치 식량을 내린다는 것은 쉽게 이해가 가지 않는 일이었다.

물론 아적삼은 이제 묵룡대선의 서쪽 기점인 봄섬까지 얼마 남지 않은 거리라는 것을 알고 있었다. 그래서 배의 식량은 충분했다.

하지만 그렇다고 이름 모를 섬에 석 달 치 식량을 버린다는 것은 상상할 수도 없었다.

"한동안 이곳에 머문다는 의민가?"

곁에서 이문술이 중얼거렸다.

"이 섬에서 뭘 하려고?"

아적문이 반문했다.

그런데 그때, 무한이 급히 입을 열었다.

"사람들이 있어요."

무한의 말에 아적삼과 이문술이 급히 시선을 돌렸다.

안개가 서서히 밀려나는 해안가, 어느 틈에 백여 명이 넘는 사람들이 모습을 드러내고 있었다.

"대체… 여기가 어딘 거야?"

아적삼이 당황한 표정으로 중얼거렸다. 아무리 생각해도 그의 머릿속엔 이 섬에 대한 정보가 없었다.

그때 다시 함로의 명령 소리가 들렸다.

"뭣들 하는 거냐? 식량을 꺼내 소선에 실어. 해안에 묵룡대선이 접안할 접안대가 없으니 소선으로 해안까지 식량을 옮긴다."

함로의 호령에 갑판 위의 선원들이 정신을 차리고 식량 창고로 달려갔다.

"동생!"

아적삼과 이문술도 서둘러 식량 창고로 달려가자 갑판에 홀로 남은 무한에게 하연이 다가왔다.

"누님, 이게 대체 무슨 일이죠?"

"저 사람들, 북창 사람들이래."

하연이 조금 흥분한 표정으로 말했다.

"북창이요?"

"응, 동생도 들었지?"

"갑작스러운 신마성의 공격으로 멸망했다는……."

"그래, 맞아. 바로 그 북창의 사람들이야. 사왕께 들어보니 소룡일대가 북창으로 구원을 갔었나 봐. 이후에 그들을 이곳으로 데려온 거지."

"아!"

그제야 무한은 묵룡대선의 비밀스러운 행보가 이해가 갔다. 독안룡 탑살과 묵룡대선의 수뇌들은 혹시라도 북창의 주민들이 피신한 섬이 세상에 알려질까 봐 선원들에게조차 섬의 존재를 알리지 않았던 것이다.

"부러워."

갑자기 하연이 엉뚱한 말을 했다.

"뭐가요? 사는 마을이 파괴되어 도주한 북창 사람들이요?"

"아니, 소룡일대."

"그들이 왜요?"

"벌써 독자적인 임무를 맡아 수행하잖아. 뭐, 가장 먼저 선장님의 제자가 된 사형들이기는 해도 사실 수련 기간이 아주 많이 차이는 안 나거든. 실력도 그렇고. 그런데……."

아마도 하연은 소룡오대가 소룡일대에 뒤처지고 있다는 생각이 드는 모양이었다.

"그래도 십 년 정도 차이는 있다면서요."

"십 년은 넘지 않아."

"그래도 뭐……."

"그러니까 그 정도 차이면 실력의 차이도 인정해야 한다는 거야?"

하연이 되물었다.

"지금으로선 어쩔 수 없는 것 아닌가요?"

무한이 담담하게 말했다.

무종을 전수받은 이후 무공에 대한 지식을 하루가 다르게 쌓아가고 있는 무한이었다.

십이신무종은 물론, 세상에 알려진 중요한 무종들의 특징부터 무공이라는 이름의 이 신비로운 힘이 어떤 원리로 발현되는지 나름대로 자신만의 해석을 할 수 있는 수준이었다.

그래서 무인에게 시간이라는 것이 중요하다는 것을 누구보다 잘 아는 무한이었다.

십 년 정도 앞서 무공을 수련한 자들의 실력을 초기에는 인정해야 한다는 것이다.

물론 가끔은 특별한 일이 일어나기도 한다. 정작 무한 자신은 스스로 무공에 있어서 절대적이라고 생각하는 그 시간의 법칙을 이미 시작부터 깨뜨리고 있었다.

"스스로 패배를 인정하는 것은 좋지 않아. 사형들이고 우애도 깊지만 결국 경쟁해야 하는 사람들이야."

무한의 반응이 마음에 들지 않았는지 하연이 굳은 표정으로 말했다.

"경쟁이라뇨?"

"선장님의 후계자가 되는 일, 그 경쟁은 모든 소룡들에게 해당하는 일이지."

"아아, 저는 제외시켜 주세요."

무한이 손을 내저었다.

"욕심이 없다는 거야?"

"그런 골치 아픈 일을 왜 해요?"

"골치가 아파?"

"그럼요. 제가 지켜본 바에 의하면 선장님은 상인으로 살고 계시지만 사실은 무인의 삶을 살고 계시는 것 같아요. 그것도 영웅의 길에 있는 분이죠. 묵룡대선은 상선이지만 지난 몇 달간 겪은 일을 보면 마치 육주를 지키는 전선(戰線)과 같았어요. 난 그런 일을 하고 싶지 않아요. 어떤 의무감 없이 자유롭게 세상을 여행하고 싶을 뿐이에요."

"…선장님을 그렇게 봤어?"

좀 특별한 생각이라는 듯 하연이 물었다.

"아닌가요?"

"사실 틀린 말은 아니지. 그런데 너와 달리 다른 묵룡대선의 선원들은 그것에 은근히 자부심을 가지고 있어. 육주를 지키는 첨병 같은 느낌이랄까."

"은갑전사단처럼요?"

"그렇지. 그런데 뭐, 그게 나쁜가?"

"나쁘다는 말이 아니라 제겐 안 어울린다는 거죠."

무한이 어깨를 으쓱했다.

"전혀 욕심이 없어? 묵룡대선의 선장이 되는 것 말고 세상에 대해서 말이야."

하연이 물었다.

그러자 무한이 잠시 침묵을 지키다가 대답했다.

"어떤 과거가 절 사로잡지 않기를 바랄 뿐이에요."

갑작스러운 무한의 말이 너무 진지해서 한순간 하연의 말문이 막혔다.

그 순간만큼은 무한은 자신의 모든 과거를 기억하는 사람 같았다. 그 과거로 절대 돌아가지 않겠다는, 과거로부터 완전히 자유로워지고 싶어 하는 사람 같았다.

"칸… 뭐가 두려운 거지?"

하연이 조심스럽게 물었다.

그러자 무한이 또다시 길게 침묵을 지켰다. 그러다가 문득 대답했다.

"분노 같은 거랄까요."

"분노? 넌 과거를 모르잖아? 그런데 누구에 대한 무슨 분노?"

하연이 되물었다.

"아무 이유 없이 바다에 빠져 죽어가고 있었을까요?"

무한이 되물었다.

"어… 그건……."

"이유가 있었겠죠. 어린 나이에 바다에 빠져 죽어갈 수밖에 없었던 이유. 가끔 그런 생각을 하면 분노가 솟구쳐요. 물론 지금 상황이 나쁘다는 건 아니에요. 하지만 내 과거의 운명을 망쳐 버린 누군가가 있을 거란 생각을 하면……."

"너… 보기와 다른 사람이구나."

하연이 조금은 걱정스러운 표정으로 물었다.

"다르다뇨?"

"그런 분노를 마음속에 갖고 사는 줄 몰랐어."

"에이, 뭐 가끔 그런 생각이 든다는 거죠. 아무튼 그래서요. 그런 과거나 세상일이 절 속박하지 않기를 바라는 거죠. 그런 의미에서 소룡들 간의 경쟁에서 전 빼주세요! 제발! 흐흐……."

무한이 실없이 웃음을 흘리며 말했다.

그러자 하연이 멍하니 무한을 바라보다 고개를 저었다.

"미안한데 그건 안 되겠다."

"예?"

"우리 소룡오대 모두는 동생을 남이라고 생각하고 있지 않아. 그러니까 동생도 우리 소룡오대에서 선장님의 후계자가 나올 수 있도록 도와야 해. 알았지?"

하연이 협박하듯 말했다.

"내가 무슨 도움이 되겠어요. 그리고 후계자 경쟁은 개인들의 경쟁 아닌가요?"

"꼭 그렇지도 않아. 누구도 말하지 않지만 이미 각대의 소룡들끼리 하나의 무리로 경쟁하는 구도가 되었으니까."

"후우… 나중에 문제가 되지 않을까요? 결국 같은 식구인데……."

"건전한 경쟁이라고 해두지. 사실 난 소룡일대나 다른 대의 사형제들하고도 무척 친하니까."

"그래도 세상에 좋은 경쟁은 별로 없어요. 특히 권력을 두고서 하는 경쟁에서는."

무한이 단호하게 말했다.

"그럴까? 아무튼 좋아. 어떤 경쟁이든 동생은 우릴 도와야 해. 알았어?"

하연이 다시 협박하듯 말했다.

"뭐… 도움이 된다면."

"후후, 당연이 도움이 되지. 사람 숫자가 달라지는데. 거… 깨진 바가지도 쓸데가 있다고……."

"누님!"

무한이 하연을 노려봤다.

"하하하, 농담이야. 농담. 그나저나 하선을 시작하는 것 같은데 우리도 가보자."

"알았어요. 북창의 사람들, 궁금했어요."

무한이 고개를 끄떡이며 걸음을 옮기기 시작했다.

제3장

숲의 섬 가름, 그리고 위험한 전설

섬은 가름이라는 고대의 이름을 가지고 있었다. 풀이하면 무성한 숲이라는 뜻이다.

그 이름 그대로 해안을 따라 길게 이어진 백사장을 벗어나면 사람이 제대로 걸을 수 없을 정도로 무성한 숲이 펼쳐졌다.

숲은 작은 봉우리를 가진 섬 중앙의 산 정상까지 이어져 있었다. 숲은 만약 특별한 움직임이 없다면 그 안에 사는 사람들의 존재를 알아챌 수 없을 만큼 무성했다.

길은 그 막막한 숲 안으로 이어져 있었다.

물론 제대로 된 길은 아니었다.

북창의 주민들이 신마성의 공격을 피해 무산해협을 건너온 것이 겨우 열흘 전이었다. 그러니 제대로 된 길이나 거처를 마련할 시간이 없었다.

물론 시간이 있었다고 해도 자재가 부족해서 지금과 별반 다르지 않은 상황이었을 것이다.

그 거친 길을 따라 묵룡대선의 선원들이 짐을 둘러메고 걸음을 옮겼다.

북창의 장성한 사내들도 해안가로 나와 묵룡대선에 내린 물품들을 옮기려 했지만, 오랫동안 제대로 먹지 못한 그들이 힘을 쓰는 데는 한계가 있었다.

덕분에 묵룡대선의 선원들 거의 대부분이 하선해 북창의 주민들이 머물고 있는 숲의 한 지점까지 짐을 옮기고 있었다.

"아이구야."

섬 안쪽으로 짐을 지고 들어가던 아적삼의 입에서 한순간 탄식이 흘러나왔다.

등에 지고 있는 짐이 무거워서는 아니었다. 그의 앞에 펼쳐진 광경이 생각보다 처참했기에 나온 탄식이었다.

해안에서 사오 리 떨어진 곳에 모여 있는 북창 주민들의 모습은 그야말로 전쟁터 피난민이란 말이 딱 어울리는 모습이었다.

그나마 나무가 있어 간단히 이슬을 피할 거처를 만들기는 했으나 움막에 가까웠고, 추위를 피하기 위해 피운 모닥불에서 나는 그을음 냄새가 숲 전체에 퍼져 있었다.

하지만 그런 허름한 거처의 모습보다 더 비참한 것이 있었다. 바로 오랫동안 굶주린 사람들의 얼굴이었다.

북창의 주민들은 어린애까지도 광대뼈가 드러날 정도로 초췌한 모습을 하고 있었다. 그나마 그들이 생기를 드러낸 것은 아마도 먹을 것을 가져오는 묵룡대선 선원들의 모습이 보였기 때문일 것이다.

"짐을 한쪽으로 내려놓아, 보급장!"

섬 안쪽까지 들어온 탑살이 급히 묵룡대선의 보급장 차월을 불렀다.

"예, 선장님!"

"솥을 걸고 밥과 미음을 지어라. 어린아이들에게는 미음을 먼저 먹인다. 서둘러라!"

"예, 선장님!"

명령이 아니라도 처참한 상황을 눈으로 본 보급장 차월이 얼른 대답하고는 함께 온 숙수들을 닦달하기 시작했다.

"서둘러! 저쪽에 솥을 걸어."

차월의 명에 따라 묵룡대선의 숙수들이 급하게 몸을 움직이기 시작했다.

"산 의원은 사람들을 좀 살펴주시오. 약재도 충분히 가져오고."

탑살이 이번에는 묵룡대선의 의원 산자노에게 말했다.

"알겠습니다, 선장님!"

산자노 역시 급하게 몸을 움직이기 시작했다.

그렇게 급한 대로 명을 내린 독안룡 탑살에게 한 무리의 사람들이 다가왔다.

"어서 오십시오. 이렇게 직접 와주실 줄은 몰랐습니다."

독안룡 탑살에게 인사를 건넨 사람은 북창을 탈출한 촌장 염호다.

정중한 인사지만 염호의 표정은 결코 밝지 않았다. 너무 많은 고난을 당해서일 것이다. 애초에 신북창에 살던 주민들 중 죽은 자의 숫자가 십분지 일이 되는 상황이었다.

신마성의 무사들에게 죽은 주민의 숫자는 오히려 적었다. 그 것보다는 대해를 건너면서 먹을 것이 부족하고 약재가 없어 죽은 노약자들이 훨씬 많았다. 그래서 그들에게 묵룡대선의 등장은 생명수를 만난 것이나 마찬가지였다.

"좀 더 일찍 왔어야 하는데… 너무 늦은 것 같구려."

탑살이 비참한 모습의 북창 주민들을 보며 말했다. 그가 생각했던 것보다 상황이 훨씬 안 좋았던 것이다.

"그래도 살아남은 사람들은 운이 좋은 거지요. 생각지도 못한 일을 당하는 통에. 대체 그런 마인들이 어디 숨어서 힘을 키우고 있었는지… 후우……."

염호가 길게 한숨을 내쉬었다, 지금 생각해도 갑작스러운 신마성의 등장을 선뜻 현실로 받아들이기 어려운 모양이었다.

"파나류는 사실 여전히 미지의 땅이 아니오."

"그렇지요. 흑라의 시대 이후에는 더더욱 그렇지요. 그런데 조금 이상한 점이 있었습니다."

"신마성에 대해서 말이오?"

"그렇습니다."

염호가 대답했다.

"어떤……?"

"그들의 우두머리였던 갈단이라는 자, 그리고 그를 따라온 신마성의 무사들이 아무래도 육주에 뿌리를 둔 사람들 같았습니다."

"음……."

염호의 말에 탑살이 침음성을 흘렸다. 그러다가 침착하게 입을 열었다.

"그건 사실 이상할 일은 아니오."

"……?"

"세상에 널리 알려지지 않았지만, 사실 흑라 역시 그 뿌리가 육주일 거라는 것이 정설이오."

"그런 이야기가 있었습니까? 흑라는 파나류 중부의 곤모산과 대설산 사이의 오지에 숨어 있는 마정이란 곳에서 탄생한 마인으로 알려지지 않았습니까?"

염호가 되물었다.

"그가 그곳을 자신의 거처로 삼은 것은 맞소. 하지만 그에 의해 전수된 마종은 십이신무종과 같은 원시무종에 뿌리를 둔 것이라는 말이 많았소. 아시는지 모르겠지만, 이 세상에 무종의 개념이 생긴 것은 결국 육주의 천인들에 의한 것이 아니겠소?"

"그렇긴 하지요. 그 이전의 시대에도 고대의 전사들이 있었고 술사들이 특별한 능력을 지니긴 했어도, 지금의 무인들을 탄생시킨 무종과는 다른 형태였다고 하지요."

"원시무종이 천섬을 기점으로 전해진 것은 분명한 사실이지만 당시 수많은 무종의 분파들이 육주를 벗어나 세상 곳곳으로 퍼져 나갔소. 흑라의 무종 역시 그런 무종 중 하나였을 것이라는 거요."

"그런 의미의 말씀이셨군요."

염호가 고개를 끄떡였다.

"그런 의미에서 신마성 역시 그런 무종으로부터 시작된 세력이 아니겠소?"

탑살이 물었다.

그러자 염호가 고개를 저었다.

"물론 독안룡 님의 말씀이 맞지만 제가 말씀드린 것은 그것과는 조금 다른 의미입니다."

"어떤 면에서 말이오?"

"그들의 무공이 아니라 그들의 말투와 행동, 그리고 착용한 복식들이 육주의 것과 같았기 때문입니다. 물론 육주의 말과 복식이 파나류나 무산열도 등 세상 곳곳에 퍼져 있어 지금은 그 구분이 희미해졌다고 해도, 각자 사는 곳에 따라 눈에 띄는 차이는 있지 않습니까? 그런데 그자들은 마치 얼마 전까지 육주에 살았던 사람들 같은 모습이었습니다."

"음… 그런 것이라면."

탑살이 말꼬리를 흐렸다.

염호의 말은 신마성의 무종 뿌리에 대한 의구심과는 조금 다른 것이었다. 그는 신마성이라는 세력이 육주의 세력과 연관이 있는 것이 아닌가 하는 의심을 하고 있었다.

다시 말하면 신마성과 이왕사후, 혹은 육주의 다른 야심가들과 신마성이 관계가 있을 수 있다는 의심이었다.

그렇다면 문제가 더욱 복잡해질 수 있었다. 신마성의 문제가 단지 검은 대륙 파나류의 문제가 아니라 육주 내부까지 영향을 미칠 수 있기 때문이다.

"그리고……."

염호가 조금 더 조심스럽게 입을 열었다.

"후우… 문제가 더 있소?"

탑살이 걱정스러운 표정으로 물었다.

그러자 염호가 주변에 듣는 사람이 적지 않은 것을 깨닫고는, 입을 열려다 말고 이내 말을 거둬들였다.

"이 이야기는 나중에 하지요. 제자분들과 인사도 아직 나누지 못하셨는데……."

염호가 한쪽에 거리를 두고 서 있던 다섯 사람을 가리키며 말했다.

그러자 탑살이 자연스럽게 그들에게 시선을 주었다.

"선장님을 뵙습니다!"

오 인의 무인이 일제히 탑살을 향해 고개를 숙였다. 자세히 보면 다섯 명 중 여인이 두 명 포함되어 있었다.

그러나 그녀들에게서 여인이라는 특별한 느낌을 받을 수 없는 것은 그 어떤 남자보다도 강렬한 기운을 지니고 있기 때문이었다.

"수고들 했다."

탑살이 덤덤하게 말했다.

이들은 북창까지 배를 몰고 가서 위기에 빠진 북창의 주민들을 탈출시킨 소룡일대의 수련자들이었다.

자신이 처음으로 받아들인 제자들, 그리고 위험을 각오하고 명령에 따라 북창 주민들을 탈출시킨 제자들을 만난 것치고는 매정하다고 느낄 만한 반응이다.

그러나 소룡일대 무사들은 어떤 서운함도 나타내지 않았다. 본래 탑살이 마음속의 정을 밖으로 드러내지 않는 사람이란 것을 누구보다 잘 알고 있었기 때문이다.

"어디 다친 곳은 없고?"

탑살의 매정함과 달리 그의 뒤쪽에 있던 함로가 앞으로 나서며 부드럽게 물었다.

함로는 매사에 철두철미한 성격이지만, 한편으로는 탑살이 보여주지 못하는 부드러움을 갖추고 있었다. 그래서 묵룡대선의 선원들은 탑살에게 말하기 어려운 문제가 생기면 늘 함로를 찾아가곤 했다.

그러면 함로는 그들의 어려움을 능숙하게 해결해 주는 인물이었다.

"괜찮습니다."

소룡일대의 우두머리라고 할 수 있는 전위가 대답했다. 삼십대 초중반의 나이임에도 불구하고 이미 한 명의 한 명의 전사로서 강렬한 기운을 갖춰가고 있는 전위였다.

"다행이구나. 이야기는 나중에 하고 배로 가서 좀 쉬거라."

"아닙니다. 저희들은 괜찮습니다. 그리고 아직 돌봐야 할 사람들이 있습니다. 그동안 익숙해졌으니 저희들이 편할 겁니다."

전위가 대답했다.

"그래? 그렇기도 하겠구나. 대견하다. 그런 생각을 하다니. 그럼 좀 더 수고해. 밥이 다 되면 서둘러 요기를 하고."

"예, 총관님!"

전위가 지친 기색 없이 대답했다.

대답을 한 소룡들이 탑살에게 고개를 숙여 보이고 다시 북창의 주민들 사이로 들어갔다.

"조용한 곳으로 가서 이야기를 좀 더 나누시지요."

소룡들이 물러가자 염호가 탑살에게 말을 건넸다.

"그럽시다."

탑살이 흔쾌히 대답했다. 사람들이 없는 곳에서 해야 할 이야기가 있음을 이미 알고 있었기 때문이다.

"숲 안쪽에 적당한 곳이 있습니다."

염호가 탑살을 데리고 북창의 주민들을 우회해 좀 더 깊은 숲으로 들어갔다.

"저 사람들이 소룡일대의 사형 사매들이야."

짐을 내려놓고 독안룡 탑살을 만나고 있는 북창의 촌장 염호를 지켜보고 있던 하연이 두 사람이 숲 깊은 곳으로 사라지자 북창 주민들과 섞여 있는 전위 등을 보며 말했다.

"예상과 조금 다르네요."

"응? 뭐가?"

"뭐랄까… 생각보다 나이가 들어 보인달까."

무한이 말꼬리를 흐렸다.

"흐흐흐, 그 말 내가 꼭 전해주지."

"예?"

"세상에 나이 들어 보인다는 말을 좋아하는 사람을 없을걸?"

"아니, 그렇다고 참나……."

무한이 당황한 표정으로 하연을 바라봤다.

"하하하, 걱정 마. 하연이 장난치는 거니까. 설마 사형 사매들께 고자질을 하겠어?"

뒤쪽에서 왕도문이 호탕한 표정으로 말했다.

"그럼그럼, 연이가 얼마나 입이 무거운데, 예전에 내가 소연 사매의 성격이 남자보다 더 남자 같다는 말을 했다고 절대 고자질을 하지 않았지. 그 다음 날 소연 사매에게 목검으로 두들겨 맞은 것은 절대 연이가 고자질을 해서 그런 것이 아닐 거야. 그렇지?"

사비옥이 하연을 보며 따지듯 물었다.

"그럼. 난 입이 무거워!"

하연이 천연덕스럽게 대답했다.

"참 나… 부인할 걸 부인해라."

사비옥이 혀를 찼다.

그때 소독이 입을 열었다.

"자자, 말싸움은 다음에 하고 사형 사매께 인사는 해야지? 가자고."

소독이 다른 사람들의 말을 기다리지 않고 북창의 주민들 사이에 섞여 있는 소룡일대를 향해 걸음을 옮겼다.

한순간 무한은 당혹스러워졌다.

하연 등 오대의 소룡들과 다른 대의 소룡들은 각자 자신들의 무리에서 탑살의 후계자를 배출하기 위해 은연중에 경쟁을 하고 있다고 했었다.

그렇다면 당연히 서로 어느 정도의 거리감이 존재할 거라 생각했던 무한이었다.

그런데 두 무리의 소룡들은 만나자마자 마치 친남매를 만난 것처럼 반가워했다.

"야아, 우리 연이는 점점 더 예뻐지는데? 역시 무사로 검이나 들고 늙어가기에는 아까워. 지금이라도 소룡 노릇 당장 집어치우고 육주로 가는 게 어때? 그럼 각 성의 귀공자들이 서로 청혼을 하려고 할 거야. 한 성의 안주인으로 사는 것이 훨씬 좋지."

소룡일대에 속한 완승이란 사내가 가식 없는 표정으로 하연에게 농담까지 던질 정도였다.

"그러게요. 그러고 싶은데 제가 워낙 뛰어난 재능을 가지고 있어서 선장님께서 극구 만류하시네요. 당신의 뒤를 이을 사람은 저밖에 없다고 하시면서."

"아이쿠야, 이거 큰일 났군. 전위! 자네 긴장해야겠어. 선장님의 마음이 벌써 연 사매에게 가 있다는군."

"뭐, 연 사매라면 나도 어쩔 수 없지. 미모로 밀고 들어오면 당할 사람이 있나."

북창의 주민들을 안전하게 탈출시킨 후라 그런지 평소 진중한 성격으로 알려진 소룡일대의 우두머리 전위 역시 농담을 했다.

"좋아요, 좋아. 그럼 결정된 거죠? 선장님의 정식 후계자는 제가 되는 것으로!"

하연이 소룡들을 둘러보며 물었다.

그러자 소룡들이 일제히 웃음을 터뜨렸다. 소룡들 사이에서 하연이 어떤 존재인지 여실히 드러나는 순간이었다.

그렇게 한바탕 웃고 난 후, 웃음소리가 잦아들자 일대에 속한 여제자 중 한 명이 입을 열었다.

"연아, 그만하고 네 옆에 있는 잘생긴 청년 좀 소개해 봐."

입을 연 여인은 장소림으로 소룡일대에 있는 두 명의 여전사 중 한 명이다.

다른 한 명은 소룡들의 대화에 큰 관심이 없는 듯 차분한 표정을 짓고 있는 조온이었다. 나이는 일대의 소룡 중 가장 어려 보여서 겨우 스물대여섯 정도로밖에는 보이지 않는 여인이었다.

장소림의 질문에 일대의 소룡들 시선이 일제히 무한에게로 향했다. 그렇지 않아도 무한에 대해 궁금해하고 있던 그들이었다.

뻘쭘해진 무한이 슬쩍 소룡오대의 젊은이들 뒤쪽으로 한 걸음 물러났다.

그러자 하연이 무한의 팔소매를 잡아끌어 앞으로 내세우고는 큰 소리로 말했다.

"모두 선장님께서 마지막 제자를 구하셨다는 소식은 들으셨죠?"

"얼마 전에 들었다. 그런데 바다에서 구한 친구라고?"

전위가 물었다.

"맞아요. 망망대해에서 구했어요. 그러니까 어떻게 보면 정말 묵룡대선하고 인연이 깊은 운명이었던 거죠. 이름은 칸! 나이는… 뭘 열대여섯쯤으로 해두죠. 처음 만났을 때 자기는 열다섯

이라고 했지만, 기억을 잃은 사람이 나이를 확실히 기억하겠어요?"

하연이 무한의 긴장을 풀려는 듯 장난기 어린 표정으로 무한을 소개했다. 그러면서 손으로 무한의 어깨를 툭 쳤다.

"인사해야지."

하연의 말에 무한이 정신을 차리고 고개를 꾸벅 숙인 후 입을 열었다.

"칸이라고 합니다. 저는… 과거의 기억을 잃었습니다. 재주는 부족하지만 운 좋게 선장님의 은혜로 사형 사매님들의 사제가 되었습니다. 앞으로 잘……."

무한이 소룡들의 시선에 대한 부담을 이기지 못하고 말꼬리를 흐렸다.

"이상하군. 재주가 없으면 우리 사제가 될 수 없었을 텐데? 선장님은 아무나 제자로 들이지 않지."

완승이 무한을 빤히 바라보며 말했다.

"말이 그렇지, 칸 아우의 재능은 모두 인정하고 있어요. 사왕께서도 그렇고……."

하연이 얼른 칸을 대신해 대답했다.

"공을 세웠다고 들었다만."

이번에는 전위가 물었다.

"뭐… 저하고 소독의 목숨을 구해줬지요. 자기는 우연이라고 하지만 어쨌든 우리 목숨을 구한 것은 분명해요. 선장님께서도 그 용기를 높이 평가하신 것 같아요."

하연이 대답했다.

"소독 사제는 어떤가?"

전위가 소독을 보며 물었다.

그런데 그의 말투나 표정이 하연에게 말을 걸 때와는 사뭇 달랐다. 경계하는 것은 아니지만, 하연을 대할 때의 장난기를 찾아볼 수 없었다. 어찌 보면 나이 어린 사제지만 소독을 존중하는 듯한 모습이다.

그런 전위의 모습에서 무한은 소독이 일대의 소룡들에게도 능력을 인정받고 있다는 것을 느낄 수 있었다. 오대의 소룡들이 소독을 독안룡 탑살의 후계자 경쟁의 선두 주자 중 한 명으로 인정하고 있는 것이다.

"칸이 우리 목숨을 구해준 것은 분명합니다. 하지만 그것 때문에 칸이 선장님의 제자가 된 것은 아니라고 생각합니다."

"어쨌든 저 친구의 말과 달리 재능이 있다는 건가?"

전위가 호기심이 동한 표정으로 되물었다.

"그렇습니다. 아마도, 어쩌면 우리 소룡들 중 타고난 재능으로 보자면 최고가 아닐까 싶습니다."

소독이 망설임 없이 말했다.

그러자 일대 소룡들의 표정이 살짝 변했다. 그들도 알고 있었다. 소독이 말을 과장하거나 듣기 좋은 말을 꾸며서 하는 사람이 아니라는 것을.

그래서 무한에 대한 소독의 평가가 진심임은 의심할 바가 없었다. 그건 곧 불쑥 나타난 그들의 마지막 사제가 아주 특별한 재능을 가진 사람이란 뜻이다.

"사제가 그렇다면 그런 거겠지."

전위가 고개를 끄떡였다. 그러다가 무한을 보며 말했다.

"난 전위라고 한다. 앞으로 잘 지내보자."

"대사… 형을 뵙습니다. 많은 가르침을 부탁드립니다."

"같이 배우는 입장에서 누가 누굴 가르칠 상황은 아니지. 그런데, 파랑십이검은 수련하고 있겠지?"

"그렇습니다만……."

당연한 일이다. 독안룡 탑살의 제자라면 누구나 파랑십이검을 수련하는 것이 기본이기 때문이다.

"궁금하군. 스승님과 사제 사매들이 칭찬한 사제의 재능이."

"……."

"조만간 비무 한번 하자는 말이야. 오늘은 모두 바쁘니 그럴 수 없고. 어때? 내일 나랑 비무 한번 하는 게."

'왜 이러지?'

문득 무한의 마음속에 의구심이 생겼다.

물론 순수하게 무한의 능력이 궁금해서일 수도 있었다. 하지만 그렇다고 난민촌 같은 숲에서 갑자기 비무라니 의외의 일이 아닐 수 없었다.

"싫어?"

전위가 물었다.

"그게 아니라……."

무한이 말꼬리를 흐리는데 옆에서 하연이 두 사람의 대화에 끼어들었다.

"칸, 비무 한번 해드려라. 대사형의 병이 여전하신가 보다."

"병이라뇨?"

무한이 놀란 표정으로 물었다.

"대사형은 오래전부터 비무 병에 걸렸어. 무공이 궁금한 사람에게는 무턱대고 비무부터 요구하지. 비무를 통해 사형이 직접 상대의 무공을 느끼고 싶어 하거든. 그러니까 해드려. 안 해드리면 대사형과 있는 동안 계속 괴롭힘을 당할 거야. 볼 때마다 비무를 하자고 하실걸? 우리 모두 당한 일이야. 그러니까 억울해 말고."

하연이 위로하듯 말했다.

"그래도 그게……."

"해보자고, 사제. 응?"

정말 하연의 말처럼 전위가 아이처럼 졸랐다.

"제가 감히 어떻게……."

"아니, 비무를 하는데 어울리지 못할 상대가 어디 있어? 그것도 같은 사형제들끼리. 하면 하는 거지. 거절하면 연 사매의 말처럼 나랑 아주 불편한 관계가 될 거야."

이젠 아예 협박까지 하는 전위다.

무한이 생각지도 못한 전위의 비무 요구에 어쩔 줄 몰라 하며 다른 소룡들을 바라봤다.

그러나 누구 하나 이 당황스러운 상황에서 그를 구해줄 사람이 없었다. 오히려 다른 소룡들도 무한의 실력이 궁금한지 그가 전위의 비무 요구를 승낙하기를 은근히 바라는 눈빛이었다.

그런데 그건 그와 함께 묵룡대선을 타고 온 오대의 소룡들도 마찬가지였다. 그들 역시 무한이 무공을 수련한 이후 가르치는 묵룡사왕들이 놀랄 정도로 빠른 진보를 보이고 있다는 것은 알고 있었다. 하지만 실제 그들의 눈으로 무한의 실력이 어느 정도인지 정확히 확인한 적은 없었다.

그래서 그들 역시 무한이 어느 정도 무공의 성취를 이뤘는지 두 눈으로 확인하고 싶어 하고 있었다.

"후우……."

무한이 길게 한숨을 내쉬었다.

"말이 없는 건 허락한다는 뜻이겠지?"

전위가 다그치듯 물었다. 본래 대답이 없으면 거절의 의미인데 전위는 그 반대로 해석해 버렸다.

"정 원하시면… 가르침을 받겠습니다. 다만."

"다만 뭐?"

"어딜 부러뜨리거나 하진 말아주세요. 배에 타면 일을 해야 하니까요."

"하하하, 걱정 마. 설마 그렇게 거친 비무를 하겠어? 몇 군데 멍드는 정도일 거야. 자자, 그럼 비무는 정해졌고. 일단 오랜만에 만난 사제들과 저녁이라도 함께 먹자고. 마침 밥도 다 지어진 것 같으니."

전위가 기분 좋은 표정으로 소리쳤다.

그의 말대로 한쪽에 거대한 솥 여러 개를 걸고 밥을 짓고 있던 보급장 차월이 북창의 주민들을 향해 큰 소리로 외치고 있었다.

"밥이 다 되었소. 아이들부터 먼저 데리고 오시오!"

거칠고 침울했던 숲의 섬 가름에 생기가 돌기 시작했다. 묵룡대선이 도착한 이후 일어난 변화다.

그중 가장 큰 힘이 되는 것은 뭐니 뭐니 해도 충분한 양식이 준비된 것이었다. 음식을 충분히 먹을 수 있다는 사실만으로도 사람들은 삶의 의욕을 일으켰다.

그렇게 만들어진 삶의 활력이 어둡고 무거운 숲의 공기까지 변화시키고 있었다.

하지만 그렇게 생의 활력이 넘치는 속에서도 깊은 근심에 휩싸인 사람들이 있었다. 독안룡 탑살과 북창의 촌장 염호였다.

그들은 식사도 거른 채 북창의 주민들 시선에서 벗어나 밤이 깊도록 은밀한 대화를 이어가고 있었다.

"그의 유적이 나타날 수도 있다니. 나로선 당황스러울 뿐이구려. 이미 그의 흔적은 사라지고 전설로만 남은 이야기로 생각했는데……."

탑살이 차가워진 숲의 공기 속으로 입김을 불어내며 말했다.

멀리서 밤의 한기를 쫓기 위해 북창 주민들이 피운 모닥불들이 별처럼 반짝이고 있었다.

"저 역시 빛의 술사에 대한 기록이 새겨진 신전을 지키고 있었지만, 그 기록들의 사실 여부에 대해서는 반신반의하고 있었습니다. 솔직히 말하면 지금도 그렇고 말입니다. 하지만……."

염호가 말꼬리를 흐렸다.

"찾는 자가 있고, 수장되었지만 그에 대한 기록이 명확히 존재한다면 이젠 전설로만 미뤄둘 수는 없겠소. 세상에는 전설이지만 빛의 술사가 존재했던 것은 부정할 수 없는 사실이니까 말이오. 다만 그의 유적이 남아 있지 않을 뿐이지."

"그런데 만약 그의 유적, 혹은 후계자가 존재한다면 왜 지난 수백 년 동안 그 모습이 일절 나타나지 않은 것일까요? 만약 그 후인이 존재한다면 적어도 흑라의 시대에는 모습을 나타냈어야 하지 않겠습니까?"

염호가 반문했다.

"맥이 끊긴 것일 수는 있소. 후인이 있고, 전설대로 빛의 술사가 세상 모든 어둠을 막아낼 수 있는 선한 존재라면 흑라의 시대에조차 침묵을 지키지는 않았을 테니."

"그렇다면 이대로 묻어두는 것도 나쁘지 않겠군요."

염호가 말했다.

"그건 아닌 것 같소."

"무슨 말씀이신지?"

"이미 말했지만 그의 후인이 존재하지 않는다고 해서 그의 유산이 존재하지 않는 것은 아니지 않겠소? 신마성주가 찾으려는 것도 그 후인이 아니라 빛의 술사의 유산일 수 있소. 만약 신마성주가 수장된 북창의 옛 유물을 바닷속에서 건져 올린다면 빛의 술사의 유산이 그의 손에 들어갈 수도 있소."

"하지만 그건 불가능합니다."

염호가 고개를 저었다.

지난 세월 새로운 북창을 건설하는 와중에 염호는 수장된 옛 북창의 유물을 찾기 위해 부단히 노력했었다.

그래서 꽤 많은 유물들을 바닷속에서 건져냈지만, 옛 북창에서 신성시했던 신전의 유물들은 단 하나도 건져 올리지 못했다.

옛 북창 포구는 배를 댈 수 있는 포구 밖으로 십여 장만 나가도 깊은 해저의 계곡이 시작되는 위험한 바닷속 지형을 가지고 있었다.

그런데 성전이 무너진 위치가 옛 북창 포구에서 가장 깊은 수심을 자랑하는 곳이었다. 당연히 그 성전에 기록되어 있던 빛의 술사에 대한 기록 역시 찾을 수 없었다.

그래서 다른 사람들도 성전의 유물을 찾는 것은 불가능하다고 생각하는 염호였다.

"그래도 만에 하나의 경우를 생각하지 않을 수 없소."

탑살이 말했다.

"그럼 어찌할까요? 그렇다고 빛의 술사의 흔적을 본격적으로 찾아 움직일 수도 없고, 그랬다가는 세상의 모든 야심가들이 이 일에 달려들 것입니다. 신마성 또한 그렇고요."

염호가 걱정스러운 표정으로 말했다.

그러자 탑살이 잠시 생각에 잠겼다가 입을 열었다.

"세상의 의심을 최대한 피할 수 있는 방법으로 시도해 봅시다. 어쨌든 그냥 두고 볼 수는 없는 일이니."

"어떻게 말입니까?"

"마침 묵룡대선의 소룡들을 시험해야 할 때가 되었소."

"그럼……?"

"사람들 눈에는 그저 묵룡대선 소룡들의 마지막 수련 여행 정도로 보일 것이오. 물론, 그래도 위험한 일이기는 하지만."

탑살이 신중한 표정으로 말했다.

*　　　　*　　　　*

불청객이 있었다.

누가 소문을 냈는지 몰라도 무한과 탑살의 대제자 전위의 비무에 대한 소문이 묵룡대선 선원들 사이에 퍼진 모양이었다.

소문이 비무를 구경하기 위한 불청객들을 불러 모은 것은 당연한 일이다. 그런데 그 불청객 중 탑살이 있을 거라고는 누구도 예상치 못했다.

그래서 묵룡대선의 선원들은 처음에는 탑살이 이 비무를 말리려고 온 것이라고 생각했다.

그러나 탑살은 비무가 벌어질 숲속 공터에서 조금 떨어진 곳에 걸음을 멈추었다. 그는 묵룡사왕 중 검왕 서군문, 대도왕 병마도산과 함께였는데, 적어도 이 비무에 관해 자신은 구경꾼일 뿐이라는 듯 어떤 간섭이나 충고도 하지 않았다.

그래도 그는 존재한다는 것만으로도 사람들을 긴장시켰다. 비무를 구경하는 사람들조차 탑살로 인해 긴장이 되는데, 비무를 하는 당사자인 무한의 긴장은 말할 필요가 없었다.

"후우……!"

무한이 길게 숨을 내쉬었다. 비무를 시작하기도 전에 백 초 이상을 겨룬 것 같은 느낌이 들었다.

탑살의 존재는 말할 것도 없거니와 예상보다 많은 사람들이 몰려온 통에 정신이 없었다.

"이건 비무가 아니라 구경거리가 된 것 같은 느낌인데?"

왕도문이 중얼거렸다.

무한의 곁에는 소룡오대의 동료들이 있었다. 그들은 마치 무한이 자신들을 대신해 전위와 비무를 하는 것처럼 어젯밤부터 무한의 비무 준비를 도왔다.

"사람들이 예의가 없어. 무인의 비무는 구경거리가 아닌데 이렇게 시끄럽게 몰려오다니. 비무를 보고 싶다면 먼 숲에서 조용히 볼 것이지."

평소 과묵한 검술가로 인정받는 소룡오대의 젊은 검객 이산이 불쾌한 표정으로 말했다.

오대의 소룡들 중 무한이 가장 대하기 어려워하는 사람이 이산이다. 자신의 무공에 대한 자부심이 워낙 강해서 가끔 늦게 무공을 배우기 시작한 무한을 무시하는 듯한 모습도 보였다.

그러나 오늘만큼은 그도 무한의 조력자로서 진심으로 무한을 돕고 있었다.

그런 그에게 비무장을 시끄럽게 하는 불청객들의 존재는 못마땅할 수밖에 없었다.

"선장님까지 오셨으니 말 다했지."

왕도문이 먼 곳에 서 있는 탑살을 보며 말했다.

"그러니까. 최소한 비무를 구경하려면 선장님 정도의 예의는 갖춰야 한다는 거지. 선장님조차 거리를 두고 조용히 바라만 보시는데……."

이산이 웅성거리는 주위의 사람들을 보며 다시 투덜거렸다.

"그래도 선장님이 오셔서 이나마 조용한 거야. 아니었으면 완전히 시장판이나 마찬가지였을걸? 내기를 거는 사람도 많았을 거고."

하연이 말했다.

"에이, 설마… 아무리 칸이 뛰어난 재능을 가지고 있다고 해도 칸이 이기는 쪽에 금화를 걸 사람이 있겠어?"

왕도문이 고개를 저었다.

애초에 내기가 성립되지 않을 비무란 뜻이다. 그만큼 탑살의 대제자 전위는 강한 무인으로 평가되고 있었다.

더군다나 전위는 탑살의 첫 번째 제자이고, 무한은 마지막 제자이니 그 시간의 거리만큼이나 두 사람의 무공 격차도 클 수밖에 없었다.

그러니 무한에게 금화를 걸 사람은 아무도 없었다.

"이기고 지는 내기가 아니라 얼마나 버티느냐의 문제면 내기가 되지."

하연이 말했다.

"얼마나 버티느냐의 내기?"

왕도문이 되물었다.

"그래, 해볼래?"

하연이 왕도문을 도발했다.

"그것참… 하고 싶기는 한데 그래도 우리 사람을 데리고 어떻게 내기를 해. 칸에게 미안한 일이지."

왕도문의 슬쩍 무한의 눈치를 보며 말했다.

"뭐 어때? 칸도 무슨 목표가 있어야지. 내기라도 하면 긴장도 조금은 풀릴 거고."

"어, 그런가? …어때?"

왕도문이 무한에게 물었다.

"마음대로 하세요."

무한은 다른 사람들의 내기 따위는 신경 쓸 상황이 아니었다.

"그래? 그럼 연, 넌 어떻게 걸 건데?"

왕도문이 하연에게 물었다.

"난… 그래도 팔은 안으로 굽는다고 이십 초는 버틴다에 걸지. 금화 한 동! 도문, 넌?"

하연이 물었다.

"난… 이십 초는 어려울 것 같은데?"

"좋아. 그럼 이십 초 전후로 하는 것으로 하고, 모두 어느 쪽이야?"

하연이 다른 일대의 소룡들을 보며 물었다. 그러자 사비옥이 대답했다.

"난 못 버틴다에 걸겠어. 사실 그건 우리도 쉽지 않은 일이니까."

사비옥은 어떤 경우라도 냉정한 판단을 하는 사람이었다. 그래서 그의 평가가 어찌 보면 가장 객관적일 수 있었다.

"소독 너는?"

하연이 이번에는 소독에게 물었다.

"뭘 그런 걸 하고 그래."

"어허! 빼지 말고 어서 걸어. 곧 시작이야."

하연이 재촉했다.

"난… 그래도 생명의 은인이니 칸이 이십 초를 넘긴다에 걸지. 전위 대형도 처음에는 사정을 좀 봐줄 테니까."

"좋아. 그럼 넘는다가 둘, 못 버틴다가 둘, 이산 너 하나 남았어. 어느 쪽이야?"

하연이 이산에게 물었다.

그러자 이산이 고개를 저으며 냉정하게 말했다.

"난 무공을 두고 내기 따위는 하지 않아."

"쳇, 재미없는 녀석, 내가 그럴 줄 알았다."

하연도 이산에게는 내기를 강요하지 않았다.

소룡들의 내기를 정한 하연이 무한 앞으로 다가가 시선을 맞추며 말했다.

"들었지? 이십 초야! 어떻게든 버텨. 내기에서 이기면 딴 금화의 절반을 주지."

"지금 그게 제게 할 말이에요?"

무한이 되물었다.

"긴장을 풀란 뜻이야. 비무를 작은 놀이로 생각해. 지금 네 표정은 마치 생사대적을 상대하는 듯한 모습이잖아. 그래서는 진짜 실력의 절반도 끌어내지 못해. 그러니까 긴장 풀고 이 내기에 집중하라고. 알았지?"

"…그래볼게요."

무한이 그제야 하연의 본마음을 알고 고개를 끄떡였다.

"좋아. 그럼 한번 제대로 해보는 거다? 이 누님에게 금화를 안겨줄 거지?"

"노력해 보죠."

무한이 긴장을 풀려는 듯 가벼운 미소를 지으며 말했다. 그러나 억지로 지은 미소가 오히려 그의 얼굴을 어색하게 만들고 있었다.

"사제! 준비됐나?"

소룡오대가 내기를 걸며 무한의 긴장을 풀어주는 동안 준비를 마친 전위가 숲속 공터로 걸어 나와 무한에게 말을 건넸다.

그러자 무한이 크게 호흡을 한 후 천천히 걸음을 옮기며 대답했다.

"예, 대사형!"

생각보다 담대한 무한의 모습에 전위의 눈빛이 살짝 변했다.

"긴장한 것 같은데… 괜찮겠나?"

전위가 다시 물었다. 무한의 속마음을 읽어보려는 듯한 모습이다.

"열심히 해보겠습니다."

무한이 애써 덤덤한 표정으로 대답했다.

"좋군. 난 사제가 너무 얼어서 검도 들지 못하면 어쩌나 싶었는데."

"그래도 선장님의 제자인데요."

무한이 다시 어색한 미소를 지었다.

"그렇군. 하긴 스승님의 제자로서 비무를 무서워하면 안 되지. 그럼 시작해 볼까?"

전위가 무한을 응시하며 말했다. 그의 눈빛은 이미 전쟁터 한가운데서 적을 바라보는 눈빛으로 변해 있었다.

무한은 전위의 호전적인 눈빛에 흠칫했지만, 마음을 다잡으며 대답했다.

"잘 가르쳐 주십시오."

"걱정 마. 난 최선을 다할 거야."

"알겠습니다."

무한이 무겁게 고개를 끄떡였다.

스릉!

전위가 검집에서 검을 빼 들었다. 무성한 숲을 관통한 햇살이 전위의 검에 반사되어 눈부시게 퍼져 나갔다.

'바다라고 생각하자. 그때처럼, 모든 것을 버리고 뛰어들었던!'

무한이 점점 거대해지는 전위의 기운을 보며 생각했다.

사자림에서 죽음을 각오하고 거친 육주의 바다에 몸을 던질 때의 마음이라면, 전위와의 비무도 충분히 견뎌낼 수 있을 것이라 생각한 것이다.

그런 면에서 보자면 자신의 선택으로 한 번 죽음의 문턱을 넘었던 무한의 경험은 여러모로 쓸모가 있었다.

과거의 기억이 떠오르자 무한의 마음이 차분해지기 시작했다. 그리고 무한도 검을 들어 올렸다.

그런 무한의 모습을 보며 전위의 눈빛이 다시 한번 변했다.

평소보다 실전에 임해서 오히려 침착해지는 사람들이 있다. 그리고 대체로 그런 사람들은 뛰어난 전사가 된다. 소룡이라지만 웬만한 대전사들 못지않은 경험을 쌓은 전위는 한눈에 무한이 그런 특성을 지닌 사람이라는 것을 알아챘다.

"선공을 양보하지."

무한의 무공에 대해 충분히 알아보고 싶다는 듯 전위가 선공을 양보했다. 물론 대부분의 경우 나이가 어린 사람이나 하수가 선공을 하는 것이 비무의 정석이기도 했다.

"그럼!"

일단 침착함을 회복한 무한은 더 이상 망설이지 않았다.

팟!

무한이 가볍게 땅을 차는 순간 그의 몸은 이미 전위의 바로 앞까지 당도해 있었다.

"음!"

전위가 나직한 소리를 흘렸다. 예상보다 빠른 무한의 움직임에 놀란 듯 보였다.

그러면서도 전위는 검을 가볍게 내리찍어 무한의 검을 막아내려 했다.

쿠오!

전위의 검에서 무거운 파공음이 일어났다. 그가 검에 충분한 진기를 실었다는 뜻이다. 비무라지만 한 치의 방심도 없이 무한을 상대하고 있다는 뜻이기도 했다.

그런데 그 순간 무한이 방향을 틀었다.

촤악!

한 손으로 땅을 짚고 회전하는 듯 방향을 튼 무한의 움직임에 전위의 검이 무한을 지나쳐 땅에 꽂혔다.

픽!

진기가 담긴 전위의 검이 땅에 꽂히자 검의 절반 정도가 땅에 박혔다.

그 순간 옆으로 흘러 나가던 무한이 검을 뻗었다.

팟!

무한의 검이 무서운 속도로 전위의 하체를 노렸다.

"좋구나!"

전위가 무한의 변칙적인 움직임을 칭찬했다. 그러면서도 가볍게 허공을 뛰어올라 무한의 검을 피한 후, 땅에 박혀 있던 검을 사선으로 그어 올렸다.

좌악!

검에 밀려 올라온 흙들이 분수처럼 퍼져 오르는 사이 무한의 검이 전위의 검과 충돌했다.

"욱!"

무한의 입에서 나직한 신음 소리가 흘러나왔다.

급하게 쳐올린 검이지만 전위의 검에는 막강한 공력이 실려 있었다. 무한은 검을 통해 느껴지는 전위의 공력에 놀라 자신도 모르게 신음 소리를 토해냈다. 그러면서도 그는 급히 몸을 뒤로 물렸다.

좌악!

무한이 전위의 검에 밀려 나오는 검을 거꾸로 내려찍어 땅을 긁었다. 그러자 그 마찰력에 힘입어 무한의 몸이 대여섯 걸음 뒤에서 멈춰 섰다.

그런 무한을 향해 전위가 외쳤다.

"아주 좋아. 사제! 다시 한번 공격해 봐!"

전위가 검을 까딱여 무한을 불렀다.

"예, 사형!"

무한은 거절하지 않았다.

그는 다시 한번 전위를 향해 질주했다. 그리고 그 순간 무한
은 깨달았다. 자신이 비무의 긴장에서 완전히 벗어났음을. 그리
고 이 비무가 자신을 성장시킬 아주 좋은 기회라는 것을!

제4장

작은 기적, 병사의 검술(劍術)

　작은 파도가 끊임없이 밀려가는 것 같았다. 무한의 공격이 그랬다.

　무한은 큰 산악 같은 존재인 전위를 향해 끊임없이 공격을 해댔다. 그러나 그 공격들은 일격필살을 노리는, 전력을 다한 공격이 아니었다.

　전위의 옷자락이나 벨 수 있을까 싶은 검의 초식들을 빠르게 던져놓고 전위의 반격이 없어도 훌쩍 뒤로 물러났다.

　그런 식의 공격을 무한이 끊이지 않고 반복했다. 어떻게 보면 전위의 신경을 긁기 위한 공격처럼 보였다.

　그러나 무공을 제대로 아는 사람이라면, 이런 무한의 공격이야말로 공력과 검술 수련이 부족한 무한이 유일하게 선택할 수 있는 최선의 공격법이라는 것을 알 수 있었다.

물론 이런 공격을 통해 무한이 전위와의 비무에서 승리할 가능성은 거의 없었다.

그러나 약자는 이렇게 싸움을 길게 이어가면서 혹시라도 우연히 강자의 약점을 찾을 수 있는 행운을 노리는 것 말고는 승리할 기회가 없었다.

물론 비무여서 가능한 전략이다. 만약 실전이었다면 이런 식의 공격은 당장 죽음을 부를 것이다. 실전이었다면 아예 몸을 빼 도주하는 것이 최선인 상대가 전위였다.

어쨌든 가벼운 움직임으로 끊임없이 공격과 후퇴를 반복하다 보니 두 사람의 공방은 어느새 이십여 초를 훌쩍 넘어서고 있었다.

당연히 하연의 얼굴에 희색이 만연하다. 내기에서 이겼기 때문이다.

이십 초 이상의 겨룸을 두고 한 내기의 승패가 결정된 순간부터 이미 하연은 왕도문과 사비옥에게 손을 내밀고 있었다.

"제길!"

"가져라. 가져! 석림도에서 큰 선물도 받았다면서 꼭 받아야 속이 시원하겠냐?"

사비옥과 왕도문이 투덜대면서 품속에서 금화 한 동씩을 꺼내 하연의 손 위에 얹었다.

"히히, 아무튼 참 귀여운 동생이야. 이 누님을 위해 저런 식으로 초수를 늘려 나가다니! 히히!"

금화 두 동을 품속에 갈무리하며 하연이 웃음을 흘렸다. 그러면서도 그녀의 시선은 무한과 전위의 비무에서 한순간도 벗어나지 않았다.

"제길, 저렇게 공격하는 시늉만 하고 물러나는 것도 초수로 쳐줘야 되는 거야?"

왕도문이 억울한 표정으로 말했다.

그러자 소독이 말했다.

"그것도 실력이 있어야 가능한 일이지. 칸의 무공은 정말 대단했군. 가까이 있으면서도 그걸 몰랐어. 후우… 소위 말해 천재라는 건가?"

소독의 목소리에 약간의 부러움이 섞여 있다.

"천재? 그렇게까지 말하는 건 좀 지나친 거 아냐?"

왕도문이 되물었다.

그러자 이번에는 사비옥이 말했다.

"전혀 지나치지 않은 것 같은데."

"비옥 너까지? 왜? 그냥 깔짝대는 거잖아?"

왕도문이 다시 물었다.

"공격이야 그렇다 치고, 전 사형의 공격을 피하는 것을 봐. 전 사형은 두세 번은 모를까 그 이상은 사정을 봐줄 사람이 아니잖아. 그런데도 저런 식의 비무가 이어지는 것은 결국 사형도 칸을 완벽하게 제압할 기회를 찾지 못했다는 의미지."

"그게… 그런 건가?"

왕도문이 놀란 눈으로 다시 무한을 바라봤다.

"전장에서라면 다르겠지만, 전 사형이 곤란해졌어. 칸의 몸에 큰 부상을 입히기 전에는 쉽게 승부를 내지 못할 것 같아."

소독이 말했다.

"야, 그렇다면 전 사형 지금 속으로 화가 끓고 있겠는걸?"

"그래서 걱정이다. 저러다가 전 사형이 정말 독하게 손을 쓰게 될까 봐."

소독이 말했다.

"죽기야 하겠어?"

"죽지는 않아도 큰 부상을 당할 수는 있지."

"에이, 선장님이 계시는데 설마……."

왕도문이 고개를 저었다.

그러자 소독이 단호하게 말했다.

"무인의 대결이야. 스승님도 어쩔 수 없는 경우가 있는 거지. 설혹 칸이 크게 다쳐도 죽지만 않으면 스승님도 전 사형을 나무라지 않을 거야."

"음… 그렇긴 하지만."

왕도문도 은근히 걱정이 되는지 얼굴빛이 어두워졌다.

소독의 예상은 정확했다. 어느 순간부터 전위의 눈빛과 검이 만들어내는 기운이 달라졌다. 그리고 가장 큰 변화는 그가 전진하기 시작했다는 것이다.

쐐액 쐐액!

전위의 검에서 어린애 숨소리 같은 파공음이 나기 시작했다. 그의 검 끝에서 일어난 푸른 기운들이 마치 종이를 자르듯 공기를 날카롭게 잘라가며 앞으로 나아갔다.

"후욱!"

무한이 숨을 크게 쉬어 몸이 경직되는 것을 막았다.

그리고 조금의 틈도 주지 않고 밀려드는 전위의 짧은 검기들을 힘들여 막아냈다.

차차창!

두 개의 검 사이에서 날카로운 섬광들이 번뜩였다. 갑자기 숲속이 환해지는 느낌이 들 정도였다.

그 화려한 충돌의 결과는 금세 드러났다. 무한이 뒤로 밀리기 시작한 것이다.

'침착해. 침착해. 버틸 수 있는 만큼 버티면 되는 거야.'

무한이 수십 대의 화살처럼 밀려드는 전위의 검영들을 바라보며 도주하고 싶은 욕망을 억눌렀다.

무한이 전위의 공격을 막으면서 끊임없이 뒷걸음질 쳤다. 다행인 것은 그 와중에도 정신을 차리고 일직선이 아니라 원을 그리며 물러나고 있다는 것이었다.

그래서 그는 여전히 비무장에 남아 있었다. 만약 일직선으로 물러났다면 비무장을 벗어나는 것으로 벌써 비무가 끝났을 것이다.

"이제 그만 끝내야 할 것 같구나. 더 끌었다가는 내가 모두의 웃음거리가 되겠어."

전위가 막내 사제와의 비무를 무려 일백 초가 넘게 끈 것에 대해 부끄러움을 느꼈는지, 단호한 표정으로 말하며 허공으로 몸을 날렸다.

파파팟!

허공에 떠오른 전위가 빠르게 무한을 향해 검을 찔렀다.

그러자 그의 검에서 일어난 대여섯 갈래의 검기들이 뇌우처럼 무한을 향해 파고들었다.

'위험하다!'

무한이 닥쳐드는 검기들이 모두 허초가 아님을 깨닫고는 위험을 직감했다.

이대로 격돌했다가는 몸 몇 군데 적지 않은 부상을 입을 것이 분명했다. 그래서 지금은 훌쩍 뒤로 물러나 패배를 선언하는 것이 가장 좋은 선택이었다.

그런데 이상하게 그 순간 오기가 일어났다. 죽지만 않는다면 전위의 공격을 온 힘을 다해 대항해 보고 싶었던 것이다.

"핫!"

망설임은 짧았다. 결심을 한 것은 거의 본능이었다.

무한의 입에서 날카로운 기합성이 터져 나오고 그의 작은 몸이 전위의 검기 속으로 뛰어들었다.

"엇!"

"저런!"

사람들의 입에서 당황한 목소리가 흘러나왔다. 그중 일부는 무한과 전위의 비무에 뛰어들려는 듯한 모습도 보였다. 그만큼 무한의 상태가 위태로워 보였다.

그러나 누군가가 간섭하기에는 너무 늦은 상태였다. 찰나에 일어난 일이라 죽고 사는 것은 이제 온전히 두 사람, 혹은 하늘의 뜻에 달려 있을 뿐이었다.

그러나 무한과 전위의 마음은 달랐다. 그들은 이 위험한 무한의 선택이 밖에서 보는 것과 달리 비무의 흐름을 완전히 변화시켰다는 것을 서로 느끼고 있었다.

번쩍!

전위가 만들어낸 검영들 속에서 무한의 검이 번뜩였다. 그 순간 한 줄기 빛이 전위의 검기들을 비껴내며 직선으로 뻗어갔다.

그 속도가 전광석화처럼 빨랐고, 교묘하게 전위의 검법이 가지고 있던 허점들을 파고들었기에 전위는 당황할 수밖에 없었다.

이대로 공격을 계속하면 무한에게 큰 부상을 입힐 수 있겠지만, 마지막에 죽는 사람은 결국 전위 자신일 것이라는 것을 부정할 수 없었다.

이 격돌이 끝났을 때, 무한의 검이 전위의 목젖에 꽂혀 있을 것은 분명하기 때문이었다. 무한이 살아 있든 죽어 있든 상관없이.

"음……."

전위가 나직한 신음이 토하더니 갑자기 검을 좌우로 크게 흔들었다.

차차창!

무한을 향하던 그의 검기가 방향을 틀어 자신을 공격하는 무한의 검을 때렸다.

그러나 무한의 검은 튕겨 나가는 듯하면서도 묘하게 전위의 검기들을 비껴내면서 전진하더니 순식간에 전위 눈앞에 도달했다.

"핫!"

한순간 전위의 날카로운 기합성이 터져 나왔다.

지잉!

순간 전위의 코앞에서 무한의 검과 전위의 검이 자석처럼 붙었다.

"흡!"

"음……."

무한과 전위가 검을 붙인 채 서로 낮은 숨소리를 흘려냈다.

다음 순간 무한이 전위의 검에 튕겨나듯 뒤로 물러났다.

촤르륵!

무한이 거의 삼사 장 뒤로 밀려나 겨우 몸을 바로 세웠다. 그리고 그 즉시 검을 거꾸로 들고, 검을 든 손은 가슴에 모은 채 전위에게 고개를 숙였다.

"가르침 감사합니다, 대사형!"

스스로 패배를 시인한 무한이다.

그러자 여기저기서 안도의 한숨이 흘러나왔다. 급박했던 두 사람의 충돌에서 아무도 크게 다치지 않았기 때문이다.

전위는 자신의 패배를 시인하는 무한을 모호한 시선으로 바라봤다.

마지막 충돌에서 그가 공력으로 무한을 물리친 것은 분명했다. 그러나 그럼에도 불구하고 왠지 모르게 자신이 패한 것 같은 느낌이 들었다.

'만약 이 어린 사제의 공력이 조금만 더 강했다면?'

이런 의구심이 생기지 않을 수 없었다. 그랬다면 아마도 그는 이 어린 사제의 검에 자신의 목젖이 꿰뚫렸을 것이다.

무한이 최후의 순간 자신의 죽음을 각오하고 억지로라도 검을 밀고 들어왔다면, 그 또한 도저히 튕겨낼 수 없었을 것이란 생각도 들었다.

그러니까 결국, 오랜 수련을 통해 얻은 공력과 어쩌면 어린 사제의 마지막 물러섬이 그의 패배를 막은 것일 수도 있었다.

"파랑십이검은 아닌 것 같은데……?"

전위가 천천히 검을 거둬 검집에 넣으면서 무한에게 물었다.

"사부님께 무공을 전수받기 전 적삼 아저씨께 전장에서 쓰이는 병사들의 검법을 조금 배웠습니다."

"병사들의 검… 아적삼 아저씨의?"

"예."

무한이 대답했다.

그러자 전위의 시선이 자연스럽게 얼마간 떨어진 곳에서 비무를 지켜보던 아적삼에게로 향했다.

그때 아적삼은 당황한 모습으로 무한을 바라보고 있었다. 설마 무한이 전위를 상대하면서 자신의 검법, 혈랑검을 쓸 줄은 생각도 못 했다.

그런데 무한은 바로 그 검법으로 전위를 위급한 상황까지 몰아붙인 것이다.

그리고 그 사실을 입에 올림으로써 모든 사람들의 시선이 자신에게로 향하게 만들었다.

"아저씨, 좋은 검법이었습니다. 언제 시간이 나면 저에게도 좀 가르쳐 주십시오."

전위가 아적삼을 향해 고개를 숙이며 정중하게 부탁했다.

화가 나거나 혹은 불쾌한 모습은 아니었다. 그는 정말 아적삼의 혈랑검을 배우고 싶은 듯 보였다.

"그, 그게… 아니, 배울 것도 없는 무공이네. 저놈이 어쩌다가 운이 좋았던 게지. 전 소룡이 생각지 못했던 검법에 잠깐 당황했던 것이고……."

아적삼이 얼른 고개를 저었다.

그러자 전위가 고개를 저었다.

"아닙니다. 전 비무에서 결코 방심하지 않았습니다. 그 일 초는… 한 수의 필살기로써 놀라운 검법이었습니다."

물론 혈랑검을 탑살의 파랑십이검에 비교할 수는 없지만 위급한 순간 단 한 수로 전세를 역전시킬 수 있는 효용성을 가진 검초라는 것을 알아챈 전위였다.

"하… 이거 참……."

아적삼은 갑작스러운 상황에 어쩔 줄 모르고 입맛만 다셨다.

그때, 갑자기 탑살이 앞으로 나섰다.

"전위의 말이 옳다."

탑살의 갑작스러운 등장에 모든 사람들이 시선을 돌렸다.

"선, 선장님……."

아적삼이 마치 도둑질을 하다 들킨 사람처럼 말을 더듬었다.

"아적삼, 그대의 검술이 뛰어난 것은 이미 알고 있었다. 그런데 오늘 칸이 펼치는 그대의 검법을 보니 단순히 뛰어난 것뿐 아니라 우리 묵룡대선의 선원들에게 꼭 필요한 검법이라는 생각이 드는군."

"선장님……."

아적삼이 당황해 대답도 제대로 하지 못했다.

"모두 들어라."

갑자기 탑살이 숲에서 비무를 지켜보고 있던 묵룡대선의 선원들을 둘러보며 입을 열었다. 갑작스러운 탑살의 행동에 선원들이 긴장한 채 탑살에게 시선을 집중했다.

"아는 사람은 알겠지만 지금 봄섬에는 두 척의 대선이 더 만들어지고 있다. 그에 따라 사람도 더 필요해지겠지만, 각자 자신의 능력을 발전시키는 것도 필요하다. 세 척의 묵룡대선이 준비되면 그대들은 세 척의 배에 나눠 타게 될 것이고, 새로운 선원을 들이게 되면 묵룡대선의 충실한 식구가 될 수 있도록 그들을 이끌어야 한다. 그래서 모든 선원들이 좀 더 체계적으로 도검을 수련할 필요가 있다고 생각하고 있었다."

탑살의 말에 선원들의 표정이 긴장감으로 굳었다.

두 척의 묵룡대선이 더 만들어지고 있다는 것도 놀라운 일인데, 일반 선원들에게도 체계적인 무공 수련을 하게 하겠다는 말은 더 놀라운 것이었다.

물론 묵룡대선의 선원들은 누구나 검을 다룰 줄 알지만 그래도 묵룡대선의 무력은 철저하게 용전사들에게 의존했다.

탑살의 말은 그 틀을 변화시키겠다는 것이었다.

"그렇다고 선원 모두에게 나의 무종을 전한다는 뜻은 아니다.

칸을 끝으로 난 더 이상 제자를 들이지 않을 것이다. 대신 묵룡사왕과 용전사들 중 허락받는 자는 자신의 제자를 들이고 무종을 전할 수 있게 할 것이다. 그러니 앞으로 무종을 전수받은 전사들의 숫자는 더욱 많아질 것이다. 하지만 그것 역시 일반 선원 모두에게 해당하는 것은 아니다. 알겠지만 무종의 전수는 아주 특별한 인연이 있어야 하고, 한 사람이 전할 수 있는 무종도 한계가 있으니까. 하지만, 무종의 전수가 아닌 병기를 사용하는 무술은 다르다. 그건 누구나 배울 수 있다."

탑살이 잠시 말을 끊었다.

그는 그의 말을 듣고 생기로 번뜩이는 묵룡대선 선원들의 눈을 둘러봤다.

내공이 아니라도 어떤가. 제대로 된 병장기술을 배울 수만 있다면, 그것도 선원들에게는 행운이었다.

"검왕!"

"예, 선장님!"

독사검왕 서군문이 얼른 대답했다.

"오늘부터 사왕은 묵룡대선의 일반 선원들이 익힐 수 있는 병기술을 준비하시오. 그 성취에 따라 체계적인 수련이 될 수 있도록 말이오."

"알겠습니다."

서군문이 무겁게 대답했다.

그는 이 일이 단순히 선원들의 능력을 발전시키기 위함이 아님을 알고 있었다.

파나류에서 벌어지는 크고 작은 사건들, 그리고 신마성의 등장, 더 이상 커질 수 없을 만큼 강대해진 이왕사후의 전력… 그 모든 것이 새로운 혈풍의 전조를 보이고 있었다.

탑살은 그에 대비하려 하고 있었다. 묵룡대선의 숫자를 늘리고 사람들을 충원하고, 선원들에게 무술을 가르치는 것. 그건 묵룡대선을 단순한 상선이 아닌 무력을 가진 하나의 세력으로 키우겠다는 선언과 같았다.

그래서 서군문의 가슴도 뛰고 있었다. 이유야 어쨌든 결과적으로 묵룡대선이 하나의 왕국처럼 변해갈 것이기 때문이었다.

탑살이 다시 입을 열었다.

"그 병기술 중에 아적삼의 혈랑검을 넣으시오."

"…알겠습니다."

서군문이 짐작하고 있었다는 듯 대답했다.

탑살과 서군문, 그리고 숲에서 비무를 지켜보던 묵룡대선의 수뇌들이 먼저 자리를 떴다.

그다음에는 용전사들과 선원들이 비무터를 벗어났고, 결국 장내에는 일대의 소룡들과 오대의 소룡들, 그리고 여전히 정신을 차리지 못하고 있는 아적삼과 이문술만 남아 있었다.

"사제, 고마워!"

사람들이 사라진 숲이 조용해지자 갑자기 전위가 무한에게 말을 건넸다.

"예?"

전위가 말의 의미를 알아듣지 못한 무한이 얼떨떨한 표정으로 되물었다.

"오늘 비무 말이야. 응해줘서 고맙고, 또 내게 정말 많은 도움이 되었어. 진심이야."

"아니, 그게… 오히려 제가 감사합니다."

무한이 꾸벅 인사를 했다.

"하하, 서로 도움이 되었다면 더 좋은 일이지. 그나저나 아주 망신을 당할 뻔했어. 마지막 그 한 수 말이야. 전혀 예상하지 못했거든. 파랑십이검만 머리에 두고 있다가 그런 변수가 생길 줄이야."

전위가 두 손을 들어 올리며 말했다.

웃으며 말했지만 정말 전위로서는 식은땀이 나는 순간이었다.

만약 그 순간 내공의 힘으로 무한의 공격을 누르지 못했다면, 혹은 무한이 무리하지 않고 뒤로 물러나지 않았다면, 탑살의 제일제자가 막내 제자와의 비무에서 패하는 수모를 당할 수도 있었던 것이다.

"죄송합니다."

무한이 죄를 지은 것처럼 고개를 숙여 보였다.

"죄송이라니! 말도 안 되는 소리! 최선을 다한 게 왜 죄송해. 오히려 내가 잘못한 거지. 비무든 싸움이든 어떤 변수도 생길 수 있는데. 그걸 간과한 내가 부족한 거다. 정말 큰 교훈을 얻었어. 물론 그렇다고 내가 위기에 처한 것이 오직 방심했기 때문이라는 건 아니야. 사제의 무공은… 참 놀라웠어."

"설마… 그럴 리가요."

무한이 쑥스러운 듯 머리를 긁적였다.

"아냐. 정말 대단했어. 그리고 이제야 이해가 가. 스승님께서 왜 사제를 마지막 제자로 들이셨는지. 오대에서 끝을 내지 않으시고……"

"……"

무한이 계속되는 전위의 칭찬에 말문이 막혔다. 그런 무한을 전위가 차분하게 불렀다.

"사제."

"예, 대사형!"

"잘 들어. 농담이 아니니까."

"말씀하십시오."

"수련에 집중해. 어떤 경우라도. 내가 경험한 사제는… 솔직히 말해 지금껏 내가 본 사형제들 중 누구보다도 뛰어난 재능이 있는 것 같아."

"예?"

너무 진지해서 감히 부정할 수 없는 전위의 표정이다. 무한은 되묻는 것으로 당혹감을 대신했다.

"사제는 참 특이한 기운을 가지고 있어. 마치… 스승님의 천년 구공 말고 다른 무공을 가진 사람 같달까. 다 소진되었다 싶은 순간 다른 힘이 일어나는 것 같더라고. 그건 아마도 타고난 신체의 능력이겠지. 그런 사람들은 대체로… 무공의 최고 경지에 도달해 대무인(大武人)으로 불리게 되지."

"……"

너무 엄청난 평가에 무한이 얼어붙은 듯 아무 말도 하지 못했다.

"그래도 혹시 자만할까 봐 말해두는 거야. 자만하지 말고 어떤 경우라도 수련에 최선을 다해. 내 사형제 중에서 육주 최고의 대무인이 나오는 것은 엄청난 영광이니까. 물론… 세월이 좀 걸리겠지?"

"너무 큰 기대를 하시네요."

무한이 정신을 차리고 급히 대답했다.

"기대 좀 하자. 사제의 재능이라면 가능성이 있어. 솔직히 그렇지 않다면 나보다 스무 살 가까이 어린 사제에게 억지로 승리한 이 사형이 창피하니까. 그러니까, 알았지?"

전위가 무한의 어깨에 한 손을 올리며 강요하듯 말했다.

"…알겠습니다."

"하하하! 좋아, 좋아. 그런데 칸 사제는 오대 소속인 건가?"

전위가 소독와 하연 등을 보며 물었다.

"그런 셈입니다."

소독이 대답했다.

"그래? 이것 참. 그럼 난 좀 긴장해야겠군. 소독 사제에게 엄청난 우군이 생긴 것이니까."

"대사형도 참… 그런 말씀을!"

소독이 어색한 표정으로 얼굴을 붉혔다.

"하하하, 아니야. 그게 뭐 잘못된 일인가. 소룡오대가 경쟁하는 것은 서로에게 적의가 있어서가 아니지 않나? 또, 내가 나이가 많으니까 지금이야 나와의 경쟁을 부담스러워하지만 앞으로 십 년이 지나면 그때는 나이 차이가 큰 의미가 없을 거야. 무공 수련 십 년이면 특별한 존재는 나이나 수련 시간을 초월하게 되는 시기니까. 그리고 반드시 그렇게 되어야 하고. 그렇게 되면 우리 묵룡대선은 훨씬 강해지겠지. 나쁘지 않은 일이야."

전위가 담담하게 말했다.

"그래도 대사형과 경쟁한다는 것은……."

소독이 고개를 저었다.

"겸손 떨 것 없어. 무인에게 경쟁은 아름다운 거야. 아무튼 부럽군. 막내 사제의 도움을 받게 되다니."

전위가 진심으로 부러운 듯한 표정을 지었다.

"사형의 말씀대로라면 모르는 일이지요. 막내가 사형께 도전하게 될지."

"어? 그렇게 되나? 어때, 막내 사제. 그럴 생각 있어?"

전위가 무한에게 물었다.

그러자 무한이 얼른 고개를 저었다.

"전혀요! 전 절대 그럴 생각 없습니다."

"능력이 있어도?"

"예, 그건 이미 선장님께 말씀드렸는데요."

"응? 그런 일이 있었어?"

"예, 선장님의 제자가 되고 묵룡대선의 전사로서 살아가겠지만, 뭐 후계자 이런 건 안 하겠다고요."

"왜? 묵룡대선의 후계자 자리가 그렇게 가치 없는 게 아닌데? 오히려 모두가 꿈꾸는 일이지."

전위가 호기심이 동한 표정으로 물었다.

"귀찮아서요."

"귀찮아?"

"예, 전 묵룡대선의 선원으로 자유롭게 세상을 여행하고 싶을 뿐입니다."

"후우… 야망은 없다?"

"저하고 어울리지 않습니다. 그런 자리는."

무한이 다른 때와 달리 단호하게 말했다. 그의 진심이기 때문에 이렇게 자신 있게 말할 수 있었다.

그러자 전위가 고개를 끄떡였다.

"뭐, 진짜 그런 마음인가 보군. 그럼 역시 소독 너만 좋게 된 거 맞네. 소독을 도와줄 거지?"

전위가 다시 무한에게 물었다.

그러자 무한이 잠시 우물거리다가 어렵게 입을 열었다.

"각자의 경쟁이라면 관여치 않겠지만 소룡오대의 일이라면……."

"후후, 결국 그렇게 될 거야. 에이, 귀찮은 녀석이 하나 생겼네. 자, 일대 친구들은 그만 가서 저 귀찮은 녀석들과 경쟁할 계획이나 짜보자고."

전위가 소룡일대의 동료들을 보며 말했다.

그러자 일대의 전사들이 큰 웃음을 터뜨렸다. 그리고 그중 전위가 나이가 비슷한 사내가 무한을 보며 말했다.

"칸이라고 했지? 난 완승이라고 한다. 오늘 대단했다. 다음에 또 보자. 그리고 소독!"

"예, 완승 사형!"

"너도 이제 하선할 때가 됐지?"

"이번에 봄섬에 돌아가면 하선입니다."

"좋아. 그럼 그때부터 제대로 한번 놀아보자고!"

"잘 가르쳐 주십시오."

"흐흐, 애늙은이 같은 녀석, 이미 충분히 우리와 겨룰 수 있으면서. 아무튼 또 보자. 가자고!"

완승의 말에 소룡일대의 무사들이 무한과 오대의 소룡들에게 손을 흔들어 보이고는 전위와 함께 숲을 벗어났다.

"후우……."

전위와 소룡일대의 무사들이 사라지자 무한이 길게 한숨을 내쉬었다.

"잘했어!"

탁!

한숨을 내쉬는 무한의 등을 하연이 세게 쳤다.

"억! 아프잖아요?"

무한이 하연을 보며 소리쳤다.

"야야, 엄살 떨지 마. 전위 대사형과 겨루는 것을 보니까 엄살 떨 나이는 지난 것 같다. 아주… 살벌하더라?"

"죽다 살아난 걸요."

"아니. 내가 보기엔 최후의 순간에 죽을 각오로 덤볐으면 전위 대사형도 무척 곤란했을걸? 너 그때 일부러 뒤로 물러났지?"

"그럴 리가요. 힘에서 밀린 거죠."

무한이 고개를 저었다.

"정말?"

"그런 거짓말을 왜 해요?"

"아닐 것 같은데……."

하연이 의심 어린 표정으로 무한을 보며 중얼거렸다.

그러자 무한이 얼른 입을 열었다.

"그 기습도 전위 대사형이 제가 적삼 아저씨의 혈랑검을 익혔다는 걸 모르고 있어서 잠시 당황한 것뿐이에요. 뭐, 굳이 따지자면 아저씨 덕분이죠."

무한이 얼른 이야기의 화살을 아적삼에게 돌렸다.

그러자 아적삼 곁에 있던 이문술이 신이 나서 떠들었다.

"그럼, 그럼! 이번에야말로 우리 위대하신 아적삼 나리의 진가를 세상이 알게 된 거지. 하하하! 대묵룡대선의 선원들이 수련해야 하는 정식 검법이라! 이 비무의 최종 승자는 적삼 자네야, 자네! 하하하!"

그건 작은 기적 같은 일이었다.

병사의 검이 무종 종파의 정식 검법으로 기록되는 것은 불가능한 일이기 때문이었다.

그런데 그 일이 일어났다.

당사자는 너무 당혹스러워서 자신의 거처에서 두문불출했지만, 다른 선원들에게 그 기적은 큰 자부심을 안겨주었다.

아무리 신분과 지위의 고하 없이 묵룡대선의 한 구성원으로서 평등한 대접을 받고 있다고 해도, 일반 선원들과 용전사들은 분명한 차이가 있었다.

그건 각 개인의 권리에 대한 차이라기보다는 한 사람의 가치에 대한 차이 같은 것이었다.

누가 뭐래도 묵룡대선의 주력은 용전사들이다. 그런데 그 용전사들이 수련하는 검법 중 하나로 일개 선원의 검술이 선택된 것이다.

물론 아적삼의 혈랑검은 전사들보다는 일반 선원들의 호신술로서 더 광범위하게 수련될 것이다.

하지만 묵룡대선의 정식 무공 중 하나로 인정되었으므로, 용전사들 역시 기본적인 검술의 원리는 알고 있어야 하는 검법이된 것이다.

그래서 아적삼의 혈랑검이 묵룡대선의 정식 무공인 된 것은 기적이었다.

"어이, 적삼, 정말 안 나올 거야? 술이나 한잔하자니까?"

이문술이 아적삼의 천막을 보며 소리쳤다.

섬 가름에 도착한 이후 묵룡대선의 선원들은 북창 주민들이 임시 거처로 만든 숲 옆쪽에 숙영지를 구축하고 그곳에서 생활하고 있었다.

묵룡대선에서 생활할 수도 있었지만, 묵룡대선에 싣고 온 자재들을 이용해 북창 주민들의 생활 터전을 만드는 일을 돕기에는 육지에서 생활하는 것이 효율적이었기 때문이다.

주어진 휴식은 단 하루, 그 하루의 휴식 이후에는 모든 선원들이 북창 주민들의 거주지를 만드는 일에 투입되었다.

거대한 나무들이 베어나가고, 그 나무들로 외부의 침입을 막기 위한 방책이 나선형을 그리며 바다 쪽을 향해 세워졌다.

석림도에서부터 묵룡대선에 싣고 온 목재들을 이용해 북창의 주민들이 거주할 집들을 짓는 일도 시작되었다.

눈코 뜰 새 없이 바쁜 생활이었다. 하루빨리 북창 주민들의 터전을 만들고, 다시 바다로 나가 묵룡대선의 최종 목적지이자 그들의 서쪽 거점인 봄섬으로 가야 했다.

그래서 누구도 휴식이 허락되지 않았다. 모든 선원들이 새로운 북창을 세우는 일에 동원되었다.

그런데 그중 유일하게 휴식이 허락된 사람이 있었다.

아적삼이었다.

모든 사람들에게는 기적으로 불리는 일이지만, 아적삼에게는 검법 혈랑검이 묵룡대선의 정식 무술이 되는 것이 엄청난 부담이었다.

사람들의 시선도 부담스러웠다. 그래서 그는 자신의 천막에 틀어박혀 밖으로 나오지 않았고, 아무도 그런 아적삼을 질책하지 않았다.

그런 아적삼을 끈질기게 밖으로 끌어내려는 사람은 오직 이문술밖에 없었다.

"가라, 가. 귀찮다!"

이문술이 요란을 떨자 천막 안에서 아적삼이 얼굴도 비치지 않은 채 소리쳤다.

"에이, 그러지 말고 나와. 저녁 일이 끝나서 다들 술 한잔하려고 한다고!"

어느새 섬 가름에 또 한 번의 석양이 지고 있었다. 시간의 흐름을 모르는 이는 오직 천막 속에 박혀 사는 아적삼밖에 없었다.

"시끄러우니까. 제발 그만 가라."

"젠장, 언제까지 그러고 있을 건데? 좀 심한 것 아니냐? 다른 사람들은 뼈 빠지게 일하고 있는데."

"조만간 나갈 거야. 그러니까 지금은 꺼져라."

아적삼이 퉁명스럽게 소리쳤다.

"젠장… 누군 부러워 죽겠구먼. 간다, 가!"

이문술이 투덜대며 아적삼의 천막을 떠났다.

이문술이 아적삼에게 정말 화가 난 것이 아니었다.

그는 아적삼을 걱정하고 있었다. 그래서 아적삼의 천막에서 조금 떨어진 곳에서 무한을 붙잡고 속삭였다.

"아무래도 안 되겠다. 이젠 네가 나서야겠어."

"안 나오신대요?"

무한이 되물었다.

"음, 이러다가는 묵룡대선을 떠난다고 할지도 모르겠다."

"예? 설마요!"

무한이 말도 되지 않는다는 듯 목소리를 높였다.

"그게 그렇지가 않아. 사람은 본능적으로 편한 곳을 찾게 되어 있어. 불편한 곳을 벗어나려는 것이 본능이라고. 더군다나 적삼은 자유로운 영혼 아니냐. 자칭(自稱)! 흐흐."

본성을 버릴 수 없는지 이문술이 말끝에 농담을 해댔다.

"그래도 설마 묵룡대선을 떠나시겠어요?"

"뭐, 아주 떠나지는 않아도 한동안 배를 타지 않을 수는 있지."

"정말 그러실까요?"

"가능성이 커. 워낙 관심받는 걸 싫어하는 성격이라서. 만약 그 성격만 조금 유연했다면 지금쯤 어디서든 한자리 차지하고 있을 거야. 너도 적삼의 실력은 알잖냐? 검 다루는 거든, 일하는 것이든 솔직히 모든 면에서 나보다 낫지. 그 엄혹한 궁산 비룡성의 화살받이 노릇에서도 살아났으니까."

"그렇긴 하지요."

무한이 고개를 끄떡였다.

나서지 않아서 그렇지 아적삼의 실력은 묵룡대선의 각 장(長)들 못지않았다.

"그러니까. 이제 너밖에 없어. 네가 가서 살살 꼬셔봐. 그럼 나올 거야."

"저라고 별수 있나요."

무한이 자신없다는 듯 말했다.

그러자 이문술이 빙글거리며 말했다.

"세상에서 누가 제일 약한 줄 아냐?"

"갑자기 무슨 말씀이세요?"

"세상에서 가장 약한 자가 누구냐고?"

"그야 상황에 따라 다르죠."

"후후, 변하지 않는 진리를 말해주겠다. 잘 듣거라. 세상에서 가장 약한 사람은 자식 앞의 부모다. 부모란 존재는 자식을 위해 가장 강한 사람이 되기도 하지만, 또 자식 앞에서는 가장 나약한 존재지. 뭐든 다 들어준다니까. 자기 목숨도 내줄걸?"

"그래서요?"

"그래서는 뭐가 그래서야. 아적삼에겐 칸 네가 자식 같은 사람이니까, 네 말은 들을 거란 거지. 가봐!"

이문술이 무한의 등을 툭 쳤다.

그러자 무한이 두어 걸음 앞으로 걸어나가다가 걸음을 멈추고 말했다.

"아무래도 밤이 깊으면 가야겠어요."

"왜?"

"나오시더라도 내일 아침이 좋지 않겠어요?"

"그런가? 난 술자리가 좋을 것 같은데."

"다른 아저씨들이 놀릴 것 아니에요."

"하긴. 농담들이 좀 걸걸하지?"

"내일 아침에 아무 일 없듯이 일을 하기 시작하면 되지 않을까요?"

무한이 물었다.

"그래… 그게 좋겠군. 아무튼 이젠 네가 나서는 거다?"

"예, 아저씨."

"좋아. 그럼 난 술이나 마시러 가련다. 내일 보자!"

이문술이 손을 휘휘 휘젓고는 거대한 모닥불을 가운데 두고 술을 마시고 있는 선원들 쪽으로 걸어갔다.

"이게 다 뭐예요?"

불쑥 아적삼의 천막으로 들어온 무한이 물었다. 마치 아무 일도 없다는 듯한 방문이다.

그런데 그런 무한을 아적삼 역시 아무 일 없다는 듯 맞았다.

"뭐 좀 정리하느라고."

"무슨 정리요?"

무한이 좁은 천막 한쪽에 자리를 잡고 앉으며 되물었다.

"응, 이것 좀 봐라."

아적삼이 무한에게 몇 장의 양피지를 내밀었다. 양피지 위에는 작은 글씨와 몇 개의 그림이 그려져 있었는데, 그림은 검을 들고 있는 사람의 모습이었다.

"이건⋯⋯."

잠시 양피지를 들여다보던 무한이 아적삼을 바라봤다.

"알겠냐?"

"혈랑검이잖아요?"

"응."

"이걸 왜?"

"그럼 내가 한 명, 한 명 붙들고 혈랑검을 가르치랴? 무종을 나눠주는 신공이라면 외부 유출을 꺼려 해 입으로 전하지만 이건 뭐 신공도 아니고, 대단한 검술도 아니고⋯ 묵룡대선의 선원들이 편하게 익힐 수 있도록 글로 정리해 본 것이다."

자신의 검술이 묵룡대선 선원들이 수련할 무공의 한자리를 차지한 것을 극도로 부담스러워하는 아적삼이지만 그에 대한 준비는 착실하게 하고 있었던 모양이다.

"그런 의미라면 잘 정리하신 것 같아요. 물론 아저씨가 직접 가르치는 것에 비할 수는 없지만."

"그럴 위인이 못 된다."

아적삼이 고개를 저었다.

"저에게는 잘 가르쳐 주셨잖아요?"

무한이 물었다.

"그건 좀 다른 문제지. 넌… 그때는 뭐라도 해야 하는 아이였으니까."

"제가 그렇게 보였어요?"

"응. 길을 잃은 아이처럼 보였거든. 그래서 심심풀이나 하라고 가르쳤던 거다."

"아무튼 잘 가르치셨잖아요?"

무한이 다시 물었다.

"어린애 한 명 가르치는 것과 다 큰 장한들 가르치는 게 같을 수 없지. 아무튼 선장께서 명을 하셨으니 혈랑검의 검결을 내놓기는 하겠다만, 가르치는 것은 사양할 생각이다. 그도 저도 안 되면……."

"묵룡대선을 떠나시게요?"

무한이 걱정스럽게 물었다.

"아주 떠날 수는 없지만 잠시 하선하는 것은 선장님도 허락하시겠지. 꽤 오랫동안 배에서 내리지 않았으니까."

아적삼이 말했다.

무한도 이미 알고 있었다. 오랫동안 묵룡대선을 탄 선원은 얼마간 자신이 원하는 곳에서 육지 생활을 할 수 있다는 것을.

보통 선원들은 그 시간 동안 자신이 여행하고 싶었던 곳을 여행하든지, 아니면 한 곳에 머물며 몸과 마음을 휴식하곤 했다.

그리고 그 장소로 그들이 곧 가게 될 봄섬이 가장 안성맞춤이었다.

"문술 아저씨가 걱정하시던데요?"

"흥, 지 놈이 무슨 상관이래? 나 좋을 대로 하는 거지."

"혹시 아주 떠나실까 봐 걱정하시는 거겠죠. 저도 그렇고요."

"너도 내가 떠날까 봐 걱정되냐?"

아적삼이 예전처럼 장난기 어린 표정으로 물었다.

"당연하죠. 의지할 사람이 아저씨밖에 없는데."

"그래? 그럼 떠나지 말까?"

"상관없어요."

"이런 요망한 놈. 갑자기 또 그건 무슨 소리냐? 좀 전까지 떠날까 봐 걱정한다던 놈이!"

아적삼이 놀림당한 듯한 표정으로 소리쳤다.

"아주 떠나시는 것이 아니면 상관없다고요. 그리고 봄섬이란 곳에서 내리시면 더 좋죠. 저도 어차피 거기서 내려야 하니까."

"아! 그렇지. 소룡오대가 이번에 하선을 하지. 그렇다면……."

"그렇다고 뭐 같이 있지는 못하겠죠. 수련 여행을 떠나야 한다면서요?"

"음, 그렇긴 하지."

아적삼이 고개를 끄떡였다.

소룡오대는 봄섬에 도착하면 묵룡대선에서 내릴 예정이었다. 그 이후에는 위험한 오지를 여행하는 수련 여행이 계획되어 있다.

그래도 아적삼이 봄섬에서 하선을 한다면 무한이 수련 여행을 떠나기 전에 한동안은 함께 있을 수 있었다.

"아무래도 내리긴 해야겠다."

"봄섬에 계실 거죠?"

"네가 그러라면 그래야지."

아적삼이 마치 무한이 정말 자신의 아들이라도 된 것처럼 말했다.

"가까운 곳으로 여행을 가셔도 좋긴 하죠."

"아니, 그건 위험하단다."

"위험하다뇨?"

무한이 의아한 표정으로 되물었다.

"이 녀석아. 넌 묵룡대선에만 있다 보니 우리가 어디까지 왔는지 영 판단이 되지 않나 보구나. 우린 지금 대무산열도의 서쪽 끝에 들어와 있어. 육주에서 보자면 그들이 알고 있는 세상의 끝이라고 할 수 있는 곳이다. 다시 말해 이곳은 육주와 전혀 다른 곳이란 거다. 셀 수 없이 많은 무산열도의 각 섬에는 육주인들과 전혀 다른 종족들이 널리 퍼져 살고 있다. 그들 중에는 아주 위험한 종족도 있단 말이야. 그래서 이곳에서는 오직 봄섬만이 우리의 안전을 보장하지."

"그렇군요. 그럼 뭐, 가끔 이곳에 다녀가시면 되죠. 곧 석림도의 배가 석재를 실어 오면 여기도 많이 변하게 될 테니까요."

"그렇긴 하지. 봄섬과는 보름도 안 걸리는 거리고… 나쁘지 않군."

"아무튼 내일부터는 나오실 거죠?"

"오냐. 검결 정리도 끝났으니 검왕께 드리고 나서는 나도 일을 좀 해야지."

"알았어요. 그럼 내일 아침에 올게요. 아니, 여기서 자도 돼요?"

무한이 물었다.
그러자 아적삼의 얼굴에 미소가 떠올랐다.
"그러든지."

제5장

살아온 전사(戰士), 그리고 전운(戰雲)

　그날 아침 총관 함로와 묵룡사왕을 찾아가 자신이 정리한 검결을 전하고 나온 아적삼은 마치 아무 일도 없는 사람처럼 북창의 새로운 터전을 만드는 일에 열중했다.

　당연히 그의 곁에는 이문술이 있었는데, 아적삼은 이문술의 짓궂은 장난이나 농담도 다른 때처럼 능청스럽게 받아넘겼다. 정말 그에게 아무 일도 일어나지 않은 것 같았다.

　하지만 그가 예전과 다름없이 행동해도, 그를 보는 묵룡대선 선원들의 마음은 그럴 수 없었다.

　대묵룡대선의 무공 목록에 자신의 검법을 올린 사람이 예전과 같을 수는 없었다.

　나이 어린 선원들은 그를 대할 때 존경과 조심스러움을 보였고, 예전에는 스스럼없이 짓궂은 농담과 장난을 걸던 장년의 선원들도 말을 조심했다.

용전사들도 마찬가지였다.

탑살이 인정한 혈랑검의 주인으로서, 또 그런 대단한 검술을 얻기까지 아적삼이 겪었을 전장에서의 고난에 대한 존경심을 내비치는 용전사들이 적지 않았다.

비록 무종을 받아 무공을 수련한 것은 아니지만, 용전사들은 한 명의 전사로서 아적삼의 가치를 충분히 인정하고 있었던 것이다.

그런 것들이 아적삼을 불편하게 할 수도 있었다. 그러나 겉으로 보기에는 전혀 변한 것이 없었다.

그리고 그가 그렇게 생활할 수 있는 것은 역시 계속해서 욕설을 퍼부어대고, 농담을 주억거리는 이문술과 예전과 전혀 다름없이 자신을 아버지처럼 따르는 무한 덕분이었다.

그렇게 다시 평범하고 분주한 일상이 이어졌다.

북창의 새로운 촌락은 금세 큰 마을의 모습을 갖춰가기 시작했다. 특히 묵룡대선이 석림도에서 급한 대로 싣고 온 석재와 질 좋은 목재들로 지은 마을 중앙 건물이 완성되자 숲속의 마을은 완전히 다른 느낌이 들었다.

그 전까진 잠시 머무는 피난처 같은 느낌이었다면, 중앙 건물이 들어선 이후에는 이곳에서 영원히 살아도 될 것 같은 안정감이 느껴지는 것이다.

사람들의 표정도 한결 편안해졌다. 그들이 떠나온 파나류 북쪽 포구 북창에 대한 그리움도 서서히 옅어지기 시작했다.

그리고 그즈음 석림도의 상선들이 도착했다. 석림도의 배들은 묵룡대선이 가져온 것과는 비교할 수 없는 양의 자재들을 싣고 있었다.

단단한 석재와 당장 생활에 필요한 물건들이 배 안에 가득했다.

그때부터는 본격적으로 섬 가름에 커다란 포구가 만들어지기 시작했다.

해안가 포구에서 숲속 거주지까지 마차가 이동할 수 있는 큰 길도 만들기 시작했다.

그렇게 섬 가름이 새로운 북창으로서 자리를 잡기 시작하자 탑살은 서서히 떠날 준비를 시작했다.

그런데 석림도의 상선들이 도착한 이후 모든 일이 순조롭게 진행되고 있었지만 탑살 등 묵룡대선 수뇌들의 표정은 밝지 않았다.

그리고 그 이유가 아름아름 묵룡대선의 선원들에게도 전해졌다.

"고소하기도 한데, 걱정이 되기도 하네."

이문술이 간식으로 제공된 육포를 우물거리며 중얼거렸다.

"고소하긴 뭐가 고소해?"

아적삼이 퉁명스레 되물었다.

"낄낄, 사해상가 놈들 말이야. 다른 상인들에게는 위험한 곳이라고 얼씬도 못 하게 해놓고, 자신들은 파나류 깊은 곳까지 들어가 광산을 운영하고 있었잖아. 더군다나 감히 그… 사자림에서 대영웅 철사자 무곤 님의 비석을 캐 가지를 않나. 그 때문에 잠시 육주에서 전쟁이 날 뻔하기도 했다면서. 아마 사해상가주는 육주에서 전쟁이 나면 좋다구나 했을걸? 파나류 광산에서 생산한 철을 마음껏 팔아먹을 수 있었을 테니."

"설마 일부러 전쟁을 일으키려고 철사자 무곤 님의 비석을 가져갔다는 거야?"

아적삼이 억지 부리지 말라는 듯 되물었다.

"그야 모르는 일이지. 하지만 결과적으로는 그렇게 될 뻔했잖아. 신마성이라는 그 이상한 작자들이 사해상가의 광산을 공격하지 않았다면 십중팔구 그렇게 되었을 거야. 안 그래?"

"그야 그렇지만 우연이겠지."

"우연이라. 적삼, 자넨 아직도 세상일에 우연이라는 것이 있다고 생각하나?"

"…젠장, 그러고 보니 나도 슬슬 의심이 생기네. 사해상가주라면 그런 계책을 쓰고도 남을 사람이니까."

아적삼이 고개를 갸웃하며 중얼거렸다.

"정말 그럴 수도 있을까요?"

이문술의 말을 진지하게 듣고 있던 무한이 불쑥 물었다.

"나도 설마 그럴 리야 하는 생각을 하다가도 그간 사해상가주가 벌여온 일들을 생각하면 그럴 수도 있겠다 싶구나."

아적삼이 말했다.

"그런들 어쩌겠나. 이젠 소용없는 일이 되었으니. 철광을 잃었으니 만사 글러 버린 거지. 한판 붙을 것 같던 육주의 이왕사후는 파나류의 신마성으로 관심을 돌릴 것이고."

"그래도 전쟁은 날걸?"

아적삼이 말했다.

"무슨 전쟁?"

이문술이 되물었다.

"선장님과 사왕님의 표정이 왜 어둡겠나? 그건 곧 세상이 큰 혈풍에 휘말릴 수 있다는 우려 때문이겠지. 이왕사후가 이참에 파나류 원정에 나설 수도 있겠지."

"뭐? 원정?"

이문술이 놀란 표정으로 되물었다.

"핑계가 좋잖아. 사해상가가 당했으니… 신마성을 토벌한다는 이유가 생겼잖아."

"하지만 파나류는……."

"뭐? 위험한 땅이라고? 후후, 세상에 그렇게 알려졌다고 이왕 사후도 그렇게 생각하겠어? 오히려 그들에게는 좋은 기회지. 어차피 커질 대로 커져서 어딘가 힘을 쏟아야 하는 상황이니까. 적당한 힘의 분출구가 생긴 거라고 볼 수 있지. 또 신마성 원정에 성공하면 그들에게 돌아갈 이득도 만만찮고. 어쩌면 파나류를 지배할 수도 있을 거라 생각할 거야."

아적삼이 말했다.

"그러고 보니 먹을 게 많은 원정이기는 하군. 원정 중에 자연스럽게 이왕사후 간의 우열도 가려질 것이고……."

이문술이 고개를 끄떡였다.

"육주에서 하려던 전쟁을 파나류에서 신마성을 상대로 하게 되는 것이지. 하지만!"

"하지만 뭐?"

"그들이 원하는 모든 것은 신마성 원정에 성공했을 때 얻을 수 있는 것들이야."

"설마, 신마성이 이왕사후의 원정대를 상대할 수 있을 거라고 생각하는 거야?"

그럴 리 없다는 듯 이문술이 되물었다.

"그야 모르는 일이지."

아적삼이 신중하게 말했다.

"에이, 그래도 설마. 흑라가 재림한 것도 아니고. 설사 흑라가 재림했다 해도 지금의 이왕사후 전력이라면 승패를 점치기 어려울걸?"

이문술은 육주 원정대가 꾸려지면 반드시 승리할 거라고 확신하는 모양이었다.

"예전에도 그랬지."

"뭘?"

"흑라가 처음 등장했을 때, 그때도 누구도 그를 눈여겨보지 않았어. 한동안은."

"…뭐, 그야 그렇지만."

이문술이 말을 얼버무렸다.

"그리고 자네가 한 가지 간과한 게 있어."

"내가 또 뭘?"

이문술이 퉁명스럽게 물었다.

"신마성이 간헐적으로 파나류 내 촌락이나 상인들을 공격하다가 이번에는 사해상가를 공격했다는 사실 말이야. 사해상가가 공격받으면 육주에서 원정대가 꾸려질 것이란 걸 설마 몰랐을까?"

"그야……."

"어린애도 알 수 있는 일이지. 그리고 그걸 예상하고도 일을 벌였다면 신마성도 충분히 그에 대한 대응할 준비가 되어 있다는 의미인 거야. 절대 그들을 무시하면 안 돼."

"누가 무시한다고 했어? 다만 이왕사후가 그만큼 강하다는 거지."

이문술이 변명하듯 말했다.

그런데 그때, 갑자기 해안가 쪽에서 요란한 소리가 들려왔다.

"뭐지?"

아적삼이 해안가 쪽으로 고개를 돌렸다.

"누가 와요."

무한이 급하게 말하며 자리에서 일어났다.

"누가 온다는 거야?"

이문술도 자리에서 일어나 목을 빼고 해안가에서 숲으로 이어지는 길을 바라봤다.

"바다요!"

무한이 손으로 파도가 밀려드는 바닷가를 가리켰다.

"바다? 조난잔가?"

이문술이 눈을 가늘게 뜨고 바닷가를 살폈다.

허름한 뗏목 위에 한 사내가 지쳐서 늘어져 있는 것이 보였다.

"누굴까? 여긴 조난자도 오기 힘든 곳인데."

아적삼이 자리에서 일어나며 중얼거렸다.

"가보면 되지."

이문술이 서둘러 해안가로 뛰어가며 소리쳤다.

"저놈의 성질하고는. 쯔쯔."

아적삼이 성질이 앞서 급하게 달려가는 이문술을 보며 혀를 찼다.

"우리도 가봐요."

무한이 아적삼에게 말했다.

"그래, 가보자. 또 어떤 우울한 인생이 저런 비참한 꼴로 이 섬을 찾아왔는지."

아적삼이 빙그레 미소를 지으며 대답했다.

환호와 탄식, 그리고 울음이 터져 나왔다. 해안가에 모인 모든 사람들이 격렬한 반응을 보였다.

"뭣들 하는 거야. 얼른 끌어 올려! 울고만 있을 거야!"

북창의 장로 첨밀이 사람들에게 호통을 쳤다.

그러자 장정들이 너 나 할 것 없이 바다로 뛰어들었다. 거친 파도도 그들에게는 아무런 방해가 되지 않았다.

그들은 필사적으로 뗏목으로 헤엄쳐 가 파도에 일렁이는 뗏목을 붙들었다. 그리고 뗏목을 힘껏 해안가로 밀기 시작했다.

"어서어서! 촌장님께는 연락했느냐?"

첨밀이 소리쳤다.

"예, 장로님!"

마을 장한 중 한 명이 얼른 대답했다.

그사이 뗏목이 사람들 손에 이끌려 백사장으로 올라왔다.

그러자 장로 첨밀이 사람들을 헤치고 뗏목 위에 너부러진 사내를 들어 올려 모래사장에 뉘였다.

"어떻습니까?"

마을의 장한 한 명이 급히 물었다.

"죽지는 않았네. 하지만 마지막 순간에 정신을 잃은 모양이네."

"숲으로 옮기죠."

"그러세. 내가 데려가지."

첨밀이 늙은 몸으로 사내를 들쳐 업었다. 그러고는 나이를 잊고 빠른 속도로 숲을 향해 달리기 시작했다.

첨밀이 사내를 업고 숲으로 이어진 길을 따라 달려가자 해안가에 모였던 사람들도 구름처럼 장로 첨밀의 뒤를 따르기 시작했다.

그런 사람들 중 한 명을 낚아챈 이문술이 급히 물었다.

"대체 누구요?"

"석 대장이오."

이문술에게 소매를 잡힌 사내가 마음이 급한 듯 얼른 대답했다.

"석 대장이 누구요?"

이문술이 다시 물었다.

"우리 북창의 경비대장 말이오."

"그런 사람이 왜……?"

"신마성의 공격 때 갈단이란 자의 공격을 받아 바다에 빠져 실종이 되었소. 당연히 죽은 줄 알았는데 저렇게 살아온 것이오."

"그게… 어디서 빠졌다는 말이오? 설마……?"

"어디긴 어디요. 옛 북창 앞바다지. 이것 좀 놓으시오. 난 가 봐야겠소."

사내가 이문술의 손에서 팔소매를 빼내고는 다시 잡힐까 겁이 나는지 급히 숲을 향해 달리기 시작했다.

그 모습을 멀뚱히 바라보고 있던 이문술이 고개를 갸웃하며 중얼거렸다.

"참 사람, 정신이 없군. 옛 북창 앞바다에 빠진 사람이라니. 그런 사람이 어떻게 뗏목을 타고 여기 나타날 수 있단 말인가? 적삼, 내가 잘못 들은 건가?"

이문술이 아적삼에게 물었다.

"아니, 제대로 들었어."

"그럼 정말 파나류에서 무산해협을 건너온 사람이란 거야?"

"그렇다는 거지."

아적삼이 고개를 끄떡였다.

"저 작은 뗏목을 타고?"

"그야 모르지. 어디서부터 뗏목을 탔는지는……."

"불가능해, 그건. 무산해협은 결코 뗏목을 타고 건널 수 없어. 묵룡대선으로도 길게는 한 달, 아무리 짧아도 스무 날은 걸리는 거린데……."

"모르지. 북창의 경비대장이었다니까 그럴 만한 능력이 있는지."

"아무리 그래도 사람이 어떻게……."

"일단 가보자고. 여기서 우리끼리 떠들어봐야 결론이 날 일이
아니니까."

"하긴… 가보자!"

이문술이 대답을 하고는 바람처럼 숲으로 달려갔다.

"망할 놈! 처음부터 따라가든지. 사람 귀찮게 하고선."

아적삼이 혀를 찼다.

"정말 바다를 건너왔다면… 대단한 사람이겠지요?"

"음, 보통 정신력을 가진 사람은 아니란 뜻이지. 궁금하긴 하
구나. 정말 뗏목을 타고 바다를 건넌 것인지……."

아적삼이 호기심이 생긴 눈으로 숲을 바라보며 대답했다.

숲이 소란스러워졌다. 북창의 모든 사람들이 일을 멈추고 마
을 중앙 건물 주위로 몰려들었다. 북창의 경비대장 석와룡의 귀
환은 그만큼 충격적인 것이었다.

사람들은 모두 그가 죽었다고 생각하고 있었다. 신마성의 신
마후라고 자신을 밝힌 갈단이라는 자를 막다가 바다에 빠진 석
와룡이었다. 당시 부상도 입고 있었기에 그가 살아 있을 거라 생
각한 사람은 아무도 없었다.

만약 살았어도 신마성의 포로가 될 수밖에 없는 상황이었다.
그런데 그런 그가 살아서 돌아왔으니 놀랄 수밖에 없는 일이었
다.

북창의 주민들에게 석와룡은 특별한 의미를 지닌 사람이었다.

북창의 과거와 현재가 촌장 염호에 의해 만들어지고 있다면,
미래는 석와룡에 의해 움직일 것이라는 걸 누구나 인정하고 있

었기 때문이다.

그 미래가 사라졌다가 다시 나타났으니 흥분하지 않을 수 없었다.

중앙 건물 내부도 분주하기는 마찬가지였다.

석와룡을 업고 달려온 장로 첨밀이 그를 침상에 눕히자마자 염호가 달려들어 석와룡의 상태를 살피기 시작했고, 그의 주위로 북창의 수뇌들이 성벽처럼 둘러섰다.

"어떻습니까?"

석와룡을 데려온 첨밀이 불안한 표정으로 물었다. 석와룡은 여전히 의식이 없었다.

"맥이 너무 약하네."

염호가 대답했다.

"그럼……."

"후우, 하늘의 뜻에 맡길 수밖에. 그래도 하늘이 여기까지 석 대장을 데려왔다는 것은 그에게 살 기회를 주겠다는 뜻 아니겠나. 기다려 보세."

염호가 침착하게 말했다.

그런데 그때 문 쪽에서 탑살의 목소리가 들렸다.

"괜찮다면 내가 한번 살펴봐도 되겠소?"

탑살의 목소리가 들리자 염호를 에워싸고 있던 북창 수뇌들이 파도 갈리듯 좌우로 갈라졌다.

"독안룡 님! 어서 오십시오."

"괜찮다면 내가 한번 그를 살펴보고 싶소만."

탑살이 염호에게 걸어오며 말했다.

"감히 부탁드리지 못했을 뿐, 사실은 간절히 바라던 일이었습니다."

염호가 반가운 기색으로 말했다.

사실 섬 가름에 머물고 있는 사람들 중 의식을 잃은 석와룡에게 가장 필요한 사람은 독안룡 탑살이었다.

병이 나거나 큰 부상을 입었다면 의원이 필요하겠지만, 이렇게 오랜 시간 바다를 표류하다 기력을 상실해 의식을 잃은 사람에게는 탑살 같은 무공의 고수가 필요했다.

"봅시다."

탑살이 염호를 대신해 석와룡 곁에 다가섰다.

그러자 염호가 자연스럽게 두어 걸음 뒤로 물러났다.

탑살은 먼저 석와룡의 눈꺼풀을 열어 동공을 살핀 후, 맥을 짚었다.

한동안 석와룡의 맥을 짚어보던 탑살이 이번에는 석와룡의 단전에 손을 얹고 잠시 눈을 감았다. 그렇게 잠시 침묵을 지키던 탑살이 눈을 뜨고 허리를 폈다.

"어떤지요?"

염호가 급히 물었다.

"나쁘지 않소."

"아!"

실내 곳곳에서 안도의 탄성이 흘러나왔다.

"맥이 너무 약해 걱정했습니다만……."

염호가 여전히 불안한 표정으로 말했다.

"강한 친구구려."

"북창의 미래를 맡길 만한 사람이었지요."

"무공을 가진 것 같은데… 누구에게 무종을 받았소이까?"

탑살이 다시 물었다.

"사실 북창에도 무종이 전해집니다. 대단찮은 것이라 세상에 알려지지는 않았지만."

"음, 그러리라 짐작은 하고 있었소. 예전부터 북창에서 심심찮게 강한 전사들이 배출되었으니까. 그들이 외부에서 들어왔다고 생각하지는 않았소."

탑살이 고개를 끄떡였다.

"그중에서도 석 대장은 특별했지요. 북창의 무사들 중 군계일학, 사실 북창의 무사로 사는 것이 안타까울 정도의 재능이었습니다."

염호가 의식을 잃은 석와룡의 어깨를 가볍게 주무르며 말했다.

"어떤 무종이든 수련을 게을리하지 않으면 종국에는 특별한 경지에 오르게 마련이오. 단지 시간과 의지의 문제일 뿐. 그런 면에서 석 대장은 의지가 강한 사람이었던 것 같소. 그가 살아 있는 것은 오직 그가 힘겹게 수련한 무공 덕분이오. 신체의 힘만으로는 살아 있지 못했을 것이오."

"그러리라 생각했습니다."

염호도 탑살의 의견에 동의했다.

"그런 고난을 겪고도 단전의 내공이 흩어지지 않은 것은 그만큼 기초가 튼튼하다는 의미. 깨어난 이후 약간의 도움을 받는다면 놀라운 성취를 얻을 것이오."

탑살의 말에 염호의 눈빛이 반짝였다.

"…도와주시겠습니까?"

염호가 간절한 눈빛으로 물었다.

"그러자면 그는 잠시 이 섬을 떠나야 하오만……."

"그야……."

염호가 말꼬리를 흐렸다.

섬 가름은 북창의 새로운 터전이다. 이곳까지 신마성의 전사들이 추격해 올 것 같지는 않았다.

그럼에도 불구하고 경비대장 석와룡이 다시 북창을 떠난다는 것은 쉽게 결정할 문제가 아니다. 그의 존재가 북창 주민들에게 주는 안정감을 무시할 수 없었다.

"나는 이제 곧 이곳을 떠나 봄섬으로 갈 것이오. 다시 들르려면 서너 달이 걸릴지도 모르오. 그러니 석 대장의 동행 여부를 잘 생각해 보시오."

"아닙니다. 생각하고 말 것이 있나요. 석 대장을 위해서라면 당연히 동행시켜야지요."

염호가 고개를 저으며 대답했다.

그러자 탑살이 잠시 생각에 잠겼다가 신중한 표정으로 물었다.

"석 대장이 결국 북창의 후계자인 것이오?"

"그것은… 공식적으로 그리 정한 것은 아니지만 모두가 그렇게 생각하고 있지요."

"촌장의 생각은 어떻소?"

"저 역시……."

염호가 고개를 끄떡였다.

"그렇다면 그 일을 석 대장에게 맡기는 것은 어떻소? 촌장이 이곳을 떠날 수 없는 상황이어서 고민이었지 않소."

"그 일이라시면……? 아!"

염호가 뒤늦게 탑살이 무슨 말을 하는지 알아챈 듯 탄성을 흘렸다.

"어떻소. 석 대장에게도 좋은 경험이 될 듯하고."

"그렇긴 한데. 혹시라도……."

"위험이야 어디서든 감수해야 하는 일 아니겠소? 위험을 감수하지 못하면 성장할 수 없소. 특히 무인은."

"알겠습니다. 일단 석 대장이 깨어나면 논의해 보지요."

"아시다시피 그 일은 검은 대륙을 잘 아는 사람도 필요하오."

"알겠습니다."

염호가 결심을 한 듯 고개를 끄떡였다.

"좋소. 그럼 나도 그의 빠른 회복을 도와야 할 이유가 생겼구려. 사람들을 물려주시겠소?"

탑살이 염호에게 물었다.

"물론입니다. 감사할 따름입니다. 모두 나가세. 독안룡께서 와룡을 도우시겠다니 방해하지 말고."

염호의 말에 북창의 수뇌부들이 서둘러 방을 벗어났다.

"저도 나가보겠습니다."

가장 늦게까지 방에 남아 있던 염호가 탑살에게 말했다.

"반시진 정도 함께 있겠소."

"알겠습니다."

대답을 한 염호가 조심스럽게 방을 벗어났다.

사람들이 떠나자 탑살이 잠시 석와룡을 바라보다 한숨을 쉬며 중얼거렸다.

"인연을 만드는 일은 삶을 혼란스럽게 하지. 하지만 지금은 사람을 모을 수밖에 없는 상황이다. 새로운 바람이 육주와 파나류를 관통하기 시작했으니. 흑라의 발호 때와는 달라야겠지. 영웅들의 희생을 이왕사후 같은 야심가들이 이용하는 일은 없어야 할 테니까."

탑살의 표정은 잠시 어두웠다.

바람이 실어온 북창의 전사 석와룡은 사실 작은 파문이었다. 그에 비하면 석림도의 상선들이 가져온 소식은 거대한 해일 같은 것이었다.

육주의 원정대가 꾸려지는 순간, 그 대원정의 태풍에 휘말리지 않을 사람은 세상에 거의 없었다.

"이왕사후는 절대 신마성을 잠재우는 데 만족하지는 않을 것이다. 원정이 성공하는 순간 더 큰 전쟁의 태풍이 몰아치겠지. 누구도 벗어나지 못할 태풍에서 살아남으려면 힘을 모아야 할 것이다."

혼잣말을 중얼거리면서 탑살은 석와룡의 등이 위로 가게 돌려놓았다. 그리고 천천히 석와룡의 등에 손을 가져다 댔다.

마을 중앙 건물에 모여들었던 북창 주민들은 아쉽게 발걸음을 돌렸다.

그들은 석와룡이 당장 깨어나 그들 앞에 나타나기를 기대했지만, 석와룡은 독안룡 탑살의 치료가 필요할 만큼 상태가 좋지 않았다.

죽지는 않겠지만 당장 그들 앞에 예전의 강한 경비대장으로서 나타나지는 못할 상태인 것이다.

그 사실이 약간의 실망을 주었지만, 그래도 얼마간 시간이 지나면 회복할 수 있다는 말도 함께 전해졌기에 북창 주민들은 아쉬울지언정 절망하지는 않았다.

오히려 아쉬운 발걸음 속에서 미래에 대한 희망의 빛이 더 강렬하게 타오르는 것 같았다.

"선장님이 직접 나서실 줄을 몰랐군."

중앙 건물을 떠나 각자의 일터로 돌아가는 북창의 주민들을 보며 아적삼이 입을 열었다.

"그러게. 묵룡대선의 선원들이 다쳤을 때도 선장님이 직접 치료하는 경우는 드문데."

이문술이 고개를 끄떡였다.

"그 드문 경우에 제가 포함된 거죠? 역시 난……."

무한이 희미하게 미소를 지었다.

"그래그래, 넌 아주 난놈이다. 아주 잘났다, 이놈아!"

툭!

이문술이 무한의 머리를 툭 때리며 빈정거렸다.

"어허! 왜 애를 때리고 그래?"

무한의 머리를 쥐어박은 이문술을 보며 아적삼이 소리쳤다.

"아이고야, 이거 제자 없는 놈 서러워 살겠나. 제길… 내가 장가를 가서 애를 낳든지 해야지."

이문술이 아니꼬운 듯 아적삼과 무한을 흘겨보며 투덜거렸다.

"그게 될까?"

아적삼이 웃으며 되물었다.

"못 할 것 같아?"

"한번 해보든지. 하지만 일 년 내내 배를 타는 사람에게 정을 줄 여자가 있을지 모르겠군."

"흥. 내가 귀찮아서 혼인을 안 한 거지. 하려고 마음만 먹었으면……."

"좋아. 자네가 일 년 안에 혼인을 한다면 내가 금자 열 냥을 주지."

아적삼이 손으로 가슴 속 전낭을 두드리며 말했다.

"정말? 약속한 거야?"

"그럼. 대신 그 반대면 자네가 나에게 금자 열 냥을 줘."

"젠장, 그건 아니지. 이건 내기가 아니잖아? 내가 혼인을 하면 축하금으로 자네가 나에게 금자 열 냥을 주는 거니까. 그 반대의 경우는 오고 갈 것이 없지. 그냥 그렇게 하는 것으로 알고 난 가보겠어. 북창의 경비대장 얼굴은 보기 그른 것 같으니까. 저녁 때 보자고!"

이문술이 손을 흔들고는 도망치듯 자리를 벗어났다.

"정말 좋은 분을 찾으실까요?"

이미 멀어진 이문술을 보며 무한이 아적삼에게 물었다.

"퍽이나. 저 소리 매년 초에 빠지지 않고 했어, 올해는 반드시 장가를 가겠다고. 그게 벌써 수십 년째니까 결국 가능성이 없다고 봐야지."

"이상하죠? 정말 하려고만 하면 충분히 좋은 분을 만날 수 있을 텐데요."

"그게 문제인 거지. 말은 저렇게 해도 가정을 이룰 생각이 없는 거야."

"그런가요?"

"그럼. 언젠가 말했지만 뱃사람들, 특히 묵룡대선처럼 대양을 여행하는 선원들은 인연에 얽매이는 것을 싫어해. 좋은 사람이 나타나도, 그래서 잡지 못하는 거다."

"아저씨도요?"

무한이 되물었다.

"나? 나야 이젠 더욱 필요 없지. 네가 있는데! 흐흐흐!"

아적삼이 나직하게 웃음을 흘렸다.

"제가 언제까지 곁에 있을지는 저도 몰라요."

"걱정마라. 네가 영원히 내 곁에 머물 거라고 기대하는 건 아니니까. 다만 네가 어디 있든 어차피 넌 내 제자이자… 음……."

아적삼이 말꼬리를 흐렸다.

"아들이라 이거죠? 그럼요. 그건 변하지 않아요."

무한의 말에 아적삼의 얼굴이 환하게 밝아졌다.

"히히히, 아들이라니. 문술 그놈이 지금 네 말을 들었어야 하는데. 하하하!"

아적삼이 천하를 가진 사람처럼 호탕한 웃음을 터뜨렸다.

*   *   *

석와룡은 그날 밤 깨어났다. 하지만 그것도 잠시, 염호와 짧은 대화를 나눈 석와룡은 다시 깊은 잠에 빠져들었다.

하지만 깨어나기 전과 다른 잠이었다. 그 전에는 의식을 잃은 것이었지만, 그날 밤은 스스로 휴식을 위해 잠든 것이기 때문이다.

그리고 다음 날 아침, 석와룡은 정말 아무 일도 없던 사람처럼 일어나 새로운 북창의 터전, 숲의 섬 가름을 보고 있었다.

"대장!"

"대장! 괜찮아요?"

마을 중앙 건물에서 걸어 나와 새로 일궈지고 있는 마을을 산책하는 석와룡을 향해 마을 사람들이 너 나 할 것 없이 인사를 건넸다.

그렇다고 어제처럼 감정적인 반응들은 아니다. 아마도 촌장 염호로부터 석와룡을 너무 고단하게 하지 말라는 주의를 받은 듯했다.

그래서 그를 만난 사람들은 하나같이 담백한 인사로 석와룡의 마음을 편하게 해주었다.

"유삼, 그새 많이 자랐구나. 이제 경비대에 들어와도 되겠는데!"

석와룡도 잠깐 타지를 여행하고 돌아온 사람처럼 가볍게 주민들의 인사를 받았다.

"받아주실 거예요?"

유삼이라 불린 청년이 되물었다.

"이제 곧 새로운 경비대를 꾸릴 테니 그때 보자."

"감사합니다, 대장!"

"하지만 무조건 합격은 아니야. 그때 실력을 볼 거야."

"여부가 있나요! 자신 있어요!"

유삼이라 불린 청년이 희희낙락하며 자신의 친구들에게 자랑을 하기 위해 뛰어갔다.

그 모습을 석와룡이 잠시 바라보고 있는데, 문득 촌장 염호가 그의 뒤쪽으로 다가왔다.

"어떤가?"

석와룡 바로 뒤로 다가온 염호가 물었다.

"좋군요. 위치도 무산열도에 가까워 신마성의 위협도 덜하겠군요. 특히 봄섬과도 가깝고."

"워낙 뜬금없는 곳에 홀로 있는 섬이라 이 섬 자체를 찾기 힘들 걸세."

염호가 말했다.

"독안룡께서 권하신 곳이니 어련할까요."

석와룡이 고개를 끄떡였다.

"이번에 그분의 도움을 많이 받았네."

"알고 있습니다. 저도 개인적으로 도움을 받았지만 신마성의 공격을 피할 수 있었던 것이나 이렇게 새로운 터전을 만들 수 있었던 것 모두 독안룡 님 덕분이지요. 그래서 묻고 싶습니다. 독안룡께서 원하시는 게 따로 있습니까?"

아무리 천하의 영웅 독안룡 탑살이라도 북창을 위해 이렇게까지 도움을 주는 것이 선뜻 이해가 가지 않는 석와룡이었다.

본래 세상 모든 일에는 대가가 따르는 법이다. 도움을 받은 만큼 뭔가를 내줘야 한다는 것을 누구보다 잘 아는 석와룡이다.

"그분이 원하는 것이야 하나지. 세상이 편안해지는 것. 개인적인 사심으로야 바랄 것이 없는 분 아니겠는가."

"그 말씀은 세상이 혼란스러워질 거란 말씀인지요?"

"음… 파나류에서 큰 전쟁이 일어날 걸세."

"전쟁이요?"

석와룡이 놀란 듯 되물었다.

"신마성이 우리만 공격한 것이 아니더군. 금하강 유역에 은밀히 개발된 사해상가의 철광산들을 공격했다고 하네. 그로 인해 육주에서 대대적인 원정대가 조직되고 있고."

"…그렇군요. 결국 신마성은 파나류의 패권을 장악하는 것이 목적이었군요. 예전 검은 마종 흑라처럼."

"일단은 그렇다고 봐야지. 그 정확한 속내야 지금은 알 수 없는 일이고."

염호가 고개를 끄떡였다.

"그럼 독안룡께서는 우리 북창이 그 원정에 참여하기를 바라시는 겁니까?"

석와룡이 걱정스러운 표정으로 물었다.

사실 북창 사람들은 무력으로는 육주의 원정대를 도울 일이 없었다. 무력으로는 이왕사후의 발끝도 따라가지 못하는 북창이기 때문이다.

하지만 다른 면에서는 제법 가치가 있었다. 북창의 사람들만큼 파나류 북방 지리에 대해 잘 알고 있는 사람들은 드물었다.

대원정에서 지리와 그 지역의 종족에 대한 정보는 전쟁의 승패를 가를 수도 있는 중요한 가치를 가지고 있었다.

그런 면에서 북창의 노련한 무사들은 충분히 원정대의 길잡이 역할을 할 수 있었다.

하지만 그럴 경우 원정에 참여한 사람들이 위험해지는 것은 피할 수 없는 일이다. 그래서 석와룡의 표정이 밝지 않았던 것이다.

"그것을 요구하실 분은 아니지."

석와룡이 걱정하는 이유를 알고 있는 염호가 얼른 고개를 저었다.

"그럼 독안룡께서 바라시는 것이 뭡니까?"

"그분께서는 이번 원정으로 인해 괜한 사람들이 피해를 보는 걸 원치 않으시는 것 같네. 혹라의 시대처럼 천하인이 흘린 피가 이왕사후의 야심을 채우는 일에 이용되는 것을 용납하지 않으시겠다는 생각인 것 같아."

"그건… 그분은 원정에 참여치 않겠다는 뜻이군요."

석와룡이 신중한 표정으로 말했다.

"그런 것 같네. 대신 이왕사후의 힘으로부터 자유로운 제삼의 세력을 만드실 생각이신 것 같아."

"제삼의 세력… 야망은 없는 분이시니 결국 생존을 위한 연대 같은 것이겠군요."

"그렇다고 봐야지."

염호가 고개를 끄떡였다.

"그렇다면 북창에도 나쁜 일은 아니군요."

"애초에 인연이 있던 분이고, 이곳에 새로운 북창을 건설하는 데 큰 도움을 주고 계시니까. 석림도도 동참했네. 이렇게 저렇게 인연들이 모이는 것이지. 아! 이곳에 석림도의 삼공자가 와 있다는 걸 이야기 안 했군."

"삼공자가요? 그는… 풍문으로는 술망나니라 하던데……."

"사람이 소문만 듣고는 알 수 없지. 내가 며칠 살펴보니 결코 소문처럼 그렇게 막돼먹은 사람은 아니더군."

"한번 만나보고 싶군요."

"그렇게 될 걸세. 자네는… 묵룡대선을 타게 될 거니까."

"그게 무슨……?"

"몸을 회복하고 나면 자네가 꼭 할 일이 있네. 그 시작이 묵룡대선을 타는 일이야."

"…뭘 해야 하는 겁니까?"

석와룡이 긴장한 표정으로 물었다.

"걱정할 것 없네. 자네에게는 큰 기회니까. 일단 독안룡께서 자네의 무공을 살펴봐 주시기로 했으니 개인적으로 큰 행운이고. 둘째는… 북창의 전설에 대한 탐험이니 나름대로 의미를 지닌 일이지."

"북창의 전설이라니 무슨 말씀이신지?"

"자네도 이제 들을 때가 되었지. 가세. 그 이야기는 여기서 하기 어려우니."

염호가 석와룡을 이끌고 길을 되돌아 마을 중앙 건물로 걷기 시작했다.

"아우님들! 한잔하자!"

걸걸한 목소리가 아침저녁 시간대, 숲속 조용한 곳에 모여 함께 무공을 수련하는 소룡오대의 귀에 들려왔다.

"아이구, 저 술 귀신이 또 왔네."

수련을 방해받은 소룡들 중 왕도문이 투덜거렸다.

"칸, 하연! 어떻게 좀 해봐! 너희들을 찾아온 거잖아!"

사비옥은 무한과 하연을 질책했다.

"누가 오라고 했나? 아무리 장소를 바꿔도 귀신처럼 찾아오는데 난들 어떡하라고?"

하연이 투덜거렸다.

"데리고 다른 곳으로 가든지. 칸, 그렇게 해라!"

사비옥이 하연과는 언쟁이 안 될 것 같은지 무한에게 말했다.

"알았어요. 그렇게요."

무한은 순순히 사비옥의 말을 받아들였다.

그사이 그 불청객이 수련터 안으로 들어섰다.

"여기들 숨어서 수련하고 있었군. 하긴 무공 수련 과정을 타인에게 노출하면 안 되는 것이긴 하지. 하지만 그래도 너무 수련만 하는 것 아니오? 자. 술 한잔씩 하고 쉬엄쉬엄합시다."

불청객은 석림도에서 묵룡대선에 오른 삼공자 두굴이었다.

두굴은 비록 묵룡대선에 타기는 했지만, 손님과 같은 입장이어서 함께 술을 마시거나 말동무를 할 사람이 거의 없었다.

그나마 그가 편하게 대할 수 있는 사람이 무한과 하연 정도, 그래서 하루에도 꼭 한 번은 이렇게 두 사람을 찾았다.

"형님도 참… 또 술이에요?"

무한이 두굴을 보며 질책하듯 말했다.

"아니, 뭐 많이 마시자는 거는 아니고. 그저 한 모금 하면서 이야기나 하자는 거지. 그래줄 거지?"

"알았어요. 하지만 여기서는 안 돼요. 다른 곳으로 가요. 사형들께서는 수련을 하셔야 해요."

"어? 그래? 아직 끝나지 않은 건가? 하연 누이는 어때?"

두굴이 하연을 보며 물었다.

"후우… 하루가 멀다 하고 찾아오면 어떡해요? 더군다나 소룡들의 수련 시간에."

하연이 타박했다.

"아니, 난 얼추 수련이 끝났을 것 같아서……."

하연의 타박에는 변죽이 좋은 두굴조차도 기가 죽었다.

"오늘까지예요! 내일부터는 수련 시간에는 방해하면 안 돼요!"

"어, 알았어. 알았어. 그렇게 할게. 사실 나도 석림도의 배들이 들어와서 조금 바쁜 상황이야. 그럼에도 이번에 온 상선에 내가 특별히 부탁해 두었던 귀한 술이 와서 맛들이나 보라고 가져온 거지. 사실 매년 오 월에 석림도에 들르는 상인이 가져오는 술인데, 그 사람이 오기 전에 내가 떠나서 특별히 나중에 이곳으로 올 배에 실어 보내달라고 부탁을 해두었어. 그런데 뭐 다들 바쁘다니 어쩔 수 없지. 칸, 가자. 하연 누이도 따라오고. 쩝… 천하의 명주인데!"

두굴이 길게 자신이 가져온 술의 내력에 대해서 이야기를 늘어놓고는 발걸음을 돌렸다.

그 순간 왕도문의 목소리가 그의 발목을 잡았다.

"아, 뭐, 멀리 갈 것 있소? 어차피 삼공자님의 방문으로 수련의 흥이 깨진 데다 거 귀한 술이라니 한번 맛 좀 보여주시죠?"

소룡오대 소룡들 중에서 왕도문은 특별히 술을 좋아했다. 가끔은 말술을 마셔서 소룡들을 곤란하게 만드는 경우도 있었다.

"그러시겠소?"

왕도문의 말에 두굴이 씩 미소를 지으며 뒤를 돌아봤다.

그러자 왕도문이 재빨리 소독에게 말했다.

"소독, 오늘 수련은 이쯤에서 끝내자. 어차피 분위기도 깨졌으니. 또 삼공자께서 특별히 우릴 위해서 술을 가져오셨다고 하니. 그냥 보내는 것은 예의가 아니지."

왕도문의 말에 소독이 피식 실소를 흘렸다.

"도문, 넌 언젠가 그 술 좋아하는 성격 때문에 큰 곤란을 겪을 거다. 아무튼, 손님을 돌려보내는 것은 예의가 아니라는 말에는 동의하지."

"하하하, 그럼그럼. 맞는 말이오. 더군다나 난 언제나 소룡오대의 영웅들을 특별하게 생각한다오. 그중 둘이 나의 의동생과 의누이니 다들 한식구나 다름없는 것 아니겠소. 자자, 이리 와보시오!"

두굴이 재빨리 들고 온 짐을 한쪽에 풀어놓기 시작했다.

"뭐예요? 무슨 술이에요?"

본래 술을 마시지 않는 무한조차도 두굴이 내놓은 술의 정체를 물었다. 그만큼 독특한 향기를 내는 술이었다.

왕도문은 벌써부터 침을 꼴깍꼴깍 삼키고 있었고, 다른 소룡들도 이번만큼은 두굴의 내놓은 술에 관심을 보였다.

"백림주!"

"아!"

두굴의 대답에 왕도문은 물론 소룡들이 놀란 표정을 지었다.

"흐흐, 알고들 계시는군."

두굴이 득의만만한 표정으로 말했다.

"이 귀한 것을 어떻게?"

왕도문이 물었다.

"파나류에서 오는 상인 중에 백림주를 취급하는 사람이 있소. 얼마 되지는 않지만 네 병 정도 구할 수 있었소. 그중 두 병은 선장님께 드렸고, 나머지 두 병은 이리 가져온 거요. 그러니까 사양들 하지 마시오. 칸, 이번에는 너도 마셔라. 이 백림주를 석 잔 마시면 수명이 삼 년 늘어난다는 말도 있어."

"그렇게 귀한 술이에요?"

"그럼그럼. 그러니까 내가 특별히 가져왔지. 또… 상의할 일도 있고 해서……."

"무슨 일인데요?"

무한이 물었다.

그러자 두굴이 얼른 술잔에 술을 따르며 말했다.

"자자, 일단 술부터 마시고. 이미 마개를 열었으니 주향이 사라지고 있다고. 아이고! 이 아까운 것!"

제6장

전설

빛의 술사에 대한 전설은 보통 사람들에게는 허구에 가까운 이야기로 여겨진다.

신비한 선인, 위대한 전사, 모든 것을 아는 자, 등 가장 영예로운 별칭들로 수사되는 빛의 술사는 오히려 그래서 더욱 그 실존을 의심받았다.

전설에서 빛의 술사는 이 땅에 무종이 처음 탄생했을 때 원시 무종들 간의 혼란스러운 전쟁을 멈추게 했고, 무인들의 법을 만들었으며, 천섬을 천인들의 땅으로 개척했다고 전해진다.

천섬을 산과 강, 그리고 그 지역의 특색에 따라 여섯 개 영역, 즉 육주로 나눈 사람도 빛의 술사라고 전해진다.

그 이후 천섬은 사슴들의 섬이란 옛 이름 대신 육주라는 이름으로 불리게 되었으니, 결국 육주의 역사는 빛의 술사로부터 시작되었다고 할 수 있었다. 적어도 전설이 사실이라면.

그러나 그의 실존에 대해선 누구도 그 사실을 증명하지 못했다.

전설대로라면 그와 가장 밀접한 관련이 있을 십이신무종의 각 종파도 세상에 빛의 술사에 대한 어떤 확인도 해주지 않았다.

그들은 철저하게 빛의 술사를 역사가 아닌 전설의 영역에 놓아두고 있었다.

전설은 전설을 낳는다.

육주의 수백 년 역사에서, 빛의 술사의 후예가 등장하는 전설들도 여러 토막으로 만들어졌다. 그러나 그 전설들 역시 명확한 증거나 기록이 남아 있지 않았다.

어쨌든 세월이 지나면서 빛의 술사와 그와 연관된 단편적인 전설적 이야기들을 모두 모아보면 대연대기를 구성할 수도 있을 만큼 방대해졌다.

하지만 오히려 그래서 누구도 그 이야기들을 실존한 인간의 역사로 보지 않게 되었다. 허구의 전설이 낳은 또 다른 이야기일 뿐이라 여겨지게 된 것이다.

그런데 그 빛의 술사가 갑자기 현실적인 이야기로 튀어나왔으니 석와룡이 놀라지 않을 수 없었다.

"정말 그 이야기들이 사실입니까?"

묵묵히 염호가 하는 이야기를 듣고 있던 석와룡이 믿을 수 없다는 듯 되물었다.

"나도 모르지. 내가 본 것은 아니니까. 하지만 난 적어도 전부는 아닐지 몰라도 그와 비슷한 인물이 실존했다고 생각하네. 수

몰되기 전 내가 옛 북창의 신전에서 보았던 기록들은 너무 세세해서 절대 허구로 지어낼 수 없는 이야기들이었어."

"결국 촌장님의 말씀대로라면 빛의 술사의 몇 대 후손인지는 모르지만, 그렇게 불릴 수 있는 사람이 북창을 건설한 최초의 인물이라는 것이군요. 우리의 시조쯤 되는 건가요?"

어쩌면 북창이 자부심을 가질 만한 역사를 가질 수도 있다는 기대를 하며 석와룡이 물었다.

"시조라… 미안하지만 그렇게 말할 수는 없네. 정확하게 말하자면 우리의 선조들은 빛의 술사의 후예가 인간 세상에 남긴 마지막 흔적, 다시 말해 북창의 신전을 만들기 위해 고용한 일꾼들이었다고 해야 할 것이네."

"뭘 그렇게 말씀하세요. 그냥 그의 후손이라고 해도 될 것을. 어쨌든 우리의 선조들은 그가 신전을 만들려고 불러들인 사람들이고, 그의 사후… 아니, 그가 어디론가 떠난 이후에 신전을 중심으로 항구 북창을 터전으로 세워 그곳을 돌본 것 아닙니까. 그도 우리의 선조들이 신전을 돌보기를 바랐던 것이고요. 그럼 후예죠."

석와룡이 염호의 말에 반문하며 어깨를 으쓱했다.

"후후, 그렇게 생각하고 싶으면 그렇게 생각하게. 그건 자네 자유니까. 사람은 누구나 자신들만의 전설이나 신화를 가지고 싶어 하지."

염호가 가볍게 웃음을 흘리며 말했다.

"그런데 이 이야기를 왜 그동안 하지 않으신 겁니까? 아니, 장로님들도 빛의 술사의 후예가 북창의 시원이라는 것을 모르고 계시는 것 같던데. 옛 신전 역시 빛의 술사와 관계된 것이라는 것도요."

위대한 전설을 북창의 역사로 만들 수도 있는 이야기가 철저히 비밀로 지켜진 이유를 모르겠다는 듯 석와룡이 물었다.

"그 이야기가 세상에 알려지는 순간 북창은 더 이상 존재할 수 없을 테니까. 단적인 예로 이미 신마성의 침략을 받지 않았는가. 누군가 빛의 술사의 전설이 실제의 역사인 것을 알게 되고 그 최후의 유물이 북창에 있다면, 북창은 야심가들의 공격을 받을 수밖에 없는 운명이 되는 것이네. 그 위험을 굳이 감당하겠는가."

염호의 말에 석와룡이 이내 고개를 끄떡였다.

"그렇군요. 생각보다 위험한 이야기군요."

"그래서 이 이야기를 절대 다른 사람들에게 하면 안 되네. 아는 사람이 많을수록 위험해질 이야기니까."

"알겠습니다. 그런데 왜 지금 그 이야기를 제게 하시는 건지요? 단지 신마성이 북창을 공격한 이유를 설명하려 하심은 아닌 것 같습니다만."

석와룡이 물었다.

그러자 염호가 잠시 동안 침묵을 지켰다. 그리고 무겁게 입을 열었다.

"한번 찾아볼 생각이네."

"…무엇을 말입니까?"

석와룡이 되물었다.

"빛의 술사의 후예, 혹은 그 유물… 이라도."

"예?"

석와룡이 당황한 표정으로 되물었다.

"아니면 최소한 그의 흔적이라도."

"왜……?"

"이미 누군가가 찾기 시작했으니까."

염호가 짧게 대답했다.

그 순간 석와룡도 왜 지금 빛의 술사를, 혹은 그의 흔적을 찾아야 하는지 깨달았다.

만약 빛의 술사의 후예가 지금도 존재하거나, 혹은 그가 남긴 무엇인가가 세상 어딘가에 존재한다면, 그 힘은 감히 가늠할 수 없었다.

물론 아무런 쓰임새가 없는 유물을 발견할 수도 있었다. 그러나 만약 전설처럼 빛의 술사가 십이신무종조차 승복할 수밖에 없는 힘을 가지고 있었다면, 그리고 그 힘을 남겨놓았다면, 그 유산을 타인의 손에 들어가게 할 수는 없었다.

특히 마인의 손에는 더더욱.

"후인이 있을 가능성은 거의 없겠지요?"

석와룡이 무거운 표정으로 물었다.

"그야 모르지."

"만약 후인이 존재한다면 혹라의 시대에 나타나지 않았을까요? 전설처럼 빛의 술사가 세상의 정의를 지키는 수호자 같은 존재라면."

"한 가지 잊지 말아야 할 것이 있네."

"……?"

"설혹 그 후인이 남아 있다 해도, 그리고 전설처럼 그런 강력한 능력을 가지고 있다 해도, 결국 그도 한 명의 인간일 뿐이라는 사실이지."

"그 말씀은……."

"사실 지금도 의문이네. 왜 빛의 술사는 세상에서 사라진 것일까. 왜 육주가 아닌 당시만 해도 오지였던 파나류 북쪽 해안 북창에 마지막 신전을 남기고 떠났을까. 그리고 그 이후 수백년 동안 왜 그 후인이 세상에 나타나지 않았을까? 그 모든 것이 정의의 화신으로서는 이해되지 않은 행보네. 하지만 한 사람의 인간으로서는 이해가 가는 일이지 않겠나."

"어떻게 말입니까?"

"후후, 사람들이 늘 하는 말이 있지 않은가. 무슨 사정이 있었겠지. 사람이니까."

염호의 말에 멀뚱한 표정을 짓던 석와룡이 갑자기 피식 실소를 흘렸다.

"풋, 하긴 그렇군요. 신이 아니라 사람이니까 무슨 사정이 있었겠지요. 하하하, 아무튼 그래서 제게 그 일을 맡기시겠다는 말씀이시죠? 묵룡대선의 소룡들과 함께……."

"석림도의 삼공자도 함께할 것이니 이 일은 아마도 독안룡께서 생각하시는 새로운 연대가 처음으로 함께하는 일이 될 것일세. 후대를 책임질 사람들을 모아서 하는 일 말이세. 그래서 의미가 더 깊지. 잘 사귀어보게. 북창의 앞날을 위해서 그들은 아주 중요한 사람들이니까."

염호가 진지한 표정으로 당부했다.

"이제 보니 촌장님께서는 빛의 술사의 흔적을 찾는 것보다 그들과의 관계를 돈독히 하는 것에 더 관심이 있으시군요?"

"알아챘군. 맞아. 북창의 미래를 위해 우린 묵룡대선이나 석림도의 사람들과 좀 더 깊은 관계를 맺을 필요가 있네. 무력으로는 묵룡대선에, 재력으로는 석림도의 도움을 받으면 북창의 생존에는 큰 문제가 없을 테니까."

"그렇게 말씀하시니 좀 주눅이 듭니다."

"후후후, 그럴 것 없어. 흑라의 시대 이전이었다면 우리 북창도 석림도 못지않은 위치에 있었으니까. 그리고 이러니저러니 해도 결국 파나류에 대해 우리만큼 아는 사람도 없지 않은가?"

"그건 또 그렇군요. 또 묘하게도 출신 지역으로 보면 우리 세 세력은 육주와 무산열도, 그리고 파나류에 각각 속해 있는 사람들이군요."

"그렇지? 아마도 그래서 더 큰 힘이 될 수 있을 거야. 일이 잘 진행되면 아마도 육주의 바다와 무산해협 북남을 잇는 강력한 연대가 만들어질 걸세. 그렇게 되면……."

염호가 말꼬리를 흐렸다.

그러자 석와룡이 대신 입을 열었다.

"그렇게 되면 위대한 옛 북창의 부활이 되겠군요."

"그렇게 되는 거지."

염호가 천천히 고개를 끄떡였다.

* * *

머리가 지끈거렸다.

거의 강제다 싶게 백림주 석 잔을 마신 결과다. 이후 정신을 잃고 잠이 든 것 같은데 깨어나 보니 어느새 아침이었다.

북창의 사람들은 이미 분주하게 일을 하고 있었고, 함께 술을 마신 소룡들도 보이지 않았다. 무한 자신은 누가 옮겼는지 자신의 천막에 들어와 있었다.

찌르르!

숲의 섬 가름에 사는 이름 모를 새들의 울음소리가 아니었다면 무한은 아마도 한낮까지 잠을 잤을지도 모른다.

"후우."

무한이 누운 채로 길게 숨을 내쉬었다. 뜨거운 술기운이 여전히 뱃속에 남아 있는지 숨을 타고 허공으로 흘러갔다.

"정말 독한 술이구나. 그런데 머리는 아프지 않은데?"

무한이 몸을 일으켰다.

정신을 잃을 정도로 독한 술을 마신 것치고는 몸도 머리도 오히려 상쾌했다. 마치 신비한 약을 먹고 한동안 잠들었다 깬 듯한 느낌이었다.

"그래도 목은 마르네."

무한이 물이라도 먹어야겠다는 생각에 몸을 일으켰다.

그런데 마침 그 순간, 하연이 무한의 천막을 열었다.

"어? 일어났네?"

"웬일이세요?"

"괜찮아?"

"아, 뭐… 특별히 이상한 곳은 없는데 어떻게 된 일이에요?"

무한이 간밤의 일을 물었다.

"어떻게 되긴 뭐가 어떻게 돼. 다들 백림주를 먹고 뻗은 거지."

"전부 다요?"

무한이 되물었다.

"거의 다."

"다른 사형들은 술이 처음은 아니잖아요? 저야 처음이지만."

"그렇긴 해도 백림주 같은 독주는 처음인 거지. 참, 독주라고
하면 삼공자께서 화를 내겠네. 독주가 아니라 명주!"

하연이 마치 두굴이 듣고 있기라도 한 것처럼 얼른 말을 바꿨다.

"그럼 모두 저처럼 쓰러진 거예요?"

"그건 아니지. 하지만 정신없이 횡설수설한 것은 맞아. 그래서
뜻하지 않게 모두 삼공자의 의형제가 되고 말았고."

"의형제라뇨?"

어젯밤 일에 대해 아무런 기억이 없는 무한이 의아한 표정으
로 물었다.

"그렇게 됐어. 역시 삼공자는 머리가 비상하더라고. 애초부터
우리 소룡오대와 한식구가 되고 싶었던 것 같아. 그래서 백림주
를 가져와 술을 먹여 취하게 한 후, 소룡오대 모두와 의형제를
맺은 거지."

"후후, 다른 사형들이 백림주에 취해 삼공자의 요구를 받아들
였군요."

"가관이었지. 인사불성이 되어서는 형님 형님 하면서……."

"결국 삼공자가 모두의 대형이 되셨네요. 나이가 가장 많으시
니."

"그렇게 되었지, 뭐."

하연이 어깨를 으쓱했다.

그러자 무한이 갑자기 진지한 표정으로 물었다.

"삼공자님이 원하는 것은 뭘까요?"

갑작스러운 무한의 질문에 하연이 빙그레 미소를 지었다.

"역시 동생은 똑똑해. 삼공자가 그저 심심해서 소룡오대와 친분을 맺은 것은 아니지."

"역시 후일 석림도의 후계 경쟁에서 도움을 바라는 걸까요?"

"직접적으로 도와주는 걸 원하지는 않을 거야. 묵룡대선이 석림도 후계 경쟁에 관여하는 것은 위험한 일이니까."

"그럼……?"

"앞으로 삼 년간 삼공자는 많을 것을 이뤄내야 하지. 누구도 그가 석림도의 후계자가 되는 데 이의를 제기할 수 없을 만큼. 그에 대한 도움을 청한 것이라고 봐야겠지. 그 혼자서, 그것도 묵룡대선의 손님으로서는 할 수 있는 일이 아무것도 없으니까."

하연의 말에 무한이 고개를 끄떡였다.

"그렇군요. 삼공자께서는 손님이 아니라 묵룡대선의 일원으로서 여러 일들을 해내고 싶은 거군요. 앞으로 삼 년간은……."

"그리고 그러기 위해 우리 소룡오대가 필요한 것이고."

"그야 뭐, 누님과 제가 속한 곳이니까요."

"아무튼. 우리에게도 나쁜 건 아니야. 소룡들 중 석림도와 깊은 인연을 맺은 것은 우리 오대뿐이니까. 아마 그 자체가 큰 힘이 될걸?"

"서로 양쪽의 후계자가 되기 위해 상부상조하게 되는 거군요."

"그런 셈이지. 소독이나 비옥이 술기운에 아무하고나 의형제를 맺을 사람들도 아니고. 계산이 선 거지."

하연이 가볍게 미소를 지었다.

마을은 얼추 자리를 잡아가고 있었다. 해안가에서 이어지는 큰 길과 포구까지 완성되자 마치 오래전부터 이 섬에 마을이 있었던 것 같은 느낌마저 들 정도였다.

한 가지 아쉬운 것은 외부의 침입에 대비할 수 있는 수단이 통나무로 세운 방책뿐이라는 것이었다. 석재와 흙을 이용해 성벽을 쌓고 그 안에 단단한 석성을 구축할 수 있다면 거의 완벽한 거주지가 될 것이지만, 지금으로서는 석재를 구할 시간이 부족했다.

그래서 단단한 석성(石城)을 세우는 일은 결국 후일로 미뤄두는 수밖에 없었다. 아마도 앞으로 사오 년이 지나면 이 아름다운 숲의 섬 가름에 그 아름다움에 어울리는 석성이 세워져 있을 것이다.

그렇게 북창을 안정시키는 일이 끝나가자 드디어 독안룡 탑살이 떠날 날을 공포했다.

그 와중에도 소룡들의 수련은 더욱 치열해지고 있었다. 더군다나 이번 수련은 다른 때와 달리 특별했다.

소룡일대와 오대가 함께 묵룡사왕들의 지도를 받으며 수련하기 때문이었다.

가끔 불청객도 있었다.

북창의 경비대장 석와룡과 석림도의 삼공자 두굴은 간혹 묵룡대선 소룡들의 수련처를 찾았다.

물론 독안룡 탑살의 허락을 구한 후에 가능한 일이었다. 그들은 소룡들의 수련을 보며 자신들의 무공을 점검했다. 그리고 가끔은 묵룡사왕에게 무공에 대해 질문을 하거나 혹은 그들의 가르침을 받기도 했다.

그것만으로도 두 사람의 무공은 큰 진보를 이루고 있었다.

특히 북창의 경비대장 석와룡의 경우는 마치 물을 만난 고기처럼 묵룡사왕에게서 무공 지식을 습득했다. 그의 나이가 벌써 사십에 가까웠지만, 그는 배움에 목말라 있었다.

북창의 경비대장이고, 전해지는 무공을 배워 일류 전사의 경지에 도달해 있기는 했지만 석와룡의 무공은 어딘지 모르게 빈틈이 많이 있었다.

이유는 단 하나, 그에게 제대로 된 스승이 없었기 때문이다.

촌장 염호 역시 무시할 수 없는 무공의 고수였으나 그의 무공역시 체계적인 배움을 통해 만들어진 무공이 아니었다.

그래서 북창에 전해지는 무공을 배운 석와룡의 무공은 역시강하면서도 한편으로 빈틈도 많았던 것이다.

묵룡사왕은 석와룡의 그 빈틈을 없애주고 있었다. 더군다나 그들은 석와룡에게 자신들의 무공, 혹은 독안룡 탑살의 무공 비법의 일부를 전수하는 것을 꺼려 하지도 않았다.

독안룡 탑살로부터 석와룡을 소위 무종의 종파에서 말하는 문외제자(門外弟子)처럼 생각하라는 명을 받았기 때문이다.

어떤 무종을 선택해 무종을 받고, 무공을 수련한 전사들은 때가 되면 스스로 자신들의 주군을 택해 세상으로 나간다.

그런 전사들을 가장 많이 데리고 있는 자들이 이왕사후였다. 그래서 이왕사후의 전사들 중 무공을 수련한 전사들의 무종은 각기 달랐다.

누구는 불산의, 또 누구는 도산의, 다른 누군가는 악산의 무종을 가지고 있는 등 수십 개의 무종 종파로부터 무종을 전수받은 자들이 한 명의 주군을 따르고 있었다.

그렇게 특정 종파에서 무종을 전수받은 후, 그 종파 내부에 머물지 않고 세속의 권세와 영화를 찾아 세상으로 나간 자들을 각 종파에서는 문외제자라 부른다.

각 종파는 문외제자를 두는 것을 꺼려 하지 않았다. 아니, 오히려 문외제자를 많이 배출하기 위해 보이지 않은 경쟁을 하고 있었다.

그들에게서 각 종파를 영위해 나갈 수 있는 재물과 세상에 대한 권력이 나오기 때문이었다.

그래서 서로 다른 주군을 선택하고 같은 무종을 수련한 사형제끼리 생사의 대결을 벌이는 경우도 있었지만, 그 싸움이 각 무종 종파에 해를 끼치지 않는 한 각 종파들은 세속의 문외제자의 선택과 싸움에 관여치 않은 것이 또한 불문율이었다.

독안룡 탑살은 북창의 석와룡과 석림도의 두굴에게 바로 그런 문외제자의 자격을 준 것이다.

그렇게 적어도 무공에 관해서는 북창이나 석림도가 묵룡대선, 특히 독안룡 탑살의 해왕 무맥과 인연을 맺어가기 시작하고 있었던 것이다.

"비무 한번 해보겠나?"

한참 검을 다루고 있던 석와룡에게 문득 독사검왕 서군문이 물었다.

"검왕님과의 비무라면 아직 자신이 없습니다만……."

"나와의 비무는 아니네."

"그럼……?"

"저 아이!"

서군문이 손을 들어 무한을 가리켰다.

"…칸과 말입니까?"

석와룡이 실망한 표정을 감추지 않고 말했다.

비록 뒤늦게 가름에 온 석와룡이지만 소룡들의 서열은 이미 파악하고 있었다.

그래서 소룡 칸이 독안룡 탑살의 마지막 제자이고 그가 탑살의 제자가 된 지 아직 일 년이 채 되지 않았다는 것도 알고 있었다.

그런 그와 비무를 하라는 것이 한순간 자신을 무시하는 것처럼 생각된 것이었다.

그런 석와룡을 보며 서군문이 다시 입을 열었다.

"자네의 무공이 궁금하기도 하고, 저 아이가 지난번 비무에서 어떤 깨달음을 얻었는지 확인해 보고 싶기도 하고 해서 하는 말이네."

그러자 석와룡이 굳어진 표정으로 대답했다.

"제가 누굴 가르칠 입장은 못 됩니다만……."

핑계를 둘러대기는 했지만, 무한과의 비무 요구에 대한 불쾌함을 느끼는 것을 숨길 수 없었다.

비록 사왕들에게 무공을 배우고 있지만 누가 뭐래도 자신은 북창의 사람이다. 검을 잡은 지도 수십 년. 그런 자신이 아직 스물도 되지 않은 청년, 그것도 갓 검을 수련하기 시작한 애송이와 검을 섞는 것은 북창의 위신을 떨어뜨리는 일이기도 했다.

"음… 자네에게 검을 가르치라는 것은 아니네. 저 아이는 적어도 그 정도 수준은 넘었지."

"검왕께선 절 너무 무시하시는군요."

무한의 검술이 자신에게 배울 실력을 넘었다는 말에 석와룡도 더 이상 자신이 기분을 숨기지 않고 말했다.

"후후, 저 아이의 나이를 보고 자네가 무시당했다고 생각하나 보군. 그럼 이건 어떤가. 저 아이가 묵룡대선의 소룡일대 제일고수라는 전위와 백 초를 겨뤘다는 것 말일세. 그래도 자네의 비무 상대로서 자격이 없다고 생각하나?"

순간 석와룡의 얼굴이 굳었다. 불신의 빛이 강하게 떠올랐다.

다른 사람은 몰라도 소룡들 중 제일고수 전위에 대해서는 잘 알고 있는 석와룡이었다.

북창의 주민들이 신마성의 공격을 피해 대해로 탈출할 때 큰 도움을 준 전위였다. 신마성의 흉폭한 전사들까지도 추격을 포기하게 만든 당사자가 전위다.

무한이 그런 전위와 백 초를 넘게 겨뤘다는 것을 석와룡은 믿기 힘들었다.

"전 소룡께서 막내 사제라 사정을 봐주며 겨루셨나 보군요."

석와룡이 말했다. 그러자 한쪽에서 두 사람의 대화를 듣고 있던 전위가 큰 소리로 말했다.

"죄송합니다만, 전 어떤 비무든 최선을 다합니다."

나이로 보면 전위가 석와룡보다 대여섯 살 아래여서 전위의 말과 행동은 무척 정중했다. 그래서 석와룡 역시 전위의 말이 결코 허투루 한 말이 아니라는 것을 믿을 수밖에 없었다.

그렇다면 그의 판단이 틀린 것이다. 독사검왕 서군문이 비무를 권한 이 어린 소룡의 무공은 정말 그와 비무를 할 수 있을 만큼 뛰어난 것이다.

그런데 또다시 반전이 일어났다.

"그 비무는 저도 안 했으면 좋겠어요."

자신과의 비무를 두고 석와룡과 서군문, 그리고 전위까지 나서서 왈가왈부하는 상황을 무한 자신이 끝을 냈다.

"안 하겠다고?"

서군문이 당황스러운 얼굴로 물었다.

"예, 검왕님!"

"왜 안 하겠다는 거냐?"

"아직 제가 북창의 경비대장님을 상대로 비무를 할 자격이 없으니까요. 그리고… 경비대장님께서 거절하신 비무를 굳이 할 필요도 없고요."

사실 무한에게도 이 비무는 껄끄러운 것이었다. 만에 하나 그가 이 비무에서 이기기라도 하는 날에는 더욱 큰 문제가 발생할 수도 있었다.

대북창의 경비대장 석와룡의 위신이 크게 손상될 것이기 때문이었다. 그렇다고 최선을 다하지 않을 수도 없었다.

"아니지. 내가 꺼낸 이야긴데 이렇게 틀어지면 석 대장에 대한 예의가 아닌데……."

서군문이 곤혹스러운 표정을 지었다.

"그 비무 제가 하면 안 될까요?"

갑자기 소독이 나섰다.

"소독 네가?"

"석 대장님께서 허락하신다면 한 수 배우고 싶습니다만."

아마도 소독은 모두가 곤란해진 상황을 자신이 나섬으로써 해결하려는 듯 보였다.

"어떤가?"

서군문이 석와룡에게 물었다.

"두 번 거절하면 예의가 아니지요."

소룡오대의 제일 고수랄 수 있는 소독이라면 충분히 비무할 상대라고 생각했는지, 석와룡이 이번에는 순순히 동의했다.

"좋아. 그럼 어디 한번 실력들을 보자고!"

검왕 서군문이 힘주어 말하고는 뒤로 물러났다.

"하지 그랬어?"

소독과 석와룡이 비무를 위해 준비를 하는 사이 무한의 등 뒤로 다가온 두굴이 장난스레 말을 건넸다.

"제가 자격이 안 된다니까요."

무한이 두 손을 들며 말했다.

"내가 볼 때 충분히 자격이 될 것 같은데? 석림도에서 그 흑상 놈들을 상대할 때도 그렇고, 또 지난번에 전위 대사형을 상대할 때도 그렇고. 충분히 자격이 되는데……."

"그래도요. 좀 곤란한 비무잖아요."

무한이 침착하게 말했다.

"어라? 곤란해? 그건 이겼을 경우의 일인데. 설마 우리 어린 아우님이 이길 것 같아서 거절한 거야? 아우님이 이겼을 때 석 대장이 곤란해질까 봐."

"그런 거 아닙니다."

무한이 더 이상 두굴의 말장난에 놀아나지 않겠다는 듯 고개를 저으며 단호하게 말했다.

"에이, 자신 있었던 것 같은데?"

"글쎄, 아니라니까요?"

"내 눈은 못 속여!"

두굴이 끝까지 무한을 물고 늘어졌다.

그러자 갑자기 무한이 두굴을 보며 물었다.

"그럼 형님이 한번 하실래요?"

"응?"

"저랑 비무 한번 하자고요."

"갑자기 왜?"

두굴이 당황한 표정으로 물었다.

"솔직히 말해서 모두 궁금해하고 있어요. 형님의 실력을……."

"나야 술주정뱅이가 뭐……."

"그게 형님의 본모습이라고 생각하는 사람은 아무도 없죠. 아무튼 하는 거죠?"

"음… 그래 한번 해볼까?"

두굴도 한편으로는 호기심이 동하는 모양이었다.

"좋아요. 그럼 저기 두 분의 비무가 끝나면 그때 한번 해요."

"후후후, 이거 겁나 죽겠네. 아우가 이렇게 자신 있게 비무를 청하니까."

"제가 비무에서 패할 거란 걸 모르는 건 아니에요. 장난으로 하시면 안 돼요! 그러다 망신당하시는 수가 있어요."

"물론! 난 일단 손에 검을 들면 장난이 없어. 아우도 조심해야 할걸?"

"저야 뭐… 저도 본전인데요."

"흐흐흐, 하지만 꽤 아플 거야."

"좋아요. 기대하죠. 일단 구경부터 해요."

무한이 턱으로 숲의 공터에 마주 선 소독과 석와룡을 가리키며 말했다.

"좋아. 아주 재밌는 비무가 될 것 같군. 북창의 무공이 궁금했는데……"

"저도 그래요. 무척 실전적으로 보였어요. 수련하시는 걸 볼 때는."

"음, 아무래도 오랜 세월 북창의 무사들이 실전을 통해 보완해 온 무공일 테니까. 내공은 어떨지 모르겠군."

두굴이 고개를 갸웃했다.

그때 비무의 시작을 알리는 서군문의 목소리가 들렸다.

"준비됐으면 시작하지!"

두 개의 검이 허공에서 무서운 속도로 교차했다.

한쪽 검은 광란의 태풍처럼 거칠고 강렬했고, 다른 쪽 검은 밤하늘을 가르는 유성처럼 빠르고 날카로웠다. 그럼에도 두 개의 검은 묘하게 잘 어우러졌다. 마치 두 사람이 미리 짜놓은 검무(劍舞)를 추고 있는 듯한 느낌이 들 정도였다.

그러나 무한은 검과 검 사이에 흐르는 팽팽한 긴장감, 마음만 더 먹으면 차가운 살기로 변할 서로에 대한 투지를 읽을 수 있었다.

비무라지만 양보는 없었다.

소독과 석와룡은 자신들이 가진 모든 능력을 뽑아내고 있었다. 그리고 소룡들은 석와룡의 무공에 놀라고 있었다. 비록 나이가 십오 세가량 어리지만, 사람들은 소독이 비무에서 우위를 점할 거라 예상했다.

독안룡 탑살의 절대무공을 전수받은 소독이다. 석와룡 역시 북창 무사들에게 전해지는 무공을 수련하기는 했지만, 그래도 흑라의 시대를 이겨낸 대영웅 독안룡 탑살의 무종을 전해 받은 소독에 비할 바는 아닐 것이라 생각했다. 한 무사의 오랜 경험조차도 전해 받은 무종의 격차를 극복할 수 없다는 것이 육주 무계의 오랜 정설이었다.

그런데 석와룡은 모두의 예상을 깨고 소독과 팽팽한 균형을 유지했다. 그리고 가끔씩은 실전을 통해 체득한 본능적인 움직임으로 소독을 위험에 몰아넣기도 했다. 석와룡의 경험은 소독에게 전해진 해왕 무맥의 무종만큼이나 강한 힘을 가지고 있었던 것이다.

그래서 두 사람의 비무는 아름다웠다. 그 안에 내포된 상대를 향한 치열한 전의도 그 아름다움을 배가시키는 한 이유였다.

"점점 위험해지는군."

어느 순간 두굴이 입을 열었다.

"멈춰야 하지 않을까요?"

무한도 걱정스러운 표정으로 말했다.

"그야 검왕께서 알아서 하시겠지."

하연이 긴장한 표정으로 말했다.

하연과 오대의 소룡들은 마치 소독이 아니라 자신들이 비무를 하는 것처럼 긴장하고 있었다.

예상보다 강한 석와룡의 무공으로 인해 소룡들은 마치 소독을 통해 자신들의 무공이 시험받고 있는 듯한 느낌을 받았다.

그래서 비무의 위험성보다는 그 승패에 관심을 가질 수밖에 없는 상황이었다.

"우린 저렇게는 하지 말자."

긴장한 소룡들을 흘깃 바라본 두굴이 무한에게 속삭였다.

"그야 형님께 달렸죠."

무한이 대답했다.

"호! 전의가 느껴지는데?"

"형님이 세게 나오시면 저도 세게 나가야지 별수 있나요?"

"이것 봐라? 설마 날 이기겠다는 거야?"

"최선을 다하겠다는 거죠."

"하! 갑자기 긴장되네. 내기 질 수도 있을 것 같은 이 불길한 느낌은 뭐지?"

두굴이 진담 반 농담 반 섞인 표정으로 말했다.

"그러니까 제대로 하셔야 해요. 전 하여간 최선을 다할 겁니다."

무한이 다부지게 말했다.

"흐흐흐, 알았어. 어디 다쳐도 난 몰라!"

"그건 걱정은 마시고요."

"호오… 적어도 다치지 않을 자신은 있다는 건데."

두굴이 꺼림칙한 눈으로 무한을 흘깃 봤다. 갑자기 무한과의 비무가 부담스러워진 모양이었다.

그때 비무를 벌이던 두 사람 사이에서 날카로운 기합성이 터져 나왔다.

"핫!"

"합!"

거의 동시에 내뻗은 기합 소리와 함께 두 개의 검이 허공에서 충돌했다.

쾅!

한 번 충돌한 검은 벼락처럼 떨어졌다가 다시 충돌했다.

차창!

그동안은 석와룡의 맹렬한 공격을 소독이 날카롭게 피해내고 반격을 노리는 모습이었는데, 갑자기 소독이 석와룡의 공격을 피하지 않고 정면으로 격돌하기 시작해서 일어난 소란이었다.

그리고 일단 소독의 대응 방식이 변하자 소독의 검 역시 석와룡의 검법만큼 거칠고 강렬해지기 시작했다.

"파랑검에는 열두 단계가 있다더니… 저건 어느 단계지?"

두굴이 물었다.

"파랑오검이에요."

하연이 대답했다.

"겨우 오검… 그런데도 한순간에 비무의 분위기가 변하는군. 그럼 십이검은 얼마나 대단할까?"

두굴이 의기소침한 표정으로 말했다.

그러자 하연이 고개를 저었다.

"그건 파랑십이검을 잘 몰라서 하시는 말씀이에요."

"무슨 말이지?"

두굴이 하연을 보며 물었다.

"파랑십이검을 구성하는 열두 개의 검법 자체가 상대적으로 우열을 가지고 있는 것은 아니라는 뜻이에요. 그냥 각자 그 특징이 있을 뿐이에요. 사실은… 그 열두 개의 검술이 하나로 연결되어 있다고 보는 것이 정확하죠. 그리고 가장 큰 오해는!"

"…어서 말해봐. 숨넘어가겠네."

두굴이 하연을 보며 투덜거렸다.

"남의 무종 내력을 이렇게 막 알려달라고 졸라도 되는 거예요?"

하연이 쏘아붙였다.

"야, 이거 서운한데? 남이라니. 우리가 어디 남인가? 의형제 아니냐. 지금은 나도 묵룡대선의 일원이고. 그러니까 시원하게 말 좀 해줘. 가장 큰 오해는?"

두굴이 걸걸한 목소리로 재촉했다.

"하긴 뭐, 비결이 아니니 알려 드려도 되죠. 가장 큰 오해는 파랑십이검이라는 이름이 열두 개의 검술 초식을 말하는 것이기도 하지만, 그보다는 오히려 검술의 성취 단계를 두고 정해진 이름이라고 보는 게 정확하다는 거죠."

"어? 그래? 그건 정말 의왼데? 누구나 열두 초식에서 따온 이름이라고 생각할 텐데."

"그래서요. 그게 가장 큰 오해죠. 물론 성취 단계가 올라갈수록 능숙하게 사용할 수 있는 초식의 수가 늘어나기는 하지만 어쨌든……."

"좋아. 그럼 지금 소독 형제의 수준은 어느 정도지?"

두굴이 물었다.

"글쎄요… 그런 제가 감히 말씀드릴 수 없네요. 짐작은 하지만."

하연이 대답을 거부했다.

검술의 성취에 대한 평가는 탑살이나 묵룡사왕의 몫이기 때문이었다.

"육칠 년 정도 수련했다고 했나?"

두굴이 집요하게 물었다.

"올해로 칠 년째죠."

하연이 대답했다.

"그럼 뭐 한 오륙 단계쯤?"

"그렇게 됐으면 좋겠네요."

"설마? 오 단계도 안 된다고?"

"사왕님의 말씀을 들어보면 선장님도 십 단계 전후라고 하시더군요."

"독안룡 님도 대성하지 못했다고? 야! 거참 놀라운 검법일세."

두굴은 진심으로 놀란 듯했다. 평소와 달리 그의 얼굴에 장난기가 없었다.

육주를 넘어 천하에서 손꼽히는 영웅으로 칭송받는 대전사 독안룡 탑살이 도달하지 못한 무의 경지를 가진 검법이 존재할 거라고는 생각지 못한 모양이었다.

"그러니까 소독의 성취는 결코 무시할 수 없는 것이죠."

"그렇군. 그리고 그런 소독 형제를 맞아 대등하게 싸우고 있는 석 대장님의 무공 역시 대단한 것이군."

두굴이 고개를 끄떡였다.

카카캉!

비무는 더욱 거칠어지고 있었다. 검과 검이 만들어내는 불꽃이 사방으로 튕겨 나갔다.

누가 보면 비무가 아니라 생사를 건 결투를 하는 것으로 오해할 만했다. 날카로운 파공음들이 숲의 공기를 베어내고, 그 끝에 혈화가 날려도 이상할 것이 없을 만큼 도검의 흐름이 날카로웠다.

그런데 한순간 독사검왕 서군문의 목소리가 터져 나왔다.

"그만!"

그러자 거짓말처럼 소독과 석와룡이 검을 거둬들였다.

"이 정도면 두 사람 모두 만족했겠지?"

독사검왕 서군문이 물었다.

그러자 소독과 석와룡이 서로를 향해 가볍게 고개를 숙여 보였다.

"잘 배웠습니다."

소독이 먼저 입을 열었다.

"아닐세. 나야말로 많이 배웠네. 명불허전! 과연 독안룡 님의 제자구나 싶었네. 나이만 먹은 내 무공이 부끄러울 따름이네. 만약 이곳에 도착한 후 사왕님들의 충고가 없었다면 분명히 내가 패했을 걸세."

석와룡이 아쉬운 듯 말했다.

그러자 소독이 고개를 저었다.

"아닙니다. 실전이었다면 제가 위험했을 것이란 걸 알고 있습니다. 비무여서 오히려 석 대장님의 실력이 모두 발휘되기 어려웠지요."

"후후, 그건 부인 않겠네. 실전이었다면 좀 더 재미있었을 거야."

석와룡이 가볍게 웃음을 흘렸다.

"좋아. 서로 얻은 것이 있으면 둘 다 승리한 비무지. 자, 그럼 이쯤에서 오늘 수련을 끝내도록 하지."

서군문이 격렬한 비무 끝에 서로를 존중하는 소독과 석와룡을 흡족한 표정으로 보며 말했다.

순간 두굴이 손을 번쩍 들며 외쳤다.

"하나 더 남았습니다."

"…뭐가 더 남아?"

서군문이 물었다.

"비무가 하나 더 남았습니다만……."

"무슨……?"

"칸 아우와 한판 붙어보기로 했습니다만!"

"칸과?"

서군문이 의아한 표정을 무한을 바라봤다.

그러자 무한이 고개를 끄떡였다.

"원, 녀석, 하지 않겠다던 비무는 왜 갑자기……."

"석림도의 무공이 궁금해서요."

"그래? 하긴 나도 석림도의 무공이 궁금하기는 했지. 그럼 한 번 해봐."

서군문이 고개를 끄떡이고는 뒤로 물러났다.

사람들이 호기심 가득한 눈으로 두 사람의 비무를 기다렸다.

묵룡대선의 전사들 무공이야 세상에 널리 알려져 있지만 석림도의 무공은 거의 알려지지 않았다.

석림도의 전사들은 석림도 밖으로 나오는 일이 흔치 않았다.

또한 석림도라는 난공불락의 요새를 공격할 사람들도 거의 없었기에 석림도의 무공은 세상에 드러날 일이 많지 않았다.

하지만 흑라의 시대에조차 외부의 침범을 허락하지 않은 석림도다. 그것이 오직 위태로운 섬의 지형과 견고한 성벽에 의지해서만 가능할 수는 없었다. 당연히 그들에게도 특별한 무공이 존재한다는 것을 누구나 짐작할 수 있었다.

"아우, 잘 부탁해!"

무한과 마주 선 두굴이 검을 이리저리 휘둘러 보며 말했다. 전혀 긴장한 것 같지도 않고, 또 진지하게 비무를 하려는 것 같지도 않은 모습이다. 하지만 무한은 그런 두굴의 모습에서 강렬한 전사의 기운을 느꼈다.

비록 얼굴에는 웃음이 만면하고 검을 이리저리 휘둘러 보는 모습은 흐트러져 보이지만, 그의 안광이 다른 때와 달리 깊고 냉정한 것을 알아챘기 때문이다.

"저야말로 잘 부탁드려요."

무한이 검을 들어 앞에 세우며 말했다.

사실 무한의 가슴속에는 투지가 스멀스멀 일어나고 있었다. 지난번 전위와의 비무 이후 무한은 자신의 검술이 두어 단계 진보했다는 것을 깨닫고 있었다. 그래서 그 성취를 스스로 한번 시험해 보고 싶은 마음이 강했다. 먼저 두굴에게 비무를 청한 이유기도 했다.

"좋아. 그럼 시작하자!"

쿵!

말이 끝나자마자 두굴이 강하게 땅을 찼다. 그러자 그의 발밑에서 땅이 흔들리는 듯한 진동이 일어나더니 두굴이 강하게 앞으로 달려 나갔다.

땅을 박차고 만들어낸 반탄력으로 두굴이 순식간에 무한의 머리 위까지 날아왔다. 달려드는 두굴의 모습이 마치 한 마리 야수와 같다. 두굴이 머리 위로 치켜세운 검에는 뿌연 검기까지 서렸다.

그리고 그 검기가 벼락처럼 무한의 머리 위에 떨어졌다.

제7장

집으로

'정말 장난 아니시네!'

무한은 머리 위로 떨어져 내리는 두굴의 검기를 보며 혀를 내둘렀다.

두굴이 진지하게 비무에 임할 거라고 예상하지 못한 바는 아니지만, 시작부터 이렇게 무시무시한 공격을 할 거라고는 생각지 못했던 무한이다.

놀라면서도 순간 오기가 생겼다.

'좋아!'

쿵!

한순간 무한이 한쪽 무릎을 꿇었다. 그리고 검을 비스듬히 들어 올리며 꿇은 무릎을 중심으로 몸을 사선으로 회전시켰다.

카앙!

강력한 마찰음이 터져 나왔다.

쿵!

진기를 잔뜩 머금은 두굴의 검이 무한의 한 걸음 옆에 떨어졌다.

순간 무한이 재차 검을 밀었다.

캉!

무한의 옆 공터에 꽂힌 두굴의 검이 무한의 검에 밀려 땅에 길게 흠을 남기며 뒤로 밀려났다.

그러자 두굴이 놀란 표정을 지으며 급히 뒤로 몸을 물렸다.

파팟!

그가 움직이는 경로를 따라 무한이 낮은 자세로 달려들며 매섭게 검을 날렸다.

차차창!

뒤로 물러나는 두굴이 어지럽게 검을 흔들어 무한의 공격을 막았다.

그럼에도 무한의 공격은 멈추지 않았다. 마치 끊임없이 밀려드는 파도처럼 무한은 한 치의 여유도 주지 않고 두굴을 공격했다.

"에잇!"

한순간 두굴이 짧은 기합성을 터뜨렸다. 그러자 그의 검에 다시 뿌연 검기가 서렸다.

콰쾅!

뒤를 이어 벼락 치는 것 같은 충돌음이 일어났다.

"웃!"

"음!"

무한과 두굴이 동시에 신음 소리를 뱉어내며 일정한 거리를 두고 뒤로 물러났다.

푸스스!

두 사람이 격돌했던 공간에서 떠올랐던 잘린 수풀들이 바람을 타고 한쪽 방향으로 흘러갔다.

그리고 짧은 침묵이 그 공간을 파고 들어왔다.

둘 모두 방어의 태세를 취할 뿐, 상대를 공격할 생각을 하지 않았다.

침묵이 지루하다고 느낄 즈음 갑자기 두굴이 투덜거리며 검을 거뒀다.

"에이, 난 그만하련다!"

비무 때의 진지함을 던져 버린, 술망나니로 불리던 평소 그대로의 모습으로 돌아온 두굴이다.

"아니, 갑자기 왜요?"

갑작스러운 비무 중단 선언에 어안이 벙벙해진 무한이 소리쳐 물었다.

"됐어. 그만할래."

"그러니까 왜요?"

"창피당하기 싫어."

"창피라뇨?"

"아우 무공이 이렇게 대단할 줄은 몰랐거든. 계속하다가는 내 밑천이 드러날 것 같아서."

"뭐예요? 겨우 한 번 겨루고서 어떻게 알아요?"

무한이 어이없는 표정을 지었다.

정말 단 일 합이었다.

나눈 초수야 십여 초지만 공수가 번갈아 이어진 덕에 서로 검을 맞댄 시간은 극히 짧았다.

결코 상대의 무공을 정확히 파악할 수 없는 시간이었다.

"뭐 먹어봐야 맛을 아나? 그냥 대충 보면 척 알지. 좋은 술은 향기만으로 알듯이. 아우… 날 속였지?"

갑자기 두굴이 따져 물었다.

"속이긴 누가 속였다고 그러세요!"

갑자기 비무를 그만둔 것도 모자라 두굴이 자신을 추궁하자 무한이 화가 나 소리쳤다.

"에이… 무공 수련한 게 일 년이 채 안 됐다며?"

"그런데요."

"그건 불가능해."

"대체 뭐가요?"

무한이 퉁명스럽게 물었다.

"겨우 일 년 배운 무공으로 내 공격을 막아낸 것 말이야. 첫 공격 때. 그 공격은 내가 제법 힘을 쓴 거거든. 겨우 일 년 수련한 내공으로는 막아낼 수 없었어. 난 아우가 내 첫 공격을 맞서지 않고 피할 거라고 예상했어. 그런데 아우는 정면으로 내 공격을 막아냈어. 뒤로 밀리지도 않고 말이야. 그게 어떻게 일 년도 수련하지 않은 사람의 내공일 수 있어?"

두굴이 껄렁대는 모습과 달리 무척 세세하게 무한을 추궁했다.

그런데 그 순간 갑자기 한쪽에서 두 사람의 비무를 지켜보던 서군문이 입을 열었다.

"혹시 대해벽이었느냐? 처음 한쪽 무릎을 꿇고 삼공자의 공격을 막아낸 수법이?"

갑작스러운 서군문의 말에 사람들의 시선이 서군문에게로 옮겨갔다.

"역시 검왕님이세요."

무한이 놀란 표정으로 대답했다.

"정말 대해벽이었구나."

서군문이 탄식하듯 중얼거렸다.

"대해벽? 그건 독안룡 님의 방패술 아니야?"

두굴이 무한에게 물었다.

그러자 무한이 고개를 끄떡였다.

"맞아요. 바로 그 방패술로 형님의 첫 공격을 막은 거예요. 단지 손에 든 게 방패가 아니라 검이었던 거죠. 대해벽은 강적의 공격을 효과적으로 막아낼 수 있는 방패술이에요. 무공을 수련하지 않은 병사라도 무공을 수련한 사람의 도검을 두세 번은 막을 수 있는."

무한이 자신이 어떻게 두굴의 공격을 막았는지 설명했다.

"그러니까, 방패술을 검술로 응용해서 내 공격을 막았다는 거지?"

"예, 이후에는 파랑십이검으로 반격을 한 거고요."

"응, 그건 나도 알겠어. 그렇게 쉴 새 없이 밀려드는 공격 검법은 파랑십이검밖에 없을 테니까."

"그럼 이제 내가 거짓말쟁이가 아니라는 걸 인정하시겠죠?"

무한이 퉁명스럽게 물었다.

"아니, 오히려 난 더 의심스러워. 검왕님, 이게 가능한 겁니까? 무공을 수련한 지 일 년도 되지 않은 어린 녀석이 방패술을 검술로 변환시켜 검기를 머금은 공격을 막아내는 것이오?"

두굴이 서군문에게 물었다.

그러자 서군문이 잠시 무한을 바라보다가 입을 열었다.

"그러게. 나도 그런 사람이 있을 줄은 몰랐네. 하지만 칸이 무공을 배우기 시작한 게 일 년이 되지 않았다는 것은 내가 보증하지. 독안룡 님께서 처음 무종을 전하실 때, 저 아이에게 무공이 없음을 확인하셨으니까. 나도 내 눈으로 확인했고."

"그럼 대체 이게 어찌 된 일일까요?"

두굴이 다시 물었다.

그러자 서군문이 어깨를 으쓱하며 대답했다.

"뭐… 천재라는 거지. 저 녀석이. 사실 말은 안 했지만 그럴 수도 있다는 생각을 독안룡 님이나 우리 사왕들 모두 하고 있었네, 그런데… 정말 천재인가 보네. 너희들 긴장해야겠다. 막내 사제에게 창피당하지 않으려면 말이다. 후후후! 아무튼! 오늘 비무 끝! 그만 쉬거라."

서군문이 소룡들을 보며 경고와 함께 한바탕 웃음을 터뜨리고는 마을이 있는 곳으로 걸음을 옮겼다.

"젠장… 정말 아우가 말로만 듣던 무공의 천재라고?"

서군문이 떠나자 두굴이 슬쩍 무한을 보며 말했다.

"천재는 무슨 천재예요. 급한 김에 나온 편법이죠."

무한이 말도 안 된다는 듯 고개를 저었다.

"아니지. 아무리 급해도 그런 임기응변이 바로 나올 수 있나. 대해벽은 방패술인데 그걸 검술로 변환시킨다는 게 어디 쉬워? 더군다나⋯⋯."

"또 뭐가요?"

무한은 사람들이 관심을 받는 것이 부담스러워 빨리 자리를 피하고 싶었다. 그래서 계속 말을 해대는 두굴이 못마땅할 수밖에 없었다.

"더군다나 아우의 그 내공은 말이야. 나중에 날 공격해 올 때 파랑십이검에 실렸던 그 공력. 결코 무시할 수 없더라고. 절대 일 년 수련으로 얻을 수 있는 내공이 아니었어. 뭐⋯ 독안룡께서 무종을 전수하실 때 특별히 아우에게 많은 내공을 심어주셨다면 모를까."

"그럴 일 없어요. 선장님께서는 제 몸을 치료하기 위해 무종을 심어주셨던 거라⋯⋯."

무한은 독안룡 탑살이 다른 제자들에 비해 자신에게 더 강력한 내공을 전수했다는 오해를 받기 싫었다.

"그럼 역시 천재라는 거네. 뭐. 몸과 머리가 모두. 몸은 짧은 수련으로도 강한 공력을 키워내고, 머리는 방패술을 검술로 변환시킬 수 있고."

"아, 그런 이야기는 이제 그만해요. 난 그만 갈래요. 아무튼 비무를 포기한 건 형님이시니까 나중에 제 부탁 하나만 들어줘요."

"부탁? 무슨 부탁?"

"그냥 나중을 위해 남겨둘게요. 그만 갑니다."

무한이 더 이상 사람들의 관심을 받기 싫다는 듯 소룡들에게 고개를 숙여 보이고는 훌쩍 장내를 벗어났다.

숲에 있던 사람들은 무한이 떠난 이후에 잠시 묘한 침묵을 지켰다. 그러다가 문득 석와룡이 두굴에게 물었다.

"정말 삼공자께서 물러설 정도로 저 친구의 무공이 대단했던 것이오?"

"아! 이거 참, 모두 오해를 할 수도 있겠군요. 그런 오해는 마십시오. 내가 칸 아우에게 진 건 아닙니다. 다만, 칸 아우의 무공을 더 알아볼 필요가 없었던 거지요."

"역시 그렇구려. 그러리라 짐작했소. 일 년도 수련하지 않은 친구가 석림도의 삼공자를 이길 수는 없는 일인데……."

"아니, 아니요. 그렇다고 내가 이길 수 있다는 말도 아닙니다."

두굴이 다시 부인했다.

그러자 석와룡이 조금 화가 난 표정으로 두굴을 바라봤다. 이도 저도 아니라면 대체 무한의 무공 수준이 어떻다는 말인지 알수 없었기 때문이다.

"정확하게 말하자면 승패를 예측할 수 없었다. 이렇게 말하는 것이 좋을 것 같습니다."

두굴이 정색을 하며 자신의 생각을 말했다.

그러자 석와룡의 표정이 굳었다.

"승패를 예측할 수 없다면… 저 친구가 이길 수도 있었다는 뜻이오?"

"그렇습니다."

"하지만……."

"물론 아직 칸 아우의 공력은 제게 미치지 못합니다. 또한 무술들의 숙련도도 떨어질 수 있지요. 하지만… 좀 전 비무에서 보셨듯이 칸 아우는 싸움에 대한 본능적인 감각이 있더군요. 방패술을 검술로 변환시켜 사용한 것이 그 증거지요. 평소에 그런 연습은 안 했을 것 아닙니까?"

두굴이 전위를 보며 물었다. 이 질문에 대한 대답은 소룡들이 할 수 있기 때문이다.

"대해벽이 공수를 겸비한 방패술이기는 해도 그걸 검술로 변환시켜 수련하지는 않지요."

전위가 대답했다.

"그럼 역시… 특별한 친구란 뜻이구려."

석와룡이 이미 숲에 새로 조성된 마을로 들어간 무한을 보며 말했다.

"특별한 아이는 맞습니다. 저와의 비무 때 보여준 실력도 그렇고… 아무튼 우리 묵룡대선으로선 큰 복이지요."

"무례한 질문이지만 경쟁 관계가 아니오?"

석와룡이 물었다.

"무공으로 경쟁할 이유는 없지요. 사제가 날 능가하면 오히려 기쁜 일일지요."

전위가 진심이 담긴 목소리로 말했다.

"하지만 그렇게 되면 강력한 후계자 후보가 되는 것 아니오?"

"아! 그런 뜻이었군요. 그건… 글쎄요. 막내 사제는 선장님의 후계자가 되는 것에는 관심이 없다고 하더군요. 아마 후계자가 되라고 하면 도망갈 수도 있는 아이라더군요. 애초에 선장님의 제자가 될 때도 언제든 떠날 수 있다는 조건을 단 것도 그렇고……."

"아니, 왜 그런……?"

대영웅 독안룡 탑살의 후계자가 되는 일을 거부하는 사람이 있다는 걸 믿기 어렵다는 듯 석와룡이 되물었다.

"뭐, 가끔 이상한 성격을 가진 사람도 있지 않습니까? 아무튼 그래서인지 선장님이나 사왕님, 그리고 이젠 저도 막내 사제에 대한 기대가 큽니다."

"후계자를 거부하는 사람에게 무슨 기대를 한다는 겁니까?"

석와룡이 의아한 표정으로 물었다.

"언젠가 막내 사제가 우리 무종의 끝에 도달할 수 있지 않을까 하는 기대 말입니다. 모두 보셨듯이 사제의 재능은 그런 기대를 갖게 하지요. 스승께서도 도달하지 못한 경지. 천년구공의 완성 말입니다."

"아……!"

석와룡이 자신도 모르게 탄성을 흘렸다.

독안룡 탑살도 오르지 못한 경지란 대체 어떤 경지일지, 그리고 그 경지에 오를 것을 기대하게 만드는 소년 칸에 대한 새삼스러운 감탄이었다.

전위뿐 아니라 장내에 있던 소룡들 역시 어쩌면 그게 가능할지도 모르겠다는 생각을 마음속에 하고 있었다.

그때 멀리서 총관 함로의 목소리가 아련하게 들려왔다.

"수련 끝났으면 얼른 돌아오지 않고 뭐 하고 있는 거냐? 선장님께서 명을 내리셨다. 삼 일 뒤 보름달이 뜨는 날 봄섬을 향해 출항한다. 그러니 당장 돌아와 준비들 해. 제대로 준비하려면 삼 일도 부족하다."

＊　　　　＊　　　　＊

가름이 다시 술렁였다.

하지만 이번에는 누군가 섬으로 오는 것이 아니라 섬을 떠나기 때문이었다.

탑살의 명이 떨어진 이후 삼 일 동안 묵룡대선 선원들은 밤낮을 잊고 출항 준비를 서둘렀다. 그러면서도 선원들은 피곤함을 모르는 것 같았다.

특별한 경우가 아니라면, 항행의 마지막 종착점이자 묵룡대선 선원들에게는 서쪽 고향과 같은 봄섬으로의 출항이기 때문이다.

간혹 봄섬에 도착한 이후에도 계속 서진해 무산해협을 벗어나 거대한 서북빙해 남쪽 길을 따라 대마협 인근까지 항해하는 경우도 있었지만, 그건 아주 특별한 경우, 그것도 봄섬에서 다시 한번 배를 정비한 이후에 이뤄진다. 그것조차도 올해는 여행할 계획이 없었다.

마지막 여정, 그것도 고향으로의 여정은 언제나 즐거운 법이다.

처음 항행을 시작할 때의 설렘과는 다른 온기가 느껴지는 즐거움, 그런 감정들이 선원들의 피곤함을 씻어줬다.

그리고 드디어 셋째 날 아침이 밝았을 때, 선원들은 모두 묵룡대선에 올라 있었다.

"잘 가요!"

"다시 봅시다!"

새로 구축된 해안가 선착장에 몰려든 북창의 주민들이 떠나는 묵룡대선의 선원들을 향해 손을 흔들며 소리쳤다. 그중에는 아쉬움에 눈물을 흘리는 사람들도 있었다.

특히 옛 북창을 떠나올 때부터 동행한 소룡일대에 대해서는 남다른 감정을 드러내는 북창의 주민들이 많았다. 어린애들은 소룡일대가 떠남으로써 다시 위험한 적들의 공격이 있을까 봐 울음을 터뜨리기도 했다.

하지만 적어도 이곳에서는 신마성의 공격을 걱정할 필요가 없었다. 신마성이 바다를 건너오려면 여러 날이 걸릴 것이고, 그 전에 은갑전사단이나 석림보의 전사들, 혹은 탑살과 연결되는 크고 작은 상단들이 그들의 소식을 알려올 것이다.

그럼 봄섬과 석림도에서 동시에 섬 가름을 향해 전사들이 출항할 것이므로 북창의 안전은 어느 정도 보장되어 있다고 볼 수 있었다.

그런 사정을 알고 있는 북창의 어른들은 불안해하는 아이들을 달래며 그간의 도움에 대한 감사의 마음으로 묵룡대선을 전송했다.

묵룡대선이 봄섬에 도착하기까지 어려움을 겪을 가능성도 거의 없었다. 길어야 열흘 안쪽의 항해다. 밤낮으로 전속력으로 항해한다면 오륙 일로 일정을 앞당길 수도 있었다.

그러므로 떠나는 사람이나 보내는 사람이나 편안한 작별을 하고 있는 것이다.

"곧 다시 뵙겠습니다."

묵룡대선이 움직이는 방향 가장 가까운 곳에 서 있던 촌장 염호가 배 위의 탑살을 보며 고개를 숙였다.

"그럽시다. 석림도에서 계속 자재들이 더 올 것이니 하루빨리 새로운 신북창을 완성하시기 바라오."

"걱정 마십시오. 그리고 북창은 독안룡 님의 도움을 결코 잊지 않을 것입니다."

"서로 돕는 일이니 괘념치 마시오."

탑살이 고개를 저었다.

"석 대장을 잘 부탁합니다."

염호가 탑살의 곁에 서 있는 석와룡을 보며 말했다.

"오히려 내가 기대가 크오. 이미 훌륭한 전사이니 내가 크게 도울 일은 없을 것이오."

"그렇지가 않습니다. 아직은 많이 배워야 할 사람입니다. 석 대장!"

"예, 촌장님!"

배 위에서 석와룡이 대답했다.

"묵룡대선에 탄 이상 자네는 독안룡 님의 사람이네. 선장님의 명에 충실히 따르게."

"알겠습니다. 촌장님!"

"그리고… 내가 준 것들은 신중하게 다뤄야 하네. 타인의 손에 넘어가면 안 돼."

염호가 당부했다.

"예, 촌장님."

"내가 자네에게 그 이야기들을 해준 의미를 잘 알 걸세. 그건 곧 자네가 나의 후계자가 되었다는 뜻이네."

"…명심하겠습니다."

석와룡이 자신의 가볍게 자신의 가슴에 손을 댔다.

염호는 지난밤, 옛 북창 항구의 신전에 기록되어 있던 옛 전설을 기억에서 끄집어내 양피지 몇 장에 기록한 후 그 양피지를 염호에게 건넸다.

빛의 술사에 대한 기록들이었다. 그리고 그 기록을 석와룡에게 전함으로써 염호는 석와룡을 자신의 후계자로 지목했음을 공식화했다.

염호에게도 몇 명의 자식이 있었으나 염호는 자신의 자식들이 아닌 석와룡을 자신의 후계자로 결정했다.

북창의 촌장들이 대대로 혈통이 아닌 능력 있는 자를 선택해 촌장의 직을 전했음을 생각하면 특별한 일이 아니지만, 그래도 석와룡에게는 무겁게 받아들일 수밖에 없는 결정이었다.

"돌아왔을 때는 날 대신할 수 있어야 하네."

"노력하겠습니다."

석와룡이 다시 대답했다. 그러자 염호가 고개를 한 번 끄떡인 후 다시 탑살에게 인사를 건넸다.

"그럼 안녕히 가십시오."

"다시 봅시다. 돛을 펼쳐라. 전속력으로 서진한다!"

탑살이 큰 목소리로 명을 내렸다.

그러자 갑판장 하삭이 우렁찬 목소리로 탑살의 명을 복창했다.

"돛을 펴라. 전속력으로 서진이다!"

콰아아!

한순간 다섯 개의 큰 돛이 펼쳐졌다. 펼쳐진 돛들이 순식간에 바람을 안아 거대하게 부풀어 올랐다.

그러자 작은 섬 같은 크기의 묵룡대선이 미끄러지듯 바다를 질주하기 시작했다.

                    *   *   *

항해는 순조로웠다.

그러나 무한이 생각했던 그런 항해는 아니었다. 무한은 봄섬에 도착할 때까지 다시 망망대해 위에서 고독한 항해가 이어질 것이라고 생각했다.

그러나 항해는 결코 고독하지 않았다.

가름을 떠난 후 이틀째부터 곳곳에서 크고 작은 배들이 모습을 드러냈고, 그들은 묵룡대선과 탑살에게 최고의 존경심을 표한 후, 묵룡대선이 육주에서부터 가져온 물건들을 구입했다.

귀선들의 공격으로 삼분지 일이나 되는 물건들을 바다에 버렸지만, 그래도 무산열도의 이족들이 필요로 하는 물건들이 적지 않게 실린 묵룡대선이었다.

이족에게 육주의 물건을 넘기는 대신 묵룡대선은 금과 은과 같은 보석들 혹은 희귀한 동물들의 모피를 받았다.

그것들은 다음번 항해를 통해 육주의 상인들과 거래할 것이다.

"봄섬에서 거래를 하는 것이 아니었군요?"

무한이 두 척의 작은 배를 대해까지 몰고 나와 묵룡대선과 거래를 하는 이족의 상선을 보며 말했다.

"봄섬에선 어떤 거래도 이뤄지지 않아."

아적삼이 대답했다.

"왜요? 그곳이 서쪽 거점이라고 했잖아요? 육주 거점인 왕의 섬보다 더 중요하다고 하지 않았나요?"

"그래서 시장을 열지 않는 거야. 어중이떠중이들이 드나들다 보면 아무래도 분란이 생기게 마련이니까. 봄섬은… 우리 묵룡대선의 선원들에게는 편하게 쉴 수 있는 집 같은 곳이다. 누구도 편히 쉬어야 할 집에서 장사를 하지는 않잖아?"

"그렇긴 하죠."

"그래서 거래는 대체로 봄섬에 도착하기 전에 해상에서 다 끝나지. 그걸 알기에 상인들도 봄섬으로 오지 않는다. 물론 외부인이 봄섬에 들어오는 것 자체가 거의 불가능하기도 하지만."

"왜요?"

"해류가 복잡해. 수심은 깊은데 암초가 많아서 바닷길을 모르면 좌초할 수밖에 없지. 이틀 전부터 그런 바닷길이야. 그래서 선장께서 봄섬을 묵룡대선의 모항(母港)으로 삼은 거지. 외적의 침입에서 거의 완벽하게 자유로우니까. 석림도랑은 조금 다른 방식으로 말이야."

"그렇군요. 그래서 위험한 이족의 세계인 무산열도에 거점을 마련할 수 있었던 거군요."

"뭐, 서역으로 나가기 위한 기항의 역할도 하니까 이곳에 거점 하나는 있어야 했지. 하지만 이곳을 모항으로 삼은 것은 역시 세상으로부터 거의 완벽하게 안전하기 때문이란다."

아적삼이 고개를 끄떡이며 말했다.

"궁금해요. 어떤 곳일지."

"조용한 곳이지 뭐. 기후는 항상 쾌적한 봄. 그래서 상춘도라 불리는 거다. 하지만 평화로워 보이는 것이 전부는 아니야. 곳곳 에 묵룡대선을 위한 시설들이 숨어 있단다."

"새로 만들고 있다는 두 척의 묵룡대선을 볼 수 있는 건가 요?"

"아마 그럴걸?"

아적삼이 고개를 끄떡였다.

"이 배와 같은 모양인가요?"

"글쎄, 그건 나도 모르겠다. 섬 북쪽에서 건조중인데 완성되 기 전에는 철저히 숨기고 있으니까. 솔직히 나도 기대가 크단다."

아적삼의 말에 무한이 고개를 끄떡이며 잠시 침묵을 지켰다. 그러다가 조심스럽게 물었다.

"다른 소룡들도 모두 모이겠죠?"

"그렇겠지. 선장님을 뵈어야 하니까. 일 년 중 이때에는 봄섬 으로 모든 소룡들이 모이지. 그런데 이번에는 좀 특별한 일이 있 을 거라던데."

"특별한 일이요?"

"응, 공식적으로 소룡들의 수련을 끝내고 모두 용전사로 임명하신다는 말도 있고, 또 소룡오대 각 대에 특별한 임무를 주어 마지막 수련 여행을 보낸다는 말도 있더라."

"그럼 저도……."

"그렇게 될 가능성이 많겠지?"

아적삼이 말했다.

"아저씨랑은 결국 헤어져야겠군요. 봄섬에서 같이 있을 줄 알았는데."

"우리가 언제까지 같이 있을 수는 없지."

아적삼이 가볍게 무한의 등을 쓰다듬으며 말했다. 마치 자식을 떠나보내야 하는 부모의 모습 같았다.

"어쨌든 봄섬에 있으실 거죠? 앞으로 일 년은?"

"응? 이미 총관께 허락을 받았다."

"문술 아저씨는요?"

"글쎄… 자기는 계속 배를 타겠다고 하는데 모르지. 새로운 묵룡대선 때문에 선원이 부족하니 눈치가 보이기는 하는데……."

"하긴 그렇기도 하겠네요."

"너도 조심해야 한다. 수련 여행이라지만 내 느낌으로는 소룡들에게 특별한 임무가 주어질 것 같더라."

"그런 일을 왜 소룡들에게 맡기죠? 노련한 용전사들이 있는데."

"그건 모르는 소리다. 용전사들은 사실 경험이 많기는 하지만 독안룡 님의 정식 제자들은 아니야. 소룡들이야말로 선장님에게 제대로 무공을 전수받은 사람들이지. 네 생각에 순수한 무공으로 누가 강할 것 같으냐?"

"그래도 용전사님들 중에는 정말 강한 분들도 있잖아요?"

"물론 그렇지. 하지만 무공으로만 보자면 이제는 소룡들도 용전사들에게 뒤지지 않아. 그러니 어떤 임무라도 맡을 때가 된 거지."

"대체 무슨 일을 맡게 될까요?"

"나도 그건 모르겠다. 아는 사람도 없는 것 같고. 하지만 어쨌든 소룡 수련의 마지막 관문이라면… 역시 어려운 일이겠지."

아적삼이 조금은 걱정스럽게 말했다.

*   *   *

바다에서는 무산열도에 거주하는 이족 상인들과의 거래가 분주하게 이뤄지고 있었지만, 탑살은 자신의 선실을 거의 벗어나지 않았다.

그건 묵룡사왕도 마찬가지였다. 그들 역시 탑살의 선실에 머무는 시간이 많았다. 그래서 대부분의 거래는 총관 함로가 담당했다.

오늘도 탑살과 사왕은 선실에서 뭔가를 심각하게 논의하고 있었다. 그리고 그들 중에는 북창의 경비대장이었던 석와룡이 포함되어 있었다.

"결국은 세 군데 중 하나란 뜻이군."

탑살이 서탁 위에 펼쳐진 지도를 보며 말했다.

지도 위에는 무산해협을 중심으로 아래쪽의 거대한 대륙 파나류와 북쪽의 무산열도, 그리고 그 사이 바다에 떠 있는 섬들이 빼곡하게 그려져 있었다.

"모두 위험한 곳입니다."

서군문이 말했다.

"알고 있네."

탑살이 대답했다.

"소룡들만으로 가능할까요?"

서군문이 조심스럽게 물었다.

"다른 사람을 빼서 쓸 여유가 없네. 신마성의 등장과 육주 원정군, 그리고 지난번 귀선의 공격과 같은 마세의 준동까지. 세상이 혼란 속으로 빠져들어 가는데, 불확실한 일에 용전사들을 빼쓸 여유는 없어. 대전쟁이 벌어지면 사실 지금 이 일에 소룡들을 투입하는 것도 후회할지 모르네. 하지만……"

탑살이 고민이 깊은 듯 눈살을 찌푸렸다.

"그럼 아예 뒤로 미루시는 것이……"

사풍왕 보로가 조심스럽게 물었다.

"그러고 싶지만 만에 하나 신마성에서 옛 북창의 심해에 가라앉은 신전의 기록들을 확보해 먼저 움직일 가능성을 배제할 수가 없네."

"휴… 그렇긴 하지요. 그럼 어떻게 소룡들을 나눌 생각이십니까. 세 곳이라면 결국 소룡들을 나눠 보내야 할 텐데요."

보로가 물었다.

그러자 탑살이 대답했다.

"사자의 섬에는 일대와 사대를, 무산열도 북쪽 여행은 이대와 삼대에게, 그리고 길은 험하겠지만 그나마 세상의 이목에서 벗어나 있는 파나류 북서쪽으로는 오대를 보내지."

"오대 홀로 가능할까요?"

서군문이 걱정스럽게 물었다.

"소룡오대에 석 대장과 석림도 삼공자를 함께 보내면 무리가 없을 거야. 특히 석 대장은 파나류 북중부 지리에 밝으니. 가주겠나?"

탑살이 석와룡을 보며 묻자 석와룡이 얼른 대답했다.

"물론입니다."

                    *   *   *

콰아아!

강렬한 파도가 산처럼 일어났다. 갑자기 바다 한가운데서 솟구치기 시작한 물기둥에 무한이 깜짝 놀라 창문으로 다가갔다.

수련실에서 무공을 수련하던 중에 일어난 일이다.

쿠오오오!

해류가 크게 회전하는 소리도 들려왔다. 창을 열자 차가운 물방울들이 얼굴을 적신다.

"뭐죠?"

무한이 두려운 표정으로 소룡들에게 물었다.

"이런, 겁먹은 거야? 칸 아우?"

왕도문이 놀리듯 되물었다.

"겁을 먹긴요. 단지 배가 위험해진 건가 걱정이 돼서 물어본 겁니다."

무한이 퉁명스럽게 대답했다.

"후후, 걱정 마. 드디어 봄섬의 권역에 도착했다는 증거니까."

"증거요?"

"거친 파도, 아무리 봐도 알 수 없는 바닷속 암초 군락, 그리고 빠른 조류까지. 뭐, 길을 모르면 지옥 같은 곳이고. 길을 알면 항해의 즐거움을 제대로 맛볼 수 있는 곳이지."

왕도문의 말에 무한은 드디어 아적삼이 말했던 봄섬 인근의 위험한 바다에 도착했다는 것을 깨달았다.

"나가볼까요?"

무한이 소룡들에게 다시 물었다.

"아우나 나가봐. 우린 수없이 본 곳이라 별다른 감흥이 없어."

"알았어요. 그럼 전 구경 좀 하고 올게요."

무한이 수련실 문 쪽으로 급히 걸음을 옮기며 말했다.

"야, 칸, 너 요즘 들어 수련을 게을리하는 것 같더라? 천재라도 게으름 피웠다가는 삼류를 벗어나지 못해!"

하연이 소리쳤다.

"그럴 리가요. 밤낮으로 열심히 하고 있다고요."

문을 열다 말고 무한이 대꾸했다.

"오라, 이제 보니 한밤중에 숨어서 수련을 하고 있었군. 우리 사형제들을 이기려고."

"그러게요. 갑자기 사형들을 놀라게 해드리려고 했는데 그만들켰네요. 역시 누님은 눈치가 빠르셔요."

"헐! 이게 이젠 아주 능글맞기까지 하네."

하연이 혀를 찼다.

"그런 의미에서 봄섬에 도착하기 전에 비무나 한번 하시던지요."

무한이 슬며시 비무를 청했다.

"흥, 아주 비무 병이 들었구나. 두어 번 비무에서 칭찬을 받고 나니 모두 이길 것 같나 보지?"

"그건 아니고요. 예전부터 하연 누님의 실력이 궁금했거든요. 그래서요. 그럼 허락하신 것으로 알고 전 구경 좀 하고 올게요."

무한이 더 이상 기다리지 않고 문을 닫고서 수련실을 떠났다.

쿵!

"후우… 저 녀석이 무공뿐만 아니라 마음도 부쩍 커버린 모양이네. 농담도 할 줄 알고."

하연이 가볍게 한숨을 쉬며 말했다.

무공도 무공이지만 무한이 더 이상 바다에서 구출될 때의 그 여리고 가엾은 소년이 아니라는 것을 새삼스럽게 깨달은 것이다.

그리고 일단 그 사실을 깨닫게 되자 정말 무한이 오랜 세월 소룡으로 수련해 온 자신들을 능가하는 전사가 된 것 같은 기분이 들었다.

"그러게 뭐 하러 시비를 걸어? 본전도 못 찾을 거면서."

사비옥이 핀잔을 했다.

"지금… 내가 본전을 못 찾은 거 맞는 거냐?"

하연이 사비옥에게 물었다.

"칸이 네 머리 위에서 춤을 추더라."

사비옥이 냉정하게 말했다.

"젠장… 설마 무공도 따라잡힌 것은 아니겠지?"

하연이 설마 하는 표정으로 물었다.

"그야 비무를 해보면 알겠지. 할 거지?"

사비옥이 되물었다.

"글쎄……."

"자신 없어?"

사비옥이 놀란 표정을 지었다.

"그런 것보다 지면 무슨 망신이야."

"망신은 무슨, 그럴 수도 있는 거지. 두굴 공자도 스스로 패배를 시인했잖아?"

"그건 좀 다르지. 칸의 실력을 가늠했기에 더 이상 비무를 하지 않은 거지 패한 건 아니잖아."

"아무튼… 비무 한번 해봐라. 우리도 칸이 또 얼마나 성장했나 보고 싶다."

사비옥이 재차 권유했다.

그러자 다른 소룡들도 모두 하연을 바라봤다.

"뭐야? 왜 다들 나한테 미뤄?"

"칸이 너랑 비무하고 싶다잖아!"

사비옥이 말했다.

"몰라. 에이, 수련이고 나발이고 나도 바다 구경이나 갈래!"

하연이 도망치듯 수련실 문을 열고 나갔다.

그러자 그 모습을 보고 있던 소룡들이 일제히 웃음을 터뜨렸다.

바다는 선실에서 보던 것보다 훨씬 험악했다. 마치 바다 아래서 용암이 끓고 있는 것 같았다. 거대한 파도의 벽이 암초에 부딪혀 산처럼 올랐다.

그럼에도 불구하고 묵룡대선은 그 육중한 선체를 암초 가득한 바닷속으로 밀어넣었다. 또한 암초 군락지에 들어선 지 한참이 지났음에도 암초에 스치는 듯한 느낌조차 없었다.

무한은 갑판 앞쪽으로 달려 나와 솟구치는 파도의 기둥들을 감탄의 시선으로 바라보고 있었다.

하지만 다른 선원들에게는 익숙한 광경인지 하던 일을 묵묵히 하며 간혹 한 번씩 솟구치는 높은 파도에 시선을 줄 뿐이었다.

물론 그 와중에 무한처럼 이 거친 바다에 푹 빠진 사람들도 있었다.

무한처럼 상춘도를 처음 방문하는 사람들인 석림도의 두굴과 북창의 석와룡은 어느새 무한의 곁으로 다가와 연신 감탄사를 터뜨리고 있었다.

"이거 정말 돈 주고도 못 할 구경이군. 세상에 이런 곳이 존재할 수가 있나?"

두굴이 믿을 수 없다는 듯 손을 내밀어 파도에서 부서지는 물방울들을 툭툭 치며 말했다.

"더 놀라운 것은 이런 곳을 이 거대한 배가 아무 걸림 없이 가고 있다는 사실일 것이오."

석와룡이 말했다.

"그러게 말입니다. 그런데 석 형님도 배는 잘 다루시지 않습니까?"

"……?"

두굴의 질문에 석와룡이 멀뚱한 표정으로 두굴을 바라봤다.

"왜요? 제가 형님이라 부르는 게 싫습니까? 뵌 지도 꽤 됐고, 또 사실 묵룡대선에서는 같은 처지인지라 전 이제부터 그리 불러볼 생각입니다만. 안 될까요?"

두굴이 조금의 거리낌도 없이 껄렁껄렁한 얼굴로 말했다. 그런데 또 그게 묘하게 친근감이 느껴져서 상대에게 거부감을 일으키지 않았다.

"대석림도의 삼공자에게 그런 대접을 받을 자격이 있나 모르겠소."

"에이, 소문 들으셨잖아요? 석림도에서 난 술꾼에 망나니로 소문난 사람이라니까요. 오죽하면 쫓겨나서 묵룡대선을 탔을까요."

"후후후, 소문이라는 게 항상 믿을 바는 못 되지. 내가 본 삼공자께서는 결코 그런 사람이 아니오. 마음속에 크고 단단한 심장을 가지고 있는 사람이라는 걸 알고 있소. 그래서 하는 말이오. 나 같은 사람이 삼공자의 형님이 될 수 있는지."

"당연히 자격이 있으시지요. 그 빌어먹을 신마성 놈들과의 싸움에서 북창의 촌민을 지키셨고, 망망대해를 뗏목 하나 타고 넘어오시지 않았습니까? 그런 분이 자격이 없다면 누가 자격이 있겠습니까. 그러니까, 이제 형님 동생 하는 겁니다!"

"뭐, 나야 영광이지만……."

석와룡이 어색한 표정으로 대답했다.

"하하하, 좋습니다. 좋아. 석림도를 떠나니 이렇게 좋은 사람들과 인연이 생기는구먼. 아주 잘 떠났어. 캬, 아우! 어때 한잔할래? 오늘 이렇게 새로운 형님을 모신 관계로 난 한잔해야 할 것 같은데!"

"항해 중엔 금주인 것 모르세요?"

무한이 쏘아붙였다.

"아! 그래? 그것참 왜 그런 쓸데없는 규칙을 만들었지?"

두굴이 머리를 긁적이며 투덜댔다.

"술 취한 선원들이 바다에 빠져 익사하는 경우가 다반사니까요!"

불쑥 뒤쪽에서 하연의 목소리가 들려왔다.

"이크, 연 동생이 나왔네. 그럼 술 먹겠다는 소리는 취소!"

두굴이 하연의 등장에 겁을 먹은 듯 축하주 제안을 거둬들였다.

"하여간 삼공자님은 기회만 되면 술 마실 구실을 만드시는군요."

"어허! 삼공자님이라니. 오라버니라고 해야지."

"좋아요, 오라버니. 정말 진지하게 충고하는데 이참에 아예 술을 끊으시죠?"

"왜 그래야 하는데?"

"큰일을 하려면 정신이 맑아야죠."

"큰일? 난 큰일 할 생각이 없는데?"

"호호호, 이러면 서로 곤란하죠."

하연이 실소를 흘리며 말했다.

"대체 뭐가 곤란하다는 거야?"

"의남매라면 서로에게 솔직해야 하는 것 아니에요? 오라버니 마음속에 큰 야망이 들어 있는 걸 모를까 봐요? 부인하실 건가요? 삼공자님?"

하연이 정색을 하며 물었다.

"그러니까 내가 부인하면 삼공자가 되는 거고, 시인하면 오라버니가 되는 거군."

"그렇게 되는 거죠. 신뢰의 문제니까."

하연이 고개를 끄떡였다.

"뭐… 좋아. 나도 세상을 한번 뒤집어보고 싶은 생각은 있지."

"좋아요. 그러니까 금주에 동의하시는 거죠?"

"음… 그건 아니고. 좀 줄여는 보지. 정신을 잃지 않는 선에서!"

"아이고, 내가 포기하고 말지. 이참에 제대로 된 사람 좀 만들어보려고 했는데. 맘대로 하세요. 주정뱅이가 되든 영웅이 되든! 하지만 아무튼 묵룡대선에선 특별한 경우가 아니면 금주예요. 들키면 예외 없이 하선해야 하죠."

"그래? 그럼 어쩔 수 없지. 운 좋게 의형제들을 사귀었는데 빨리 헤어질 수는 없으니까. 그나저나 이렇게 얼마나 가야 하지?"

두굴이 하연에게 물었다.

"내일 정오나 되어야 도착할 거예요."

"이틀 길이라… 생각보다 오래 걸리는군."

"그런데 거리는 멀지 않아요. 워낙 해류가 험난해서 그렇지. 오늘 오후 늦게 봄섬을 볼 수 있을 거예요."

"그래? 눈에 들어온 후에도 하루를 더 가야 한단 말이지? 정말 천혜의 요지네. 석림도 보다 더 안전하겠어."

"그래서 더 아름다운 곳이죠. 사람들로부터 떨어져 있으니까."

하연이 배가 나가는 방향을 바라보며 봄섬을 눈앞에 본 듯 중얼거렸다.

마치 폭풍의 한가운데를 항해하는 것처럼 묵룡대선은 꾸역꾸역 앞으로 나아갔다.

갈수록 파도가 높아지고 바다 밑 사정이 좋지 않았지만, 노련한 조타장 울돌은 귀신처럼 거대한 묵룡대선을 험한 조류 속으로 밀어넣었다.

그렇게 하루 낮이 지나고 서서히 석양이 바다에 드리워질 무렵 갑자기 사람들이 갑판 위로 몰려나왔다.

"무슨 일이지?"

갑작스러운 사람들의 행동에 놀란 무한이 주변을 돌아보며 중얼거렸다.

그러자 하연이 한 손으로 무한의 어깨를 짚고, 한 손으로는 북서쪽 바다를 가리키며 말했다.

"봄섬이야. 이쯤에서 보인다는 걸 알기에 모두 나온 거지."

하연의 말에 무한이 시선을 돌렸다. 그러자 바다를 가리킨 하연의 손끝에 작은 섬 하나가 걸려 있었다.

제8장

봄의 섬, 그리고 숲이 기억하는 과거

거친 해류가 묵룡대선을 몰고 간 섬은, 석림도보다는 작지만 은갑전사단이 머무는 수호자들의 섬보다는 훨씬 컸다.

섬은 세 개의 작은 봉우리를 가진 산이 거의 대부분의 면적을 차지하고 있었다. 먼 곳에서 보면 평지가 거의 없어, 절대 사람이 살 수 없는 땅으로 보였다.

섬 전체를 차지하는 세 봉우리를 가진 산은 해안에서부터 시작되는 가파른 절벽이 수십 장 이어지다가, 갑자기 울창한 숲으로 몸을 감싼 후 하늘을 향해 치솟아 있었다.

외부의 침입이 거의 불가능한 지형이었지만, 집을 짓고 정착할 평지가 어느 한 곳도 보이지 않았다.

하지만 묵룡대선이 급한 해류를 타고, 바다 쪽으로 하나의 봉우리를 오른쪽으로 크게 돌아 봉우리와 봉우리 사이로 들어가자 갑자기 풍경이 크게 변했다.

지옥의 입구를 향해 흐르는 것 같던 격렬한 조류가 잔잔해졌다. 바닥까지 보이는 투명한 옥빛의 해수면, 그리고 호수 같은 아담한 해안가를 품고 있는 작은 포구가 그림처럼 펼쳐졌다.

포구는 바로 뒤쪽 작은 성(城)과 한 몸처럼 맞닿아 있었다.

성은 무한이 묵룡대선 선원들의 말을 듣고 간혹 상상해 보던 바로 그 모습 그대로였다. 아니, 예상보다 더 단단하고 옹골찬 모습이다.

포구를 품은 듯 안고 해안가에 지어진 성 주변으로, 먼 바다에서 볼 때는 세 개의 봉우리에 가려 보이지 않던 초지와 농지들이 적은 면적이나마 풍요롭게 펼쳐져 있었다.

뿌우우! 뿌우우!

성(城)의 망루와 묵룡대선 양쪽에서 길게 물소의 뿔로 만든 나팔 소리가 울려 퍼졌다.

포구에 있던 몇 척의 작은 배들이 앞을 다퉈 묵룡대선을 향해 다가왔다.

날렵한 움직임을 보인 소선들 다섯 척이 금세 묵룡대선 앞에 도착했다.

"선장님!"

가장 앞에 나온 소선 위에서 초로의 노인이 독안룡 탑살에게 고개를 숙여 보였다.

"이총관, 오랜만이구려. 별일 없었소?"

탑살이 물었다.

"이곳에 특별한 일이 있겠습니까? 먼 길 고생하셨습니다. 적지 않은 일이 있었더군요?"

이총관이라 불린 노인이 미소를 지으며 물었다.

"이번 여행길이 좀 부산스럽긴 했소. 자, 그 이야기는 들어가서 합시다."

"알겠습니다. 모두 선장님을 맞아라!"

이총관이라 불린 노인이 명하자 소선들이 좌우로 물러나며 묵룡대선이 움직일 길을 만들어줬다.

"저분이 이총관, 운사 어른이셔."

"아, 바로 그분이군요."

아적삼의 말에 무한이 고개를 끄떡였다.

무한은 정식으로 소룡이 된 후 수시로 묵룡대선의 사람들에 대해 배워왔다.

그중 가장 중요한 사람 중 한 명이 바로 탑살을 마중 나온 이총관, 운사였다.

탑살은 묵룡대선과 연결된 세 명의 총관을 두고 있었다.

일총관은 묵룡대선을 타고 탑살과 함께 움직이는 함로, 이총관은 서역의 거점이자 묵룡대선 선원들의 마음의 고향일 수 있는 봄섬, 상춘도를 지키는 운사, 그리고 삼총관은 육주의 거점인 왕의 섬을 관리하는 좌월이었다.

이 세 명은 어디서든 독안룡 탑살을 대신해 묵룡대선의 행보를 결정하고 실행할 권리를 가진 사람들이었다.

탑살이 상인보다는 전사로서의 느낌이 강한 사람이라면 세 명의 총관은 전사보다는 상인으로서 더 널리 알려진 사람들이었다.

하지만 묵룡대선의 선원들조차도 제대로 알지 못하는 사실이 있었다. 이들 세 총관이 중요한 순간 탑살을 대신할 수 있는 사람들이라는 건, 드러나지 않았을 뿐 그들이 강력한 무공을 가진 전사들이란 사실이었다.

그래서 탑살이 그들에게 중요한 거점을 맡기고, 필요할 때 그를 대신해 어떤 결정도 내릴 수 있는 권한을 준 것이다.

"세 분 총관님들 중 가장 부드러운 성정을 가지고 계신 분이지. 선원들에게는 정말 어머니 같은 분이시다."

아적삼이 말했다.

"그래서 봄섬이 묵룡대선의 고향 같은 곳이 되었군요."

"뭐, 그것도 한 이유라고 할 수 있지."

아적삼이 고개를 끄떡였다.

"육주에 계시는 삼총관님은 어떤 분이세요?"

"육주의 삼총관님?"

"네, 좌월 님이라고 했나요?"

"맞다. 좌월 님은… 무서운 분이시지."

"성격이 과격하신가 보죠?"

"아니, 그런 의미로 무섭다는 게 아니라 치밀하고 냉정하신 분이란 뜻이다. 다른 말로는 독하다고 해도 되고."

"아, 그런 뜻이군요."

무한이 고개를 끄떡였다.

"그래서 그분이 육주의 거점을 맡고 계신 거야. 육주라는 곳… 우리가 여행하는 곳 중에서 가장 번성한 곳이지만, 또한 가장 위험한 곳이니까. 야심가들이 득실대고, 하루가 멀다 하고 크고 작은 분쟁이 벌어지지. 그런 곳에서 묵룡대선의 이익을 지키려면 삼총관님 같은 분이 필요하니까."

"그렇겠지요. 그리고 보면 참 이상해요?"

"뭐가?"

아적삼이 되물었다.

"사람들이요. 지식이 많아지고 문명이 발전하면 전쟁이 줄어들어야 하는 게 정상인데. 세상에서 가장 발전했다는 육주가 또한 제일 싸움이 많은 것 같아요."

"후후, 그 말이구나. 이유는 간단하다. 지식과 지혜는 다르기 때문이지. 지혜가 없는 사람에게 지식은 극도로 위험한 무기와 같다. 자신의 욕망을 채워줄 살인을 마다않는 도검 같은. 그러니까 너도 잘난 놈들을 조심해야 해."

"알았어요."

무한이 얼른 대답했다.

그사이 배는 서서히 성 앞에 세워진 포구의 거대한 접안대로 들어서고 있었다.

쿵!

둔탁한 소리를 내며 묵룡대선이 움직임을 멈췄다.

"닻을 내려라!"

함로의 명이 떨어지자 갑판 위의 선원들이 거대한 닻을 바닷속으로 내렸다.

"오늘 하루는 바로 하선 후 휴식을 취한다. 짐을 정리하는 것은 내일부터 시작할 테니. 모두들 각자의 거처로 가서 쉬어라!"

함로가 다시 묵룡대선의 선원들에게 명을 내렸다.

그러자 이미 접안대에 도착해 있던 이총관 운사가 뒤를 이어 소리쳤다.

"각자의 처소에 술과 음식을 준비해 두었으니 편히들 쉬게. 혹시 술과 음식이 부족하면 언제든 이야기하고, 오늘은 주방 숙수들이 쉬지 않겠다고 했으니까."

"와아아! 역시 이총관님이셔!"

묵룡대선의 선원들이 큰 소리를 치며 즐거워했다.

그런데 그렇게 모든 선원들이 고향에 돌아온 기쁨을 만끽하고 있을 때 독사검왕 서군문이 소룡들을 소집했다.

"소룡들은 이리 모여라!"

"갑자기 왜 그러시지?"

무한이 놀란 표정으로 서군문을 보며 입을 열었다.

"어서 가보거라. 소룡들은 섬에 들어오면 수련이 더 강해지니까. 아무래도… 넌 고생 좀 해야겠다. 흐흐흐!"

아적삼이 나직한 웃음을 흘렸다.

"다른 사람들은 다 쉬는데 하루 이틀 쉴 시간도 안 주고요?"

"예전부터 그랬어. 얼른 가봐. 늦으면 더 고생하지 않겠냐? 하하하!"

아적삼이 무한을 놀리는 것이 즐거운지 연신 웃음을 터뜨렸다.

"알았어요. 저녁에 봬요……."

"소룡들 숙소는 따로 있어."

"그런가요? 뭐 그래도 잠깐 들를게요."

"그럴래? 그럼 그래라. 기다리고 있으마."

아적삼이 고개를 끄떡였다. 늦더라도 자신의 거처에 들러보겠다는 무한의 마음이 기쁜 모양이었다.

"그럼 다녀올게요."

무한이 손을 흔들고는 서군문의 있는 곳으로 뛰어갔다.

"아이고, 정말 눈꼴시어서 못 봐주겠다."

달려가는 무한을 흐뭇한 표정으로 바라보는 아적삼에게 이문술이 다가와 투덜거렸다.

"또 뭘?"

"아주 정겨운 부자 사이 같아."

"그럼… 그런 거지 뭐."

아적삼이 퉁명스럽게 대답했다.

"너무 깊이 정 주지 마라. 나중에 후회한다."

"부러우면 그냥 입 닥치고 있어. 악담하지 말고."

아적삼이 이문술을 노려보며 화를 냈다.

"악담이 아니라, 품 안의 자식이라고. 계속 네 옆에 있을 아이는 아니니까. 자식도 나이 들면 결국 부모를 떠나는 법이야."

"그게 뭐 어때서? 무한이 어딜 가든 그게 무슨 상관이냐. 저런 아이를… 그냥 내 마음의 자식으로 품을 수 있으니 좋은 거지. 꼭 같이 있어야 하나? 그리고 떠났다가도 언제든 때가 되면 날 보러 올 거야. 몇 년이 걸리는 여행을 떠나도 말이지. 그런 것이 부모 자식의 정이란 거다. 하긴 뭐 네까잣 놈이 그런 부모의 마음을 알기나 하겠냐마는… 쯔쯔, 불쌍한 놈!"

아적삼이 혀를 차고는 대답도 듣지 않고 걸음을 옮기기 시작했다.

"뭐? 불쌍해? 이런, 젠장… 이거 왠지 내가 당한 기분인데? 야! 적삼! 어딜 도망가. 잠깐 거기 서봐!"

이문술이 아적삼을 잡으려는 듯 소리를 지르며 급히 뛰어갔다.

"너희들은 나와 함께 간다."

소룡일대와 오대가 모이자 독사검왕 서군문이 말했다.

"예, 검왕님!"

익숙한 일인 듯 소룡들이 일제히 대답했다.

무한은 처음 겪는 일이라 모든 것이 생소했지만, 다른 소룡들과 함께 서군문을 따라 묵룡대선에서 하선했다.

*　　　　　*　　　　　*

상춘도는 생각보다 넓었다. 바다에서 보았을 때 실제보다 크기가 작아 보였던 것은 아마도 높게 솟은 세 봉우리 때문인 듯 싶었다.

워낙 가파르게 하늘로 치솟아 있어서 외부에선 섬의 폭을 작아 보이게 만드는 것이다.

그런데 세 봉우리 중 한 봉우리를 타고 올라 그 중턱을 지나자, 세 개의 봉우리가 둘러싸고 있는 섬 안쪽의 거대한 분지가 모습을 드러냈다. 분지에는 울창한 숲과 숲 사이를 흐르는 작은 강이 아름답게 펼쳐져 있었다.

무한도 검왕 서군문과 다른 소룡들도 잠시 산 중턱에서 섬 안쪽의 아름다운 숲과 강의 정경을 바라보며 숨을 골랐다.

그러다 갑자기 무한에게 의문이 떠올랐다.

"저 숲에 뭐가 있나요?"

갑자기 무한이 물었다.

그러자 하연이 대답했다.

"우리 소룡들의 수련처, 그리고 성에서 쓰는 물들의 수원(水原), 목재나 석재를 마련하기 위해 만들어진 시설들이 흩어져 있지."

"위험한가요?"

"위험할 리 있어? 상춘도 안쪽이라 기온도 온화하고 맹수들도 없어서 오히려 살기 좋은 곳이지."

"그런데 왜……?"

무한이 고개를 갸웃했다.

"뭐가?"

"왜 성(城)과 선원들의 거처를 섬 안쪽이 아니라 해안가에 지은 거죠?"

아늑한 섬 안쪽 분지가 아니라 해안가에 접한 위태로운 지형에 성을 세운 것이 이해가 가지 않는 무한이었다.

그러자 옆에서 사비옥이 차분한 목소리로 대답했다.

"그야 성이 그곳에 있어야 제 역할을 하니까 그리 지은 거다."

"성의 역할이요?"

"그래. 우리 묵룡대선의 사람들에게는 큰 성이 필요 없다. 이

섬에 머무는 사람이라야 백여 명이 될까. 그래서 큰 성이 필요 없다. 성을 세운 목적도 사람이 살기 위해서라기보다 외부의 침입을 막기 위해서라고 봐야지. 그런 용도라면 묵룡대선이 정박한 포구와 바로 연결되는 곳이 좋지 않겠어? 이 안쪽 분지에 성을 세우면 배에서 내려 육로로 다시 이동을 해야 하니까. 여러모로 불편하지."

사비옥의 설명에 무한은 이 아름다운 섬 안쪽 분지를 두고 해안가에 성을 세운 이유를 금세 이해했다.

"또 다른 이유도 있지."

조금 떨어져 있던 서군문이 말했다.

그러자 소룡들이 일제히 서군문을 바라봤다. 그러자 서군문이 다시 입을 열었다.

"후후후, 너희들에게 지옥 같은 수련장을 만들어주기 위해서 저 아름다운 숲을 포기한 것이다. 그러니 모두들 이제 죽었다고 생각해도 좋다."

"와! 너무하시네. 왜 그렇게 겁을 주세요? 안 가본 곳도 아닌데."

왕도문이 불만스러운 표정으로 소리쳤다.

"이제부턴 조금 다른 수련이 될 테니까. 각오들 하라는 말이다."

"어떤 수련인데 그렇게 겁을 주세요?"

왕도문이 다시 물었다.

"이제부터는 누군가의 가르침이 아닌 너희들 스스로 단련해 나가야 할 시간이다. 아무튼 일단 가자. 가보면 알게 된다."

독사검왕 서군문이 다시 걸음을 옮기기 시작했다.

그러자 소룡들이 급히 서군문의 뒤를 따라 아름다운 분지의 숲으로 들어가기 시작했다.

무한은 역시 세상일이란 것이 겉으로만 보아서는 그 속을 알 수 없다고 생각했다.

멀리서 본 숲은 평화롭고 아름다웠지만, 그 안에 들어가니 마냥 아름답지만은 않았다. 곳곳에 무너진 집터들이 있었고, 사람의 발길이 닿지 않은 숲은 밤처럼 어두웠다.

그러다가 햇살이 드리우는 공터로 나가면 또다시 아름다운 정경이 펼쳐졌다.

특히 분지 중앙을 흐르는 작은 강 주변은 산 중턱에서 볼 때보다 더 아름다웠다. 강 주변에는 큰 나무들의 숲이 없기 때문에 강렬한 햇살이 마음껏 뿌려졌고, 그 햇빛을 받아 야생화와 키 작은 나무들이 사람이 꾸민 정원처럼 아름답게 펼쳐져 있었다.

그럼에도 불구하고 무한은 한 줄기 두려움을 느꼈다.

'왠지 무서워!'

아마도 이중적인 숲의 모습이 이 곳에 처음 온 무한에게 두려움을 안겨주는 듯했다. 아름다움과 공허한 폐허, 그리고 숲의 어둠이 공존하는 봄섬 안쪽 숲은 그렇게 두려움을 내포하고 있는 숲이었다.

"이 숲의 이름이 무엇이냐?"

한순간 독사검왕 서군문이 걸음을 멈추고 물었다.

그러자 소룡들 중 일대에 속한 여전사 장소림이 대답했다.

"해왕의 숲입니다."

"왜 그런 이름을 가졌는지 아느냐?"

서군문이 다시 물었다.

그러자 장소림이 잠시 생각에 잠겼다가 대답했다.

"역시 선장님의 무맥인 해왕 무맥의 시조이신 해왕 장천 님을 기리기 위해 붙여진 이름 같습니다만……."

"절반 정도 맞았다."

"다른 이유가 있었나요? 그동안 듣지 못했습니다만……."

장소림이 의아한 표정으로 물었다.

사실 일대의 소룡들은 모두 십 년 이상 소룡으로서의 수련을 해온 사람들이었다.

그들은 묵룡대선의 미래로 여겨지는 소룡들이라 수련 중에도 다른 묵룡대선의 선원들에 비해 선장 탑살의 내력과 묵룡대선의 내부 사정에 대해 훨씬 많은 정보들을 접하고 있었다.

그런데 그런 그들도 봄섬 안쪽 분지의 숲에 해왕의 숲이라는 이름이 붙여진 다른 이유가 있다는 것은 알지 못했다.

"사실 이전이라면 이 이야기는 굳이 할 필요가 없었겠지. 하지만 선장께서 묵룡대선을 상선 이상의 존재로 만드시겠다고 결심한 이상은 너희들도 알아야 할 이야기다."

"죄송하지만 상선 이상의 존재라는 건 무슨 의미입니까?"

이번에는 사비옥이 물었다.

서군문의 말에 담긴 의미가 단순치 않음을 직감적으로 느낀 것이다.

"묵룡대선이 단순히 상선이라면 우린 상계의 사람들이다. 하지만 묵룡대선이 상선이 아닌 전선의 의미를 지닌다면 우리는 어떤 존재냐?"

서군문이 되물었다.

"그건… 하나의 왕국이 될 수도 있다는 뜻입니까?"

"혹은 하나의 무공 종파가 될 수도 있겠지."

사비옥의 말에 서군문이 대답했다.

"종파… 그렇게 되는 것입니까?"

사비옥이 다시 물었다.

그러자 서군문이 고개를 저었다.

"정확하게는 나도 모르겠다. 하지만 선장께서 더 이상 제자를 받지 않으시겠다고 선언하시면서, 우리 사왕이나 혹은 대전사들에게 제자를 들여 당신의 무종을 전수하는 것을 허락하셨다. 또한 너희들이 소룡의 신분에서 벗어나 용전사가 되고 일정한 시간이 흐르면 너희들 중 몇몇은 무종을 전할 자격을 얻게 될 것이다. 이게 얼마나 큰 변화인지 알고 있겠지?"

"그렇습니다. 그건 해왕 무맥의 일인전승 전통을 거둔다는 뜻이고, 묵룡대선의 전체 규모를 키우시겠다는 뜻입니다."

"그렇다. 그 이유가 신마성의 등장으로 대변되는 혼란한 세상 정세 때문이기도 하지만, 한편으로는 묵룡대선이 지금까지와 다른 존재가 될 것이란 의미이기도 하다. 그러니까 너희들도 지금까지와는 다른 마음가짐으로 수련에 임해야 할 것이다. 너희들도 알다시피 세상의 권력자들과 경쟁하는 것은 검과 피로 살아야 하는 세계니까."

서군문이 경고했다. 그의 경고에 소룡들이 일제히 무거운 짐을 진 사람들처럼 엄숙해졌다.

그런데 그때, 그런 심각한 분위기에 어울리지 않는 질문을 무한이 툭 던졌다.

"그런데 그것과 이 숲의 이름이 해왕의 숲인 것이 무슨 상관이 있나요?"

그러고 보니 이야기의 시작은 숲의 이름이었다.

"그 이름에 하나의 교훈이 숨어 있다. 그걸 기억하라고 꺼낸 말이다."

"어떤 교훈입니까?"

소독이 물었다.

"너희들이 서로 형제이고, 영원한 동반자여야 한다는 교훈이다. 과거 해왕 장천께서는 이 숲에서 하나의 종파를 세우려 했다고 하더구나. 일인전승이 아닌 대종파의 해왕 무맥을 생각하셨던 것 같다."

"그런데 왜⋯⋯?"

소독이 다시 물었다.

"열 명의 제자를 들이셨다지? 그리고 이 숲에 종파의 본거지를 건설하려 하셨다. 그 시대에는 십이신무종이 지금같이 절대적인 종파로 군림하던 시기가 아니어서 세상 곳곳에 자신의 종파를 세우려는 무인들이 가득했다고 하는데, 그야 뭐 사실인지 알 수 없는 노릇이고. 아무튼 해왕께서도 그런 생각을 하셨던 것 같다."

"그런데 왜 일인전승의 종파가 된 것입니까?"

소독이 다시 물었다.

"해왕님의 무종을 전수받은 열 명의 제자가 종파의 후계자 자리를 두고 내분을 일으켰다. 서로가 서로를 죽이는 비참한 혈사가 벌어진 거지. 분노한 해왕께서 그 일에 관여한 제자들의 무공을 모두 회수하시고 그들을 이 섬에서 추방했다. 그리고 유일하게 남은 나이 어린 마지막 제자에게 당신의 무종을 전한 것이지. 일인전승의 종법을 세워서 말이다. 이 잔재들이 보이지?"

서군문이 문득 숲에 너부러져 있는 옛 건물들의 흔적을 가리켰다.

"예, 검왕님!"

소룡들이 일제히 대답했다.

"이 잔재들 중에는 그 시대의 유물이 섞여 있단다. 물론 이후에 생겼다가 무너진 건물의 잔재들도 있지만. 어쨌든 이 숲은 그런 곳이다. 해왕의 무맥이 시작되고, 비참한 역사가 깃들어 있는… 그래서 선장께서 소룡이라는 이름으로 제자를 들이신 이후 봄섬에 오면 항상 너희들을 이 숲에서 수련하게 한 것이다."

"무맥의 전통이 이 숲에 있다고 생각하신 거군요."

소룡일대의 맏이 전위가 무겁게 입을 열었다.

"그렇다. 그러니까 이 숲 이름을 대하면 항상 두 가지 사실을 마음에 새겨라. 하나는 너희들의 무공이 누구로부터 시작되었는지, 그 위대한 무종의 자부심을 잊지 말아라. 또 다른 하나는 제자들의 내분으로 큰 꿈을 포기하신 해왕의 아픔 역시 기억하거라. 이제 이해가 되느냐? 내가 이 이야기를 꺼낸 이유가?"

서군문이 문득 무한을 보며 물었다.

질문의 시작이 무한이기 때문이다.

"예, 검왕님! 뭐… 서로 싸우지 말라는 거죠?"

"풋, 녀석. 너무 직설적이구나. 하지만 바로 그것이다. 어떤 세력이든 내부가 단단해야 오랫동안 그 힘을 유지하는 법이다. 서로의 믿음이 없는 세력은 한순간 불길처럼 일어나 천하를 휩쓸수는 있어도 오랫동안 그 힘을 유지하지는 못한다. 마치 흑라의 시대처럼 말이다. 이 교훈을 항상 기억하거라."

"예, 검왕님!"

소룡들이 일제히 대답했다.

"좋아. 그럼 조금 더 가자."

서군문이 다시 걸음을 옮기기 시작했다.

*   *   *

나무가 뿌리를 드러내고, 그 뿌리가 살아 있는 뱀처럼 석조건물들을 휘어 감고 있었다.

일부는 무너지고 일부는 사람의 손길이 닿았는지 그런대로 쓸 만한 공간으로 남아 있었다.

그런 건물들이 남쪽에 입구를 두고 큰 원을 이루며 나란히 세워져 있었다. 거대한 나무들 때문에 마치 나무 밑 지하에 들어온 것 같은 느낌도 들었다.

그리고 그 가운데에는 역시 질 좋은 석재가 깔린 원형의 너른 공간이 있었다. 마치 작은 광장처럼 보이는 곳으로, 주변에 둘러

선 건물들과 달리 크게 허물어진 곳이 없었다.

그리고 그 광장에서 세 무리의 사람들이 일행을 기다리고 있었다.

"검왕님!"

독사검왕 서군문과 소룡들이 광장에 들어서자 세 무리 젊은 무사들이 서군문 앞으로 다가와 고개를 숙이며 인사를 했다.

"모두 오랜만이구나. 잘들 있었느냐?"

서군문이 가벼운 미소를 지으며 물었다.

"예, 검왕님!"

젊은 무사들이 일제히 대답했다.

"보아하니 그동안 팔자가 편했나 보군. 혈색들이 좋아."

서군문 뒤에 서 있던 전위가 입을 열었다.

"사형, 그런 말씀 마십시오. 이총관님과 대전사님이 얼마나 혹독하게 수련을 시켰다고요. 우리 몰골이 좋아 보이십니까?"

젊은 무사 중 한 명이 전위에게 투덜댔다.

"응, 나빠 보이지 않는데?"

전위가 대답했다.

"소독, 네 눈에도 그렇게 보이느냐?"

젊은 무사가 전위에게서 시선을 돌려 소독에게 물었다.

"뭐… 그리 고생하신 것 같지는 않습니다만."

소독이 대답했다.

"음… 이것 참, 하루 쉬었다고 그새 얼굴에 살이 붙었나?"

젊은 무사가 고개를 갸웃하면서 중얼거렸다.

그러자 그의 뒤쪽에서 다른 두 사람이 걸어 나와 전위에게 말을 건넸다.

"사형, 고생하셨습니다."

"북창의 주민들을 도우러 가신 이야기는 들었습니다. 고생하셨습니다."

"크게 힘들 것도 없는 일이었네. 은갑전사단에서 쾌속한 전선을 준비하고 있어서 석포 몇 발 쏘니 신마성 전선들이 추격을 멈추더라고."

"그래도 남녀노소를 데리고 거친 무산해협을 종단하는 것이 쉬운 일은 아니지요. 그나저나 신마성 때문에 온 세상이 시끄럽던데 어떤 자들이었습니까?"

사내 중 한 명이 물었다.

"나도 잘 모르겠네. 밤바다에서, 그것도 멀리서 본 게 다라서. 하지만 들리는 소문으로 보면 결코 녹록한 자들이 아닌 것은 확실하네."

"아무래도 그렇지요? 검왕님, 혹 우리도 출전하게 되는 겁니까?"

전위와 이야기를 나누던 사내가 서군문에게 물었다.

"두려우냐?"

"두렵다니요. 오히려 기대하고 있습니다."

"후우… 아직 철이 덜 들었구나. 모든 전쟁은 두려워해야 하는 법이다. 그래야 방심하지 않고 싸울 수 있는 거야. 사람 목숨이 들풀처럼 취급되는 곳이 바로 전쟁터다."

서군문의 냉정한 충고에 젊은 무사가 금세 고개를 숙였다.

"죄송합니다. 오랜만에 사형제들을 만나다 보니 제가 조금 흥분했나 봅니다. 걱정 마십시오. 어떤 전쟁이든 가볍게 생각지 않겠습니다."

"그 마음 잊지 말도록 하거라. 너희들도 마찬가지다!"

서군문이 소룡들을 돌아보며 말했다.

"명심하겠습니다."

소룡들이 일제히 대답했다.

그러자 서군문이 고개를 끄떡인 후 다시 입을 열었다.

"오늘부터 십여 일간 이곳에서 함께 수련한다. 숙식 역시 이곳에서 해결한다. 그리고 열흘 후 너희들에게 특별한 일이 맡겨질 것이다. 그러니 앞으로 열흘간의 배움을 소홀히 하지 말거라."

"특별한 일이라시면……?"

젊은 무사가 되물었다.

"그건 열흘 후에 알게 될 것이다."

서군문이 더 이상 묻지 말라는 듯 단호하게 말했다.

"알겠습니다."

젊은 무사가 서군문의 기세에 놀랐는지 즉시 고개를 숙이며 대답했다.

"곧 사왕들이 모두 올 것이고 너희들의 무공을 세심하게 살펴줄 것이다. 좋은 기회임을 잊지 말라. 그리고 가끔 선장님께서 직접 오실 수도 있으니 실망시키지 말도록!"

"예, 검왕님!"

다시 한번 젊은 소룡들이 일제히 대답했다.

그러자 서군문이 고개를 끄떡이다가 문득 무한에게 시선이 닿자 다시 입을 열었다.

"그리고 한 사람을 소개하겠다. 칸, 앞으로 나와라!"

서군문의 말에 무한이 쭈뼛거리며 서군문 옆으로 걸어 나왔다.

"모두 선장님이 마지막 제자를 들이셨다는 걸 들었겠지? 이 친구가 바로 너희들의 마지막 사제다. 이름은 칸, 나이는 열대여섯 살… 아니면 더 먹거나, 적을 수는… 없겠군. 아무튼 그즈음이다. 과거를 기억 못 한다. 그래도 선장님의 제자로서 부족함이 없는 아이니 잘들 지내도록 해라."

서군문의 소개에 소룡들의 시선이 일제히 무한에게로 향했다.

그러자 무한이 어색한 표정으로 입을 열었다.

"칸, 이라고 합니다. 사형들께 열심히 배우도록 하겠습니다. 많이 가르쳐 주십시오."

독안룡 탑살이 본격적으로 제자를 들인 것은 십여 년 전으로 거슬러 오른다. 당시 그는 흑라의 대선단을 육주의 바다에서 궤멸시킨 대해전 전후로 조금은 급하게 제자를 들이기 시작했다.

특히 대해전에서 승리했지만, 그로 인해 급격하게 약화된 묵룡선단의 전력을 정비하기 위해 전장에서 물러나 한동안 활동을 중지했던 시기에 제자의 숫자를 급격하게 늘렸다.

그 당시 그가 한 일은 크게 두 가지였다.

육주의 본거지인 왕의 섬에서 지금의 묵룡대선을 건조한 일과 서역, 무산열도 끝 부분의 거점인 봄섬을 오가며 묵룡대선에 필요한 사람을 모으는 일이었다.

그리고 사람을 모으는 일 중에서 그가 가장 중요하게 생각한 것이 그의 무종을 전수받을 재능 있는 제자를 찾는 일이었다.

물론 그는 사왕과 오인의 대전사들에게는 천년구공의 비결을 알려준 상태였다. 하지만 그들에게 내공의 씨앗, 무종을 심어주진 않아서 그들을 온전한 해왕 무맥의 전수자라고 말할 수는 없었다. 그들과의 관계 역시 동료나 수하일 수는 있어도 제자는 아니었다.

그래서 그의 제자랄 수 있는 사람들은 당시 이미 그의 무종을 전수받아 막 수련을 시작한 일대의 소룡들 정도였다.

그런 탑살이 본격적으로 좀 더 많은 제자를 찾아 거두기 시작한 시기가 바로 그즈음이었다.

첫 제자 전위를 시작으로 그는 오대 스물다섯 명의 제자를 오류 년에 걸쳐 빠르게 받아들였다. 그 이후로는 더 이상 제자를 들이지 않다가 최근 들어 무한을 제자로 들이면서 더 이상의 제자를 들이지 않겠다고 선언한 탑살이었다.

그래서 결국 탑살이 실질적으로 제자를 선택한 시기는 무척 짧은 시간이라고 할 수 있었다.

덕분에 소룡일대에서 오대까지 구성된 그의 제자들은 무한을 제외하면 나이 차이가 많아야 십여 세 전후였고, 그만큼 서로에 대한 동질감이 강했다.

물론 소룡들의 경쟁 역시 치열했다. 독사검왕 서군문이 소룡들 간의 내분에 대해 항상 경고할 정도로 그들의 경쟁은 치열했다.

무공과 경험으로 보면 가장 먼저 제자가 된 전위가 가장 앞서 있었다. 그는 제자로 뽑힌 초기 대해전(大海戰)을 경험한 인물이었다.

하지만 그래 봐야 오대의 소룡들에 비해 오류 년 빠른 정도. 무공의 고하는 시간과 비례한다는 것이 정설이기는 해도, 오 년의 시차는 수련 기간이 길어질수록 충분히 극복되어지는 시간이었다.

그래서 최근 들어서는 소룡들 중 전위의 무공에 근접한 사람들이 여럿 나오고 있었다. 그런 소룡들 중 가장 눈에 띄는 사람들은 단연 각 대의 우두머리 역할을 하는 소룡들이었다.

이대의 악룡, 삼대의 무항, 사대의 인교, 오대의 소독. 이 다섯 사람은 언제든 전위를 넘어설 수 있는 소룡들이라고 평가받고 있었다.

묵룡사왕의 평가로는 앞으로 다시 십 년이 지나면 그들 중 누가 가장 강한 전사가 될지는 사왕조차도 가늠하기 어렵다고 말했다.

물론 그들 외, 다른 소룡들 중에서 특별한 성취를 이루는 사람이 나올 가능성도 배제할 수 없었다.

물론 그럼에도 불구하고 사형제간의 서열은 분명하게 지켜졌다.

경쟁 관계이면서도 대사형 전위에 대한 존경심은 소룡들 모두가 가지고 있었다.

전위 역시 사제들의 성장을 경계하거나 질투하지 않았다. 그는 사제들의 성장을 진심으로 기뻐했다. 대해전의 처절한 경험을 한 그로서는 묵룡대선이 강해지는 일이 얼마나 중요한지 알고 있었기 때문이다.

그래서 간혹 묵룡사왕은 무공의 고하와 관계없이 품이 넓고 담대한 성정의 전위를 일찍 탑살의 후계자로 정하는 것도 나쁘지 않다는 말을 하곤 했다. 자칫 후계자 경쟁이 오래되면 그들이 가장 걱정하는 내분이 일어날 수도 있기 때문이다.

하지만 탑살의 생각은 분명했다. 마음과 몸, 두 가지가 가장 강한 사람이 자신의 후계자가 되어야 한다는 것이었다.

그러기 위해선 아직 많은 시간이 필요하다는 것이 탑살의 생각이었다. 그래서 해왕의 숲에서의 수련은 그 시작부터 치열했다.

차차창!

어지러운 도검의 충돌음이 숲을 가득 채웠다.

광장을 둘러싼 건물들 때문에 소리가 울려 나와 더 요란한 느낌이 드는 것일 수도 있었다.

무한은 그 혼란스러운 소음이 일어나자 처음에는 잠시 당황스러운 시간을 보냈다.

묵룡대선을 타고 육주의 바다를 건널 때, 그 끝에서 만났던 괴선과의 싸움이 다시 일어난 것 같은 느낌도 들었다.

다른 점은 그때는 정신이 다 타버릴 정도로 당황했었고, 지금은 그래도 온전한 정신을 가지고 있다는 것 정도였다.

물론 실질적으로 다른 것도 있었다.

적어도 오늘의 이 소란에서는 피도 죽음도 없었다. 아니, 어쩌면 몇몇의 소룡은 수련 중에 다칠 수도 있었다. 그러나 절대 죽는 사람이 나오지는 않을 것이다. 그럼에도 광장에서의 수련은 실전을 방불케 했다.

수련은 처음부터 실전 같은 비무로 시작되었다.

소룡의 총인원은 무한까지 스물여섯. 비무의 짝이 맞는 숫자지만 전위가 비무를 하지 않으니 자연스레 무한도 짝을 찾을 수 없었다. 나이 차이가 나고, 애초부턴 막내인 무한에게 비무를 요

청할 소룡도 없었다.

당연히 모두가 적당한 짝을 찾아 비무를 시작한 이후 무한은 혼자였다. 아마도 그래서 전장에 홀로 서 있는 듯한 느낌이 더 강하게 드는 모양이었다.

"한순간의 방심이나, 한 수의 여유가 나를 죽이고 동료를 죽인다. 비무라 생각지 말거라. 치열하게 싸워! 손에 사정을 두거나 게으름을 피우는 놈은 내가 상대한다!"

수련이 시작되기 전 도착한 사풍왕 보로의 경고가 협박이 되어 소룡들을 채찍질했다. 그러자 소룡들이 더욱 강하게 도검을 휘두르기 시작했다. 그 와중에 누군가 무한을 불렀다.

"칸!"

고개를 돌려보니 전위가 그를 바라보고 있었다.

"예, 대사형!"

무한이 얼른 대답했다.

"짝이 없지?"

"…그렇습니다."

무한이 다시 대답했다.

"그럼 한 번 더 해볼까?"

"비무를요?"

"그래. 가름 섬에서 조금 아쉽게 끝났잖아?"

"그건……."

"왜? 겁나?"

"…조금요."

무한이 주눅이 든 모습으로 대답했다.

"뭐야? 지난번에 날 거의 이겼잖아?"

"그거야. 어쩌다 그리된 거죠. 대사형께서 제가 혈랑검을 수련한 걸 모르고 계실 때라서. 설마 그때의 복수를 하고 싶으신 겁니까?"

무한이 물었다. 물론 농담이 가득한 질문이다. 그만큼 그동안 소룡들과의 관계가 편해졌다는 의미기도 했다.

"음… 복수라. 그 생각도 조금은 있지."

"예?"

"그때 내가 톡톡히 창피를 당했잖아? 그러니 어쨌거나 대사형으로서의 체면을 좀 살려야지 않겠어?"

"후우… 설마 대사형처럼 대범하신 분이 그런 생각을 하실 줄은 몰랐습니다."

"실망했어도 어쩔 수 없다. 그러니까 우리도 비무를 하자."

"정말 하고 싶으세요?"

"그래 다시 한번 사제와 비무를 하고 싶어. 물론 조금 다른 형태의 비무가 되겠지."

"어떻게 다른데요?"

무한이 물었다.

"내가 지금 여기서 내공을 모두 써서 널 상대하면 사람들이 날 비웃겠지. 그렇게 해서 비무를 이긴다 한들 내 체면이 회복되는 것은 아니야. 그래서 내가 그럴듯한 비무를 생각해 봤다."

"어떻게 하실 건데요?"

"그 혈랑검 말이다."

"혈랑검이 왜요?"

"그걸로 겨뤄보자. 내공은 사용하지 말고."

"단지 혈랑검으로만요?"

"어떠냐?"

전위가 물었다.

그는 장난스러운 표정과 달리 이 비무에 제법 기대를 하고 있는 듯 보였다.

"하지만 비무를 하다 보면 어쩔 수 없이 다른 검술을 사용하게 되지 않을까요?"

무한이 물었다.

"물론 그럴 수도 있지. 하지만 다른 검술을 사용한 사람이 그 순간 패하게 되는 거다. 어때?"

전위가 반드시 비무를 해야겠다는 듯 물었다.

"그런데 그동안 혈랑검을 수련하고 계셨어요?"

"당연하지. 한 번 당한 검술인데 그대로 두었겠냐? 가름에서 적삼 아저씨가 정리해 준 검술법으로 지금까지 계속 연습했지."

"그러셨군요."

무한이 고개를 끄떡였다.

"좋은 검법이다. 단순하지만 실용적이고, 머리보다는 몸으로 익혀야 하는 검술이지. 그만큼 실전적이랄까. 해보자!"

전위가 다시 고집을 부렸다.

그러자 무한이 어쩔 수 없다는 듯 대답했다.

"알겠습니다. 그럼 그렇게 하죠. 뭐. 대신 저도 한 가지 조건이 있어요."

"뭔데?"

"이번 비무가 끝나면 적어도 한동안은 비무는 없는 겁니다!"

"얼마나?"

"아이쿠, 설마 이번 말고도 비무를 또 하려고 생각하고 계셨어요?"

"음… 이상하게 칸, 너와의 비무가 뭔가 끌리는 면이 있어."

"저 같은 애송이를 가지고 노는 것이 재미있으신가 보죠."

"절대, 나와 한 비무나 두굴 삼공자와 비무를 한 이후 너에 대한 소룡들의 평가가 확 바뀐 것 모르냐? 누구도 널 무시하지 않아. 오히려 두려워하지."

"두려워한다고요? 말도 안 되는 말씀이세요!"

무한이 단호하게 고개를 저었다.

"정말이라니까. 소룡들 사이에 이런 이야기들이 돌아. 누가 가장 먼저 막내에게 크게 당할 것이냐. 그 창피함이 누구 차지가 될지 모두들 궁금해하지. 그 당사자가 자신이 아니길 바라면서. 그래서 수련이 시작된 이후, 그 누구도 너에게 비무를 요구하지 않은 거야."

"설마요……."

무한이 믿기 힘들다는 듯 고개를 저었다.

"글쎄, 정말이라니까. 두고 봐라. 우리가 비무를 시작하면 다들 비무를 멈추고 우리 비무를 구경할걸? 그만큼 다들 너에게 관심이 많아. 자 그러니까, 이제 비무를 하자! 네 상대는 역시 나뿐이니까. 호호호."

"그럼 더 싫은데……."

사람들의 관심이 부담스러운 무한이 망설였다.

"야, 이러면 곤란하지. 내가 이렇게까지 부탁하는데. 꼭 대사형의 권위 같은 걸 들먹여야 하겠냐?"

전위가 더 이상 참을 수 없다는 듯 눈을 부라렸다.

그러자 무한이 화들짝 놀란 표정으로 고개를 저었다. 그가 상대하고 있는 사람이 소룡들의 대사형 전위라는 사실을 새삼스레 깨달은 것이다.

"아, 아닙니다. 하겠습니다."

무한이 얼른 대답했다.

"흐흐, 그래야지. 그래야 귀여운 막내 사제지."

전위가 평소 진중한 성격과 달리 나직한 웃음까지 흘려내며 고개를 끄떡였다.

전위의 예상은 틀리지 않았다.

무한과 전위가 비무를 하기 위한 준비에 들어가자 소룡들이 하나둘 비무를 끝내고 두 사람을 지켜보기 시작했다.

그리고 서로 검을 들고 비무를 시작하는 순간, 기다렸다는 듯이 모든 소룡들이 두 사람 주위를 둥글게 둘러섰다.

물론 그때는 이미 무한도 더 이상 사람들의 시선을 의식하지 않았다. 일단 검을 들고 상대와 마주하는 순간, 무섭게 상대에게 집중하는 무한의 성격 때문이었다.

제9장

짧은 수련과 전설

색색거리는 파공음이 아기의 숨소리 같다. 그러나 누구도 그 소리에서 평온함을 느끼지 못했다.

소리와는 다른 매섭고 차가운 살기, 검법 자체가 가지고 있는 성질로 인해 일어나는 살기가 아기의 숨소리 같은 파공음에 묻어나고 있었다.

무한은 최대한 힘을 아끼고 있었다. 서로 내공을 사용하지 않기로 했지만, 그래도 힘은 여전히 전위가 훨씬 앞선다.

무한도 묵룡대선에 구조된 이후 아적삼을 도와 갑판 일을 하면서 부쩍 힘이 붙었지만, 이미 서른이 넘은 전위에 비할 바는 아니었다.

그래서 무한은 최대한 움직임을 적게 하며 힘을 아끼고 있었다. 비무도 대체로 방어 위주로 해나가고 있었다.

전위가 내공도 사용하지 않고, 갓 익힌 혈랑검으로 공격을 하고 있었기에 그의 공격을 방어하는 것이 그리 어려운 것은 아니었다.

대신 무한은 눈을 빠르게 움직였다. 전위의 공격에서 어떻게든 허점을 발견해 내야 하기 때문이었다.

아적삼은 자신이 터득한 검법을 혈랑검이라는 이름으로 묵룡대선 선원들을 위해 내놓았지만, 그 검보에 기록되지 않은 것들도 있었다.

그중 하나가 아적삼이 누누이 무한에게 강조한 눈의 중요성이었다.

"전쟁터에서는 눈이 빨라야 해. 힘으로는 얼마 버티지 못하니까. 적의 공격을 피하거나 막으면서 힘을 비축했다가 적의 허점이 드러나면 한순간에 숨을 끊는 거야. 그래야 며칠 동안 이어지는 전쟁터에서 살아남을 수 있어. 내가 가르치는 검술은 적의 숨통을 효과적으로 끊어버리는 기술이지만, 네가 더 열심히 배워야 하는 것은 적의 허점을 찾아내는 눈의 힘이다. 알았지?"

아적삼이 말만 그렇게 한 것은 아니었다. 무한에게 검술을 가르칠 때, 안력을 키우기 위해 여러 가지 방법들을 동원하곤 했다.

무한 역시 아적삼의 말한 의미를 모르지 않아서 안력을 키우는 수련을 게을리하지 않았다. 그리고 그 효과가 비무에서 여실히 드러나고 있었다.

파파팟!

전위의 검이 매서운 파공음을 만들어내며 무한을 세 차례 찔렀다. 그동안 아이 숨소리 같았던 그의 검음이 조금 더 거칠어졌다.

그에 따라 무한의 움직임도 빨라졌다. 무한은 최대한 움직이는 거리를 줄이면서도 빠르게 발과 몸을 움직여 전위의 검을 피해냈다.

그리고 도저히 피할 수 없을 것 같은 공격은 자신의 검을 들어 최대한 힘을 아끼며 비스듬히 비껴냈다.

차앙!

무한의 팔을 노리던 전위의 검이 무한의 검에 미끄러져 우측으로 비껴 나갔다.

그 순간 무한이 미끄러지듯 몸을 눕히며 전위의 오른쪽 다리를 찔러갔다.

그러자 전위가 재빨리 허공으로 도약했는데, 그 순간 무한의 검이 전위의 하체 중심을 번개처럼 찔렀다.

"엇!"

전위의 입에서 다급한 음성이 터져 나왔다. 동시에 그의 몸이 좀 더 높은 곳으로 치솟았다.

삭!

아슬아슬하게 무한의 검이 전위의 바짓가랑이를 잘랐다. 그 순간 허공에 떠오른 전위가 벼락처럼 검을 뻗어냈다.

창!

"읏!"

전위의 검과 검을 마주쳤던 무한이 작은 신음 소리를 내며 주르륵 뒤로 물러났다.

그다음 순간 두 사람이 사오 장 거리로 멀어지더니 움직임을 멈췄다.

"그만할래요."

무한이 퉁명스럽게 말했다.

"나도 그만하겠다."

"내공을 쓰지 않기로 했잖아요?"

무한이 불만스러운 표정으로 물었다.

"그랬지. 하지만 설마 막내 사제란 놈이 대사형의 씨를 말리려 할 줄은 몰랐거든."

"그게 무슨 말씀이세요?"

"내 거시기를 공격했잖아?"

전위가 슬쩍 베인 바짓가랑이를 바라보며 투덜댔다.

"그야… 그곳에 허점이 있으니까 공격한 거죠. 전쟁에서 누가 그런 걸 가리면서 공격하나요?"

"이건 전쟁이 아니라 비무잖아? 네가 비무의 한계를 벗어나 내 거시기를 공격했으니까 나도 내공을 사용한 거다. 그러니 내 잘못은 아니다. 대사형이 자식을 낳지 못할 수도 있는 위험한 공격을 해대는 너하고는 나도 더 이상 비무를 하지 않으련다."

전위가 툴툴거렸다.

그러자 여기저기서 키득거리는 소리가 흘러나왔다. 대놓고는 웃지 못하지만 돌아가는 상황이 웃음을 참기 어렵게 만들고 있었다.

"나도 이젠 대사형과 비무는 사절입니다."

무한도 아쉬울 게 없다는 듯 고개를 대꾸했다.

"그런데… 어떻더냐?"

갑자기 전위가 물었다.

"뭐가요?"

무한이 퉁명스럽게 되물었다.

"내가 수련한 혈랑검 말이야. 그럴듯하더냐?"

"그걸 제가 어떻게 판단합니까. 대사형의 무공을… 그냥, 겨우 버텼다고 말씀드릴게요."

무한이 장난기를 걷어내고 말했다.

"그랬단 말이지? 그럼 그런대로 쓸 만큼 익힌 거네."

"한 가지만 빼면요."

"응?"

"적삼 아저씨 말로는 혈랑검은 힘을 아껴 쓰려고 만든 검술이라고 하셨어요. 전쟁터에선 며칠 동안 적과 싸우는 경우가 허다하니까요. 그런데……."

"그런데?"

전위가 흥미로운 듯 되물었다.

"그런데 대사형의 혈랑검은… 너무 강력하더군요."

"……."

무한의 말에 전위가 굳은 얼굴로 한동안 침묵을 지켰다. 그러다가 문득 자신을 바라보고 있는 독사검왕 서군문에게 물었다.

"검왕님, 제가 힘에 치우친 것입니까?"

"음… 그런 면이 없지 않더구나. 하지만 그건 네 잘못이 아니다. 파랑십이검을 먼저 수련한 너로서는 검에 힘을 배가시키는 버릇이 자연스럽게 나온 거니까. 칸의 경우는 혈랑검을 먼저 수련해서 자연스럽게 힘을 뺄 수 있는 것이고."

독사검왕 서군문의 대답에 전위의 표정이 어두워졌다.

특이하기는 해도 특별하다고까지는 할 수 없는 혈랑검이다. 더군다나 무공을 수련한 무인들에게 병사의 검술인 혈랑검이 특별할 수는 없었다.

그런데 그 혈랑검의 정수를 제대로 읽어내어 수련하지 못했다는 생각에 자괴감이 드는 듯했다.

그러자 서군문이 다시 말했다.

"전위, 너 무공을 모르느냐?"

"무슨 말씀이신지……?"

갑작스러운 꾸지람에 놀란 전위가 두려운 얼굴로 서군문을 바라봤다.

그러자 서군문이 정색을 하며 말했다.

"네가 수련한 혈랑검이 강하다고 해서 나쁜 것이 아니다. 같은 검술을 수련해도 사람의 성정과 공력에 따라 그 모습은 수만 가지로 변한다. 그 이치를 알고 있다면 네가 수련한 혈랑검이 잘못된 것이 아니라는 것도 알아야지. 넌 아적삼도 아니고 칸도 아니다. 넌 전위다. 그러니 아적삼이 만든 검술이라도 너에게 오면 너에게 맞는 검법으로 변하는 것이 정상인 것이다."

"아……!"

전위뿐 아니라 소룡들이 나직하게 탄성을 흘렸다. 그들은 지금 서군문에게서 무공 수련의 아주 중요한 원칙을 배운 것이다.

그러자 서군문이 소룡들을 돌아보며 말했다.

"잘 들어라. 어떤 무공의 비결이든 그게 너희들을 자유롭게 해야지 구속해서는 안 된다. 그 구결에 충실하는 것과 얽매이는 것은 다르다. 같은 검로(劍路)로 검을 뻗어도 사람의 성격에 따라 다른 모습이 나타나는 법이다. 그러니 무공은 결국 자신의 몸과 성정에 맞게 받아들여야 한다. 그걸 모르고 억지로 누군가의 모습과 닮으려 한다면 절대 무공의 정수에 이를 수 없다. 알겠느냐?"

"예, 검왕님!"

소룡들이 일제히 대답했다. 그들로서는 하나의 큰 깨달음을 얻는 순간이었다.

서군문도 흡족해했다. 오늘의 가르침을 미리 생각하고 있었던 것은 아니었다. 단지 무한과 전위의 비무를 보고 전위의 실망스러운 반응을 접하자 소룡들에게 아주 중요한 가르침을 줄 수 있었던 것이다.

"좋아. 의도치 않게 오늘 너희 두 사람의 비무를 계기로 중요한 가르침을 줄 수 있었으니 좋은 날이다. 오늘 수련은 이쯤에서 끝내도록 한다. 각자 쉬면서 오늘 내가 한 말에 대해 좀 더 깊이 생각해 보도록!"

"예, 검왕님!"

소룡들이 밝은 표정으로 일제히 대답했다.

배움도 배움이지만 고된 수련을 일찍 끝내는 것 역시 즐거운 일이기 때문이다.

그런데 그 순간, 무한이 조심스럽게 물었다.

"저기… 성에 잠시 다녀오면 안 되나요?"

"왜? 무슨 일이 있느냐?"

서군문이 물었다.

"그게… 적삼 아저씨가 기다리실 것 같아서… 수련도 일찍 끝났으니 서두르면 저녁까지 돌아올 수 있습니다."

무한은 첫날 밤에 적삼의 처소로 가서 자겠다고 한 약속을 아직도 지키지 못하고 있었다.

해왕의 숲 수련터에 들어온 이후 소룡들은 이곳에서 숙식을 하고 있었기 때문이다.

"알겠다. 다녀오거라. 그리고 특별히 아적삼에게 내가 고마워한다는 말을 전하거라. 혈랑검… 좋은 검법이다."

"예, 검왕님!"

무한이 기쁜 표정으로 대답했다.

그러자 전위가 문득 품속에서 은화 주머니를 꺼내 무한의 손에 쥐여줬다. 그러면서 검왕의 눈치를 보며 나직하게 말했다.

"올 때 술 좀 사와라."

"술을요?"

무한이 놀란 표정으로 되물었다. 본능적으로 검왕의 눈치를 본 것은 당연했다.

그러자 서군문이 걸음을 옮기며 말했다.

"취하는 놈은 죽는다!"

그 말을 뒤로하고 서군문이 광장에서 사라졌다. 그러자 전위가 호탕하게 웃으며 말했다.

"하하하, 칸 사제. 들었지? 취하면 죽는다는 말씀은 취하지만 않으면 괜찮다는 뜻이야. 어서 다녀와."

"얼마나……?"

"들 수 있을 만큼! 혹, 은화가 남으면 가져. 심부름값이다!"

"칸, 어서 다녀와!"

"늦으면 안 돼. 기다릴게!"

소룡들이 일제히 무한에게 소리쳤다.

그러자 무한이 얼떨떨한 표정을 지으며 대답했다.

"아, 알았어요. 서둘러 다녀올게요."

대답을 하고 수련처를 벗어나려는데 갑자기 하연과 소독이 무한의 뒤를 따라붙었다.

"같이 가자!"

하연이 사내처럼 무한의 어깨에 손을 턱 올리면서 말했다.

"같이요? 하지만……"

허락을 받은 것은 무한뿐이다. 두 사람은 독사검왕 서군문의 외출 허락을 받지 않았다.

"걱정 마. 검왕님도 눈감아주실 거야. 그리고 대사형이 준 은화가 적지 않은데 너 혼자 그 많은 술을 어떻게 들겠냐? 설마하니 은화 욕심을 내는 건 아니지?"

들 수 있을 만큼 술을 사고 남은 은화는 무한의 차지라고 한 전위의 말을 들먹이는 하연이다.

"그럴 리가요."

"그럼 같이 가."

"그럼 그래요. 하지만 검왕님이 벌을 주셔도 난 모르는 일이에요?"

"당연하지. 설마 막내인 너에게 검왕님을 막아달라고 하겠냐? 가자! 다녀올게요, 대사형!"

하연이 전위에게 손을 흔들었다.

그러자 전위가 정색을 하며 말했다.

"빨리 돌아와야 해. 그리고 왔을 때 입에서 술 냄새 풍기지 마라."

"나이도 많으신 분이 눈치도 빠르셔, 참! 하하하! 가자, 칸!"

하연이 한바탕 웃음을 터뜨리고는 무한의 등을 밀며 수련터를 떠났다.

수련의 날들은 즐거웠다. 몸은 하루라도 상처 없는 날이 없을 만큼 고됐지만 마음은 생기로 가득 차 있었다.

급하게 아적삼을 보러 항구에 다녀온 수련의 첫날 밤, 소룡들은 무한과 하연 등이 성에서 가져온 술을 나누어 마시면서 한결 가까워졌다.

그 덕에 그날 이후부터는 비무의 상대도 계속해서 바뀌었다. 풍부한 비무가 무한의 무공을 한 단계 위로 끌어 올리고 있었다.

다른 소룡들 역시 다양한 상대와의 비무를 통해 무공이 일취월장하고 있었다.

그렇게 검을 맞대고, 몸을 부딪치면서 무한은 혼자가 아니라 묵룡대선이라는 한 무리에 속해 있다는 소속감을 느끼기 시작했다.

그건 무한에게 큰 변화였다. 사자림에서 어린 무한은 철저히 혼자였다. 그 외로움은 고통 이상의 무엇이었다. 세상으로부터 버려진 존재라는 자괴감은 무한을 깊은 우울감에 빠뜨렸다.

그래서 무한에게 아버지 무곤은 세상을 구한 대영웅 이전에 자신을 홀로 남겨둔 원망스러운 아버지였다.

그렇게 사자림 시절은 홀로 살아남아야 했고, 마지막 모험조차도 오로지 혼자의 힘으로 해내야 했다.

그런 그에게 친구라거나 동료, 혹은 가족이라는 단어는 무척 이질적인 것이었다.

그런데 묵룡대선을 탄 이후 가족의 감정을 느낄 수 있는 아적삼이 생겼고, 하연 등에게서 친구의 감정을 느꼈고, 이제 다시 묵룡대선 소룡의 일원이라는, 서로 목숨을 지켜줄 동료가 생겼다는 느낌을 받기 시작했다.

마음의 변화가 성격의 변화로도 나타났다.

무한이 묵룡대선에 구조될 때까지만 해도 그는 조금은 소심하고 내성적인 면이 강했으나, 해왕의 숲에서 소룡들과 섞여 수련을 하기 시작한 이후에는 나이답지 않은 대범함과 여유, 그리고 타인에 대한 너그러운 배려심도 드러나기 시작했던 것이다.

그런 무한을 소룡들도 완전히 자신들의 사제로 받아들이고 있었다. 나이 차이가 제법 나기 때문에 소룡들은 더더욱 무한에게 정을 주었다.

그들 모두 묵룡대선의 소룡이 되기까지 어린 시절 적지 않은 풍파를 겪은 사람이라 무한의 처지를 동정하는 마음도 컸다.

그렇게 모두의 관심 속에서 무한은 완전히 묵룡대선의 일원이 되어가고 있었다. 그리고 그 사실은 그의 인생 항로가 크게 변하고 있다는 것을 의미했다.

애초에 무한은 때가 되면 묵룡대선을 떠나 아버지가 유언처럼 남긴 사람, 그 정체조차 알 수 없는 누군가를 찾아갈 생각이었다. 그로부터 철사자 무곤이 스스로 절대무적이라 말한 아버지의 무종을 건네받을 생각이었다.

이후에는 세상일에는 관여치 않고 완전한 자유인으로서 세상을 여행하며 살아가는 것이 그의 꿈이었다.

물론 그 와중 몇몇 사람들에게 자신과 아버지 철사자 무곤의 유일한 유산인 사자림 장원에 가한 모욕의 대가를 치러줄 생각이기는 했지만.

그런데 소룡들과 수련을 하면서 그 인생 항로에 자신도 모르는 변화가 생기고 있었다.

그리고 무한은 그 사실을 어느 날 문득 깨달았다. 그의 인생에서 어느 사이엔가 묵룡대선이 가장 중요한 가치로 자리 잡아가고 있다는 것을 깨달은 것이다.

"좋지 않아."

무한이 나직하게 중얼거렸다.

오래된 석조건물 지붕 위에 올라앉아, 다리를 지붕 아래로 내려 앞뒤로 흔들며 한 손은 턱을 괸 상태였다.

그의 눈엔 작은 광장이 보였고, 그 광장에는 하루의 고된 수련을 끝마친 소룡들이 삼삼오오 짝을 지어 이야기를 나누고 있는 모습이 보였다.

또 일부는 거처로 사용하는 건물 안쪽으로 들어가 불을 밝히고 있었다.

광장 밖으로 나가 숲 인근에서 수련의 미진한 부분을 다시 점검하는 소룡도 보였지만, 대체적으로 수련터의 분위기는 차분했다.

벌써 수련 칠 일째, 강도 높은 수련으로 소룡들은 전쟁터도 아닌데 전쟁을 치른 사람들처럼 변해 있었다.

그 와중에 무한은 혼자 자신이 거처로 사용하는 건물의 지붕 위로 올라와 있었던 것이다.

"뭐가?"

갑자기 무한의 등 뒤에서 하연의 목소리가 들렸다.

무한이 깜짝 놀라 고개를 돌려보니 하연이 연잎에 싼 밥과 대나무로 만든 물통을 들고 서 있었다.

"누님! 여긴 어떻게?"

"여기서 뭐 해? 저녁 안 먹어?"

하연이 물었다.

"아, 벌써 시간이 그렇게 되었나요?"

무한이 깜짝 놀라 자리에서 일어나려는데 하연이 손을 저었다.

"됐어. 지금 가봐야 먹을 것도 없으니까. 그래서 내가 이렇게 손수 끼니를 챙겨 왔지. 아주 감격스러운 일이지?"

"고마워요. 이렇게까지 하지 않으셔도 되는데……."

"사양 말고 먹어. 나야 널 부려먹을 이유가 하나 더 생기는 거 니까 부담 갖지 말고."

"알았어요. 그러고 보니 배가 고픈 것도 같네요."

무한이 하연에게서 연잎에 싼 밥과 물통을 받아 들고, 연잎을 벗겨 밥을 입으로 가져갔다.

"그런데 무슨 생각을 하느냐고 밥때를 모르냐? 수련 강도가 높아서 다들 거지처럼 먹으려고 달려들고 있는데? 그리고 뭐가 좋지 않다는 거야?"

하연이 무한이 홀로 중얼거리는 소리를 들었는지 물었다.

무한이 대답을 하려 했지만 입에 가득 밥을 욱여넣은 터라 우물거릴 뿐 제대로 말이 나오지 않았다.

"됐다. 됐어. 일단 먹고 이야기하자. 야! 물 마셔! 밥 먹다 숨 막혀 죽겠다!"

하연이 물통을 들어 무한의 입에 들이밀며 소리쳤다.

무한은 눈 깜짝할 사이에 하연이 가져온 밥을 해치웠다.

그렇게 게 눈 감추듯 끼니를 해결한 무한이 물을 한 모금 마시는 것으로 식사를 끝냈다.

"이제 배가 좀 차냐?"

무한이 밥을 먹는 모습을 물끄러미 보고 있던 하연이 물었다.

"예, 살 것 같아요."

"그러니까, 대체 무슨 생각을 하느라 배고픈 것도 몰랐어? 또 뭐가 좋지 않다는 거고? 무슨 걱정 있어?"

하연이 처음에 물었던 질문을 다시 했다.

"아뇨. 걱정은 없어요. 오히려 너무 걱정이 없는 게 걱정이죠."

"무슨 소리야?"

"이 생활이 좋아요. 묵룡대선의 일원으로 살아가는 생활이요. 영원히 이 사람들과 살았으면 좋겠다 그런 생각이 들 정도예요."

"그게 뭐가 문제야? 그렇게 살면 되지. 그러려고 묵룡대선의 선원이 된 거고, 선장님의 제자가 된 것 아냐?"

하연이 이상한 고민을 한다는 듯 되물었다.

"그게… 그렇게만 되면 좋겠지요. 하지만……."

무한이 말꼬리를 흐렸다.

"아이고, 또 그 기억에도 없는 네 과거가 발목을 잡을까 봐 걱정인 거야?"

하연이 무한의 고민을 알아챘다는 듯 물었다.

"이렇게 정이 들고, 편안함을 느끼는데 떠나야 할 일이 생길까 봐요. 사실… 그래서 언제든 떠나기 쉬운 인연이길 바랐는데……."

무한이 말꼬리를 흐렸다.

"이 바보야. 그게 되냐? 함께 밥 먹고, 함께 수련하고, 함께 적과 싸우다 보면, 떠나기 쉬운 인연이 될 수 없지. 욕심이 과하다! 그냥 운명을 인정해. 넌 결국 묵룡대선의 사람이 될 운명이었던 거야. 알았지? 괜한 고민 하지 말고."

"꼭 과거 때문이 아니라요. 전 한곳에 얽매여 살기 싫어요."

"그거야 누구나 그런 면이 있지. 하지만 뭐… 사람이니까. 그렇게 적응하면서 사는 거지. 결국 선택의 문제 아닐까? 어느 쪽이 더 강하게 끌리느냐의. 자유로운 삶? 혹은 사랑하는 사람들과 함께하는 삶? 어느 쪽이든 정답은 없어. 선택만 남을 뿐이지.
그런 면에서 묵룡대선의 일원으로 살아가는 건 나쁘지 않잖아?
그 두 가지 삶의 면을 다 가지고 있으니까."

하연이 진지하게 말했다.

"맞아요. 그래서 더 고민이 되는 거죠. 자유로움과 이 친밀한
유대감을 모두 누릴 수 있는 삶이어서. 다만……."

"그래도 여전히 혼자인 것이 좋다?"

"꼭 그런 것은 아니지만 어쩔 수 없이 떠나야 하는 운명이란
놈이 불쑥 찾아왔을 때, 감당할 수 있을지 조금씩 불안해져요."

"후우, 하늘이 무너질 걸 걱정해라. 오지도 않은 일을 걱정하
는 것처럼 어리석은 건 없어. 그럼 불안해서 어떻게 사니?"

"그렇죠?"

"그럼!"

하연이 강하게 고개를 끄떡였다.

그러나 그녀도 알고 있었다. 운명이란 놈은 정말 징그럽게도
장난이 심하다는 걸. 그래서 무한의 이 우울한 예상이 현실이
될 가능성이 적어도 반은 된다는 걸.

잠깐의 침묵이 시작되자 그녀도 금세 우울한 느낌이 들었다.
그런 기분을 느끼자 그녀가 우울감을 떨쳐 버리려는 듯 급히 화
제를 돌렸다.

"우리 제법 신나는 일을 할 것 같아."

"신나는 일이요?"

"응, 아무래도 파나류로 갈 것 같아."

"파나류라면… 혹시 육주에서 계획하는 그 대원정에 참여하는 건가요?"

"정확하게는 모르겠는데 그런 건 아닌 것 같아. 아무튼 좋지 뭐. 이곳에 처박혀서 수련하는 것보다는."

"위험한 일일까요?"

"그럼 더 재밌지 뭐. 히히."

하연은 정말 즐거운 듯 보였다. 그런 하연을 보며 무한이 고개를 저으며 말했다.

"하연 누님 옆이 있다가는 제명에 못 죽겠어요. 위험한 일을 그렇게 즐거워하니."

"넌 걱정 마. 언제든 내가 지켜줄 테니까. 나만 믿으라고!"

하연이 자신의 검을 툭툭 치며 말했다.

하연이 예상한 일은 현실로 다가왔다.

소룡들의 해왕의 숲 수련이 구 일째 되던 날, 문득 독안룡 탑살이 수련터를 방문했다.

소룡들의 긴장감은 머리끝까지 올랐다. 독안룡 탑살 앞에서 자신의 무공을 선보인다는 것은 특별한 일이기 때문이다.

독안룡 탑살은 아침 일찍 수련터를 찾아 소룡들의 수련을 반나절 이상 지켜봤다.

신공의 수련과 병장기의 초식 수련, 그리고 비무로 이어지는 일련의 수련 과정을 독안룡 탑살은 묵묵히 지켜봤다.

그럴수록 소룡들의 긴장감도 높아졌다. 마치 오늘 실수를 하면 큰일이라도 날 것처럼 느껴져 일검 일검에 온 신경을 집중하는 소룡들이었다.

그렇게 반나절의 수련인 끝났을 때, 드디어 독안룡 탑살이 입을 열었다.

"모두 부르게."

탑살의 말에 독사검왕 서군문이 소룡들을 향해 소리쳤다.

"수련은 끝. 모두 모여라!"

서군문의 명에 소룡들이 일제히 탑살과 서군문이 있는 곳으로 달려왔다.

반나절의 치열한 수련으로 인해 소룡들은 땀으로 범벅이 되어 있었다.

탑살은 소룡들의 땀이 식고 거친 호흡이 가라앉기를 기다렸다. 그리고 소룡들이 어느 정도 안정을 찾자 드디어 입을 열었다.

"힘이 드느냐?"

탑살이 물었다.

소룡들은 예상치 못한 탑살의 질문에 선뜻 답을 하지 못했다.

하지만 그렇다고 침묵만 지키고 있을 수는 없는 일이어서 결국 대제자 전위가 입을 열었다.

"힘든 수련이지만 보람이 있습니다."

우문현답이다.

탑살이 전위의 대답이 마음에 드는지 천천히 고개를 끄떡였다.

"좋아. 수련자의 마음은 항상 그래야지. 고난이 고난으로 끝나는 것이 아니라 스스로를 발전시키는 계기가 되어야 한다."

"예, 선장님!"

소룡들이 일제히 대답했다.

그러자 탑살이 다시 잠깐 침묵했다. 그러고는 가볍게 한숨을
내쉬며 입을 열었다.

"결국 해야 할 일이니 해야겠지. 후우… 잘 듣거라. 난 오늘 너
희들에게 위험한 일들을 맡기려 한다. 아마도 소룡으로서 수련
을 시작한 이후, 처음으로 맡게 되는 공식적인 임무일 것이다.
물론, 그간 크고 작은 일들을 하지 않은 것은 아니지만 그건 우
연히 일어나 하게 된 일들이었을 것이다. 하지만 오늘 내가 맡기
려는 일은 공식적으로 너희 소룡들이 처음 맡게 되는 임무가 될
것이다. 그리고 이 일이 끝나면 너희들은 소룡이 아니라 용전사
로 불리게 되겠지."

"……!"

탑살의 말에 소룡들이 흥분한 표정을 지으면서도 누구도 입
을 열어 어떤 일이냐고 묻지 않았다.

그런 소룡들을 보며 탑살이 다시 입을 열었다.

"사실 이 일을 너희들에게 맡겨야 하나 지금도 고민이 된다.
하지만 세상의 이목에서 그나마 자유롭고, 나의 무공을 정식으
로 전수받은 너희들이 적임자임을 인정할 수밖에 없다. 그러니
모두 마지막 수련 여행이라 생각하고 최선을 다하기 바란다."

"예, 선장님!"

이번에는 소룡들이 일제히 대답했다.

그러자 탑살이 조금 떨어진 곳에 서 있던 사풍왕 보로에게 말

했다.

"삼공자와 석 대장을 데려오게."

"예, 선장님!"

보로가 무겁게 대답을 하고는 수련터를 벗어났다.

석와룡과 두굴이 수련터에 도착한 것은 이각이 지나지 않아
서였다. 그 말은 그들이 이미 해왕의 숲에 들어와 있었다는 것
을 의미한다.

그들은 수련터와 조금 떨어진 곳에 머물면서 탑살의 부름을
기다리고 있었다.

비록 묵룡대선의 일원으로 합류했다 해도 두 사람이 해왕의
숲 소룡들 수련터에 나타난 사실은 소룡들에게는 의외였다.

그들을 배척하는 것은 아니지만, 이 장소는 해왕의 무맥을 이
은 자들에게만 방문이 허락되는 곳이기 때문이다.

"어서들 오게."

소룡들의 의아함과 달리 탑살은 두 사람을 거리낌 없이 맞았
다.

"불러주셔서 감사합니다."

두 사람이 그런 탑살에게 정중하게 인사를 했다. 이 숲과 수
련터가 묵룡대선의 사람들에게 무척 중요한 장소임을 알고 있기
때문이다.

"어차피 한식구가 되었는데 못 올 곳도 아니지. 또, 그 일을 논
의하는 데 이곳만큼 좋은 곳도 없고. 알다시피 밖으로 흘러 나
가면 시끄러워질 수도 있는 일이니."

"그렇긴 합니다."

석와룡이 대답했다.

그러자 두굴이 궁금한 표정으로 물었다.

"도대체 무슨 일이 있는 겁니까? 내내 궁금했습니다만⋯⋯."

"석 대장이 말해주지 않았나?"

독사검왕 서군문이 되물었다.

"석 대장님 입이 워낙 무거우셔서요. 계속 여쭤봤는데 절대 말씀을 해주지 않더라고요."

두굴이 서운한 표정으로 말했다.

"이해하시오. 이 일은 선장님의 허락이 있어야만 말해줄 수 있는 일이라⋯⋯."

"그렇게 중요한 일입니까?"

"글쎄, 이게 중요한 건지 어떤 건지는 나도 잘 모르겠소. 하지만 적어도 중요한 일이 될 가능성은 있소."

석와룡이 대답했다.

"참 묘한 대답이시군요. 지금은 중요한지 어떤지 모르지만 나중에는 중요해질 수도 있는 일이라. 그런 일이 뭐가 있을까?"

두굴의 무슨 일인지 추리해 내려는 듯 심각한 표정으로 중얼거렸다.

그러자 사풍왕 보로가 싱거운 표정으로 말했다.

"아니, 뭘 그걸 고민하나? 이제 말해줄 텐데. 고민해서 뭐 해. 잘 듣기나 하면 되지."

"그, 그렇긴 하네요. 그럼 이제 들을 수 있는 겁니까?"

두굴이 물었다.

"제가 할까요?"

보로가 탑살에게 물었다.

탑살이 고개를 끄떡였다.

그러자 보로가 신이 난 표정으로 소룡들 앞으로 걸어 나와 헛기침을 하며 이야기를 시작했다.

"헛허! 잘들 들어라. 내가 아주 재미있는 옛날이야기를 해줄 테니까."

보로의 모습이 시전에서 옛이야기를 들려주며 약을 파는 이야기꾼 같다. 겉으로 보아서는 그가 묵룡대선의 묵룡사왕 중 한 명이라고는 믿을 수 없는 모습이었다.

"에… 이 이야기는 이 땅에 무종이라는 것이 처음 나타났던 시대로 거슬러 올라간다."

시작부터 거창했다. 무종이 시작되었을 때의 이야기라니 그건 전설이나 혹은 설화의 영역이라는 의미다.

"빛의 술사라는 사람이 있었다고 전해진다. 아니, 그는 분명 존재했다. 그는 천하의 무종이 이 땅에 모습을 나타냈을 때 각 종파의 중재자였다고 한다. 그의 중재가 없었다면 각 무종 종파 들은 서로 싸우다가 다 죽었을 거란 이야기가 전해진다."

보로가 잠깐 말을 멈췄다.

소룡들은 침묵으로 보로의 다음 말을 기다렸다.

그러자 보로가 물을 한 모금 마시고 다시 입을 열었다.

"그는 천섬을 육주라는 권역으로 나누고 무종 종파와 세속 왕국들의 관계까지 정립했다고 한다. 그런데 그 대단한 존재가 어느 순간 인간과 무종의 역사에서 사라졌단다. 그 이유와 시기는 정확히 모르지만 짐작해 보건대 십이신무종이 천하무종의 종주로 인정받기 시작할 때 즈음부터 육주의 역사에서 사라진 것으로 추측된다."

"십이신무종이 일부러 그의 존재를 역사에서 지웠다는 건가요?"

하연이 물었다.

"글쎄, 그야 모르지. 하지만 어쨌든 그는 역사에서 사라졌고, 그의 존재를 아는 사람은 점점 줄어들었지. 그래서 지금에 이르러서는 그의 존재를 아는 사람들조차 그가 실존한 인물인지 혹은 가상의 존재인지 확신을 하지 못하고 있다."

"그럼 가상의 인물일 수도 있다는 뜻이군요?"

이번에는 소룡삼대의 무항이 물었다. 단단한 체구에 불같은 열정을 지닌 젊은이다.

"아니. 그는 분명 실존했던 인물이다. 다만 그가 전설에서 전해지는 이야기와 같은 일을 정말로 했냐는 부분에선 논쟁의 여지가 있지만. 아무튼 무림의 역사에 해박한 사람이라면 실존한 인물이라는 것을 의심하지 않지."

"그런데 그가 왜 지금 문제가 되는 겁니까?"

이번에는 전위가 물었다.

"음… 네가 구원하러 갔던 북창에서 말이다. 북창을 공격한 신마성의 신마후 갈단이 북창 촌장이신 염호 어른께 빛의 술사에 대해 이야기했다고 한다."

"그런 일이 있었습니까?"

전위가 석와룡을 돌아봤다.

북창까지 가서 그들을 구해왔지만, 그런 이야기를 듣지 못했던 전위였다.

전위의 질문을 받은 석와룡이 고개를 끄떡였다.

"그랬다고 하더군요. 그 당시 전 바다에 빠진 후였기에 그의 말을 듣지 못했지요. 아니, 바다에 떨어지지 않았어도 알지 못했을 겁니다. 그는 무공 고수만 할 수 있다는 전음(傳音)의 무공 수법으로 오직 촌장님께만 빛의 술사에 대해 물었다고 하더군요."

"그럼 촌장님께서 빛의 술사와 연관이 있다는 것인가요?"

하연이 두 사람의 대화에 끼어들었다.

그러자 갑자기 사풍왕 보로가 소리쳤다.

"야, 이 자식들아! 내가 지금 말하고 있잖아! 어련히 알아서 다 말해주지 않을까, 끼어들고 난리야! 그냥 듣고 있어. 질문은 나중에 하고!"

이야기의 주도권을 빼앗긴 것에 화가 난 듯한 보로의 호통이다.

그러자 전위도 하연도 금세 입을 닫았다. 그리고 하연의 질문에 대답을 하려던 석와룡도 머쓱한 표정으로 말을 삼켰다.

그렇게 다른 사람들의 입을 막아버린 사풍왕 보로가 느긋하게 다시 입을 열었다.

"에… 그러니까 북창의 촌장께서는 빛의 술사와 직접적인 연관이 있는 것은 아니지만, 적어도 그의 존재에 대한 증거일 수는 있는 분이시다."

"그게 무슨 말씀이십니까?"

사비옥이 보로의 모호한 말에 다시 물었다.

"이놈이? 또 끼어들래?"

보로가 사비옥을 향해 눈을 부라렸다.

그러자 사비옥이 머쓱한 표정으로 지으며 입을 다물었다.

"옛 북창 포구에 오래된 신전이 하나 있었다. 북창에서는 북창을 최초로 건설한 인물을 기리는 신전 정도로 알려진 곳이지. 그 신전에는 의미를 알 수 없는 글과 음각된 벽화들이 가득했다고 하더군. 정말 그랬었나?"

보로가 석와룡에게 물었다.

"맞습니다. 대대로 촌장님의 허락 없이는 함부로 들어갈 수 없는 곳이기도 했지요."

그러자 석와룡이 대답했다.

그러자 보로가 다시 말을 이었다.

"염 촌장님의 말에 따르면 그 신전을 만든 사람이 역사상 마지막으로 목격된 빛의 술사였다고 한다. 물론 이 이야기는 오직 북창의 촌장과 그 후계자에게만 전해지는 이야기다. 그래서 북창의 사람들도 알지 못하는 사실이라고 하더구나. 만약 이 이야기가 세상에 알려지면 빛의 술사의 존재는 전설이 아닌 실제의 역사가 되고, 유산을 노리는 자들이 북창을 그대로 두지 않았을 테니까 당연히 비밀로 해야 했겠지."

보로가 그쯤에서 다시 말을 쉬었다.

혼자 이야기를 주도하고 싶지만 한숨을 돌릴 시간이 필요했던 것이다. 그런데 그 틈을 하연이 기다리지 못하고 재빨리 입을 열었다.

"북창이 생긴 지 얼마나 되었죠?"

질문의 대상의 보로가 아니라 석와룡이다.

"삼백 년 정도 되었소."

"그럼… 빛의 술사가 적어도 삼백 년 전까지는 그 대를 이어왔다는 뜻이군요? 그러고 보니 십이신무종이 무종의 원시무종으로 인정된 것이 그즈음이었나요?"

이번에는 보로에게 묻는 질문이다.

보로는 이번에는 하연이 끼어든 것을 탓하지 않았다.

"그 전이었을 걸. 사백 년 가까이 되는 것으로 알고 있다."

"그렇게 오래되었나요?"

"물론 그때는 지금처럼 절대적이진 않았지. 아무튼 다시 본론으로 돌아와서. 북창의 신전은 지난 흑라의 시대에 마졸 놈들의 공격으로 깊은 바닷속으로 침몰했다. 옛 북창 앞바다는 포구를 벗어나는 지점에서 갑자기 천 길의 깊은 해랑이 시작되는 위험한 바다다. 그래서 그 신전에 있던 글과 그림을 회수하는 것은 불가능했다고 한다. 그러니까 그 신전의 기록들, 다시 말해 마지막 빛의 술사가 남긴 기록들은 영원히 사라진 것이라고 할 수 있다. 하지만… 그걸 기억하는 한 사람이 세상에는 남아 있지."

"북창의 촌장님이시군요?"

무한이 기다렸다는 듯이 물었다. 보로에게 이 정도 맞장구는 즐거운 일이다.

"그래. 바로 그렇다. 그래서 신마성의 성주가 촌장 어른을 데려가려 했던 것이다."

"그럼 저희들이 할 일이 무엇입니까?"

전위가 침착한 목소리로 물었다.

"전설을 쫓는 것!"

"빛의 술사의 흔적을 찾으라는 말씀이시군요?"

전위가 다시 물었다.

"그렇다."

"…그럼 결국 북창의 옛 신전에 있던 글과 그림이 빛의 술사를 찾을 수 있는 단서란 뜻입니까?"

이번에는 무한이 물었다.

그러자 보로가 미소를 띠며 대답했다.

"그놈 참 똑똑하단 말이야."

"그걸… 신뢰할 수 있는 겁니까?"

이번에는 의심 많은 사비옥이 물었다.

"글쎄… 의심을 하자면 끝이 없지. 빛의 술사가 분명히 역사에 존재한 인물이라 해도 그의 능력이나 그가 한 전설적인 일들은 과장된 전설일 수도 있으니까. 그래서 설혹 그 유산을 찾는다 해도 별것 아닐 수도 있다. 또 그 시대에는 대단한 것이었을지라도 지난 몇백 년 동안 각 무종의 종파들은 비약적으로 무공을 발전시켰으니 지금은 그리 대단치 않을 수도 있다. 하지만 그럼에도 한 번은 찾아보지 않을 수는 없는 것들이지."

보로가 이때만큼은 심각하게 말했다.

"역시 신마성주라는 자가 그 유적을 찾기 때문이겠지요?"

무한이 물었다.

"맞아. 그래서야. 신마성주란 자의 행보는 과거 흑라를 닮아 있다. 이미 파나류의 패자를 자처하고 있고, 그 때문에 육주의 이왕사후가 대원정대를 조직하고 있다. 그런 인물이 빛의 술사 흔적을 쫓고 있다. 분명 이유가 있을 것이다. 예를 들면… 정말 전설대로 빛의 술사가 모든 무종 종파를 위협할 수 있는 능력을 가진 존재였다거나……."

"그랬다면 그렇게 의미 없이 사라졌을까요?"

소룡이대 악릉이 물었다. 무공에 관해서는 누구에게도 양보할 마음이 없는 강골이다.

"한 가지 경우에는 가능하지."

"……?"

"이 세상에 염증을 느꼈을 경우. 사실 전설에서는 빛의 술사를 정의의 수호자로 묘사하거든. 후대의 빛의 술사가 그 일을 하기 싫어졌다면 스스로 사라질 수도 있지."

보로의 말에 악릉이 뭔가 말을 하려다 입을 닫았다. 보로의 말처럼 의심하자면 끝이 없기 때문이다.

"그럼 어떻게 그의 흔적을 찾아야 합니까?"

이번에도 정말 필요한 질문은 전위가 했다.

그러자 보로가 대답했다.

"그 문제는 당연히 선장님께 들어야겠지?"

보로가 빛이 술사에 대한 이런저런 이야기를 끝내고 물러나자 탑살이 담담한 어투로 입을 열었다.

"이 일을 너희들에게 맡기는 이유를 먼저 말하겠다. 첫 번째는 불확실한 일에 용전사들을 대거 투입하기에는 세상의 정세가 너무 혼란스럽기 때문이다. 두 번째는 이 일이 세상에 알려지지 않기를 바라기 때문이다. 너희들은 공식적으로 소룡으로서 마지막 수련 여행을 떠나는 것으로 사람들에게 알려질 것이다. 가뜩이나 어지러운 세상, 빛의 술사의 유산에 대한 소문까지 더할 필요는 없으니까."

탑살의 말에 소룡들이 제각기 고개를 끄떡였다.

그러자 탑살이 다시 말을 이었다.

"북창의 촌장께서 기억하는 신전의 기록에 의하면 빛의 술사는 천하의 세 장소와 인연이 있는 것으로 추측된다. 그 세 곳을 찾아가는 것으로 너희들의 여행이 시작될 것이다. 그곳에서 아무것도 발견하지 못하면 그냥 귀환하면 되고, 뭔가를 발견한다면… 전설을 찾는 여행이 계속되겠지. 그리고 여행은 소룡으로서 너희들에게 해내야 하는 마지막 관문이기도 하단 뜻이다. 그러니… 모두 최선을 다해야 할 것이다."

제10장

새로운 여정의 시작

　소룡들은 세 무리로 나뉘어졌다. 일대와 사대가 하나로, 이대와 삼대가 또 하나의 무리를 이뤘다. 그리고 오대는 석와룡과 두굴, 그리고 어렸을 때부터 두굴을 호위한 초로의 무사 바루호가 섞여 하나의 무리를 이뤘다.

　당연히 세 무리로 나뉜 소룡들의 목적지도 달랐다. 마지막 빛의 술사에 대한 기록이 남겨진 북창 신전에서 언급된 세 장소를 세 무리의 소룡들이 나누어 살펴보기로 한 것이다.

　세 장소는 각기 사자(死者)의 섬과 무산열도 북방 지역의 이름 모를 섬, 그리고 파나류 서쪽 끝에 있었다. 소룡오대는 그중 파나류 서쪽을 여행하는 것으로 결정됐다. 언뜻 보면 검은 대륙 파나류가 가장 위험한 땅으로 보이지만 사실은 그렇지 않았다.

　새롭게 파나류의 주인을 자처하는 신마성이 주로 장악한 지역은 대륙의 중동부 지역이었다. 무한 일행이 여행할 곳은 그곳과는 동떨어진 서북 지역이었으므로 실질적인 위험이 다른 두 곳보다는 낮다고 할 수 있었다. 그래서 전력이 가장 약하다고 평가되는 소룡오대가 파나류를 여행하게 된 것이다.

소룡일대와 사대는 전운이 감도는 파나류와 육주 사이, 죽은 자들의 섬으로 가게 되었다.

소룡이대와 삼대의 소룡들이 여행할 곳도 만만찮은 위험이 도사리고 있었다. 무산열도 북쪽지역, 거대한 북해와 맞닿아 있는 지역은 알려지지 않은 흉포한 이족들의 거주지였다.

특히 그들 중에는 무종, 그중에서도 특히 마도의 무종을 이어받은 사람들도 존재한다고 알려져 있었다. 그래서 무산열도 북쪽은 남쪽과 달리 세상에 미지의 영역으로 남아 있었다.

이런 사정을 아는 사람은 소룡오대의 파나류 여행을 당연한 것으로 받아들였다.

그러나 자세한 사정을 모르는 사람에게는 파나류 서쪽이 가장 위험한 여행지로 보일 수 있었다. 그중 한 사람이 아적삼이었다.

"이해할 수가 없군. 도대체 왜 그렇게 결정된 거지?"

아적삼이 아무리 생각해도 이해가 되지 않는다는 듯 고개를 저으며 중얼거렸다.

여행을 떠나기에 앞서 해왕의 숲 수련터에서 돌아와 아적삼과 하룻밤을 함께 보내고 있는 무한의 이야기를 들은 후 보인 반응이었다.

소룡오대의 마지막 수련 여행지로서 파나류는 너무 위험하기 때문이었다. 아무리 고난이 용맹한 전사를 길러낸다 해도.

"너무 걱정 마세요. 파나류 서북쪽은 그렇게 위험하지 않다고 하더라고요. 신마성이 무리들이 활동하는 지역과도 멀고요."

무한이 아적삼을 안심시켰다.

"모르는 소리 마라. 그 말은 그곳을 그만큼 모른다는 의미와 같아. 더군다나 청류산을 지나 열화산 근처까지 가면 정말 어떤 위험이 있을지도 모른다고. 아니! 설마 열화산을 넘어가는 것은 아니겠지?"

아적삼이 근심 어린 표정으로 말했다.

"그 산을 넘어가면 왜요?"

"그 산 너머에는 한열지라는 사막이 있다는데……."

"한열지요?"

"그래, 밤과 낮의 기온차가 겨울과 한여름 같다는 곳이다. 사람은 물론 어떤 생명도 생존할 수 없는 곳이라고 한다. 물론 가본 사람은 없지만."

"석 대장님은 가보지 않았을까요?"

"아니야. 그래도 그곳까지 가지는 못했을 거야. 아무튼 그나마 석 대장이 동행한다니 그건 다행이다. 파나류에 대해 그만큼 잘 아는 사람은 없을 테니까."

"그러니까요. 걱정 마세요."

"아! 이런 젠장!"

아적삼이 갑자기 욕설을 해댔다.

"또 왜요?"

"걱정 말라는 말을 들으니까 계속 걱정거리가 생기네."

"아이고… 또 뭐요?"

무한이 졌다는 듯 두 손을 들며 물었다.

"설마 거기에 흑라의 잔당들이 숨어 있는 것은 아니겠지? 흑라가 죽은 이후 대추살전에서도 살아남은 자들이 꽤 많아. 그런데 그들은 거의 모습을 드러내지 않았거든? 그럼 그자들이 어디 있겠냐? 사람들이 발길이 닿지 않는 곳에 숨어 있겠지. 열화산이나 한열지는 그런 땅이지."

"사람이 살 수 없다면서요?"

무한이 퉁명스레 물었다.

"그자들이 어디 사람이냐? 마귀 새끼들이지."

"마귀는 무슨 마귀예요. 결국 사람이지. 아무튼 걱정 마세요. 무사히 돌아올 테니까."

"알았다. 안 갈 수도 없고. 아무튼 몸조심해야 한다."

"걱정 마세요. 그만 주무세요."

무한이 아적삼에게 잠자리를 권했다.

"그러자꾸나. 내일 떠나는 사람 밤새우게 할 수는 없지. 자자!"

아적삼이 슬쩍 무한의 잠자리를 만져주고는 자신의 침상으로 건너갔다.

그러다가 불쑥 다시 말했다.

"하여간 조심해."

"예, 딱 거기까지요! 졸려요!"

무한이 아적삼에게 손을 들어 보이고는 담요를 끌어 올려 얼굴을 가렸다. 아적삼은 그런 무한을 한동안 지켜봤다.

그러다가 무한의 고른 숨소리가 그가 잠들었음을 알려줄 때에야 시선을 돌렸다.

그러나 그도 알고 있었다. 무한이 여전히 잠들어 있지 않다는 것을.

조용한 출발이었다.

그 어떤 환송도 없었다. 그저 세 척의 배가 출발한 것이 전부였다. 배도 그리 크지 않았다. 소선은 아니지만 그렇다고 중선(中船)이라고 보기에는 폭이 좁았다. 길이는 제법 길어서 속도를 내는 데 안성맞춤의 배였다.

아적삼은 일출 전에 떠나는 세 척의 배를 이문술과 함께 배웅했다. 독안룡 탑살과 묵룡사왕, 그리고 총관 함로 등 묵룡대선의 주요 수뇌들도 어둠 속에서 조용히 떠나는 소룡들을 배웅했다.

"모두 무사해야 할 텐데."

이문술이 마치 전쟁터로 나가는 사람을 배웅하듯 중얼거렸다.

"이놈이? 왜 그런 불길한 소리를 해? 재수 없게. 뭐 전쟁터에라도 나가냐? 그냥 수련 여행이잖아. 수련 여행. 이미 몇 번씩 경험들도 있고!"

사실을 자신도 불안함을 느끼는 아적삼이 이문술에게 욕지거리를 해댔다.

"단순한 수련 여행이 아니니까."

"뭐? 그게 무슨 소리야? 단순한 수련 여행이 아니라니?"

아적삼이 이문술의 소매를 잡으며 물었다.

"어? 모르고 있었어?"

"뭐야? 내가 뭘 모르고 있어? 자세히 말해봐."

"이런, 칸 녀석이 네가 걱정할까 봐 말하지 않은 모양이구나."

이문술이 중얼거렸다.

"대체 뭔데?"

"자세한 건 나도 몰라. 그런데 소룡들의 이번 수련 여행은 단순한 여행이 아니라 뭔가를 찾는 임무를 가지고 있다던데?"

"뭘 찾아?"

"그야 나도 모르지."

"도대체 네놈이 제대로 아는 게 뭐냐? 위험한 물건이래?"

아적삼이 타박을 하면서도 다시 물었다.

"선장님까지 나와계시는 걸 보면 제법 중요한 일이기는 하겠지?"

이문술이 멀리 떨어져 있는 선장 독안룡 탑살을 보며 말했다.

그러자 아적삼이 한참 침묵하다가 고개를 끄떡였다.

"하긴… 단순한 여행에 선장님까지 나올 일은 없겠지. 그래도 뭐… 큰일이야 있겠어?"

"그럼! 우리가 소룡, 소룡 이렇게 부르니 어린 사람들 같지만, 능력으로 보자면 용전사들을 능가한다고 하더라고."

"그렇겠지. 누가 뭐래도 대독안룡 탑살 님의 제자들이니까!"

그제야 안심이 된다는 듯 아적삼이 대답했다. 물론 그럼에도 불구하고 그의 동공에 남아 있는 불안감은 완전히 사라지지 않았다.

＊　　　＊　　　＊

철썩철썩!

다시 거친 해류를 마주했다. 봄섬 주변에 흐르는 격류와 바닷속 암초를 생각하면 이 해역을 벗어나는 것이 거의 불가능하다고 생각되어질 정도다.

그러나 세 척의 배는 마치 아무런 방해도 받지 않는 것처럼 격류를 헤치고 봄섬에서 멀어졌다. 그리고 무한은 그제야 이 배들의 생김새에 대해 이해할 수 있었다.

소룡들을 태운 배들이 다른 상선들에 비해 날렵한 것은 봄섬 주변의 거친 바다를 손쉽게 출입하기 위해서일 터였다.

소룡들을 태운 세 척의 배는 하루 반나절을 쉬지 않고 바다 위를 달렸다. 날렵하게 생긴 배의 구조 때문에 속도는 빨라도 균형은 잡기 어려웠지만, 묵룡대선의 소룡들이 필수적으로 익혀야 하는 항해술은 세 척의 배를 빠르게 거친 해류 밖 대양으로 데려다주었다.

콰아아!

대양으로 나서자 거친 해류는 사라지고 거대한 파도들이 배를 반겼다. 중선이라지만 대해에 나서면 작은 낙엽처럼 보이는 배들이다.

그곳에서 세 무리의 소룡들이 길을 달리했다.

"대사형! 그럼 무사히 다녀오십시오."

이대의 우두머리인 악룡이 건너편 배의 전위를 보며 작별 인사를 건넸다.

"사제도 잘 다녀오게. 조심들 하고. 무산열도 북부는 추운 곳이야. 건강에 각별히 신경 써."

"예, 대사형. 잘 알겠습니다. 너희들도 조심히 다녀오거라. 파나류가 위험한 곳임을 잊지 말고!"

악룡이 이번에는 다른 배에 타고 있는 소룡오대의 사제들을 보며 말했다.

"알겠습니다. 조심하겠습니다."

소독이 오대의 소룡들을 대신해 대답했다.

"그럼, 우리가 먼저 떠나겠습니다. 가자!"

악룡이 이대와 삼대의 소룡들을 보며 말하자 소룡들이 일제히 움직여 배를 북쪽으로 몰기 시작했다.

콰아아!

이대와 삼대의 소룡들이 탄 배가 높은 파도를 넘으며 순식간에 북쪽으로 멀어졌다. 그들이 가는 해로는 무산열도를 관통하기 때문에 그 앞쪽으로 먼 곳의 수많은 섬 군락들이 아스라이 보였다.

"자! 그럼 우리도 작별해야지?"

악룡이 이끄는 이대와 삼대가 떠나자 전위가 소룡오대가 탄 배를 보며 말했다.

"대형께서 가시는 길이 제일 멀겠군요. 무사히 다녀오시기 바랍니다."

소독이 인사를 했다.

"멀기는 하지만 뱃길로 보면 가장 쉬운 길이지. 잘 알려진 항로를 따라가니까. 정작 사제들이 가는 파나류 북서쪽은 바다고 육지고 잘 알려지지 않는 곳이니 특별히 조심해."

"알겠습니다, 대사형!"

"석 대장님! 사제들을 잘 부탁합니다."

전위가 석와룡을 보며 말했다. 결국 소룡오대의 길을 안내할 사람은 석와룡이기 때문이다.

"너무 걱정 마시구려. 이미 오대의 소룡분은 한 사람의 전사로서 그 자격이 충분한 분들이니."

석와룡이 웃으며 대답했다.

"그렇긴 해도 나이가 어리니 항상 걱정이군요. 삼공자께서도 많이 도와주시기 바랍니다."

전위가 이번에는 두굴에게 말했다.

"나야 짐이나 안 되면 다행이지요. 하하하!"

바다로 나온 것이 기분이 좋은지 두굴이 농담을 하며 큰 소리로 웃었다.

그런 두굴에게 가벼운 미소를 지어 보인 전위가 문득 무한을 향해 소리쳤다.

"칸! 잘 다녀와라! 사형들 말 잘 듣고!"

"예, 대사형. 그러겠습니다."

"그리고 돌아오면 비무 한판 하자!"

"에이, 안 할 거예요. 지난번처럼 약속을 안 지키실 거잖아요?"

무한이 고개를 저었다.

"돌아오면 그런 약속은 필요 없겠지. 칸 너는… 특별한 아이야. 그래서 다시 만났을 때는 어떤 제약도 없이 비무를 해도 능히 날 상대할 수 있을 거다. 그러니 그때는 제대로 된 비무를 해보자꾸나."

"설마 그럴 리가 있나요. 겨우 몇 개월인데."

무한이 고개를 저었다.

"후후후, 가끔은 설마가 사람 잡지. 어쨌든 난 그런 예감이 드는구나. 그러니 약속하는 거다?"

"…뭐, 무사히 돌아오시면 그에 대한 선물로 비무 한 번은 해 드리죠."

"하하하, 좋아 좋아. 막내에게 창피당하지 않으려면 나도 부지 런히 수련을 해야겠군. 자! 이제 작별이다. 모두 건강하게 잘 다 녀와라. 가자고!"

전위가 일대와 사대의 소룡들을 돌아보며 말했다.

그러자 배에 타고 있던 소룡들이 동쪽으로 뱃머리를 돌리더 니 바람을 타고 큰 파도를 넘으며 달리기 시작했다.

파나류와 무산열도를 가르는 무산해협은 보통 한 달 뱃길이 다. 해협이라고 하지만 사실은 거대한 대양이나 마찬가지였다.

그럼에도 이 바다를 해협이라 부르는 것은 이 바다가 무산열 도 남단과 파나류의 북단을 동에서 서로 길게 가르며 이어지기 때문이었다. 동서의 거리로 보면 육주의 바다보다 긴 바다다.

물론 그 바다 위에 크고 작은 섬들이 존재하는 것도 이 바다 가 대양이 아닌 해협으로 불리는 한 이유일 것이다.

바다 곳곳에 위치한 크고 작은 섬들이 이 바다의 폭을 실제보 다 좁게 느껴지도록 만들었기 때문이다.

그중 대표적인 섬들은 사령군도의 네 개 섬, 그리고 서쪽에 치 우쳐 있는 이릉섬이라고 할 수 있었다.

특히 이릉섬은 섬이라는 이름을 붙이기에는 어울리지 않을 정도로 큰 면적을 자랑한다.

만약 이릉섬이 거대한 대륙 파나류 곁에 있지 않았다면 섬이 아닌 다른 땅의 이름을 가졌을 수도 있었다.

그 이릉섬으로 무한 일행이 탄 배가 들어갔다.

콰아아!

거대한 물소리에 무한이 잠에서 깼다. 붉은빛이 선실로 들어오는 것으로 보아 태양이 떠오르고 있는 듯 보였다.

"무슨 소리지?"

무한이 고개를 갸웃하며 자리를 털고 일어났다. 분명 파도 소리는 아니었다.

무한이 급하게 갑판으로 나서자 오대의 소룡들도 하나둘 갑판으로 나오고 있었다.

"어라?"

갑판으로 나온 무한이 놀란 표정을 지었다.

어느새 그가 탄 배 앞에 거대한 땅이 나타나 있었다. 분명 어젯밤 잠이 들 때까지만 해도 망망대해, 어느 곳 하나 시선이 닿을 만한 땅이 없었다. 그런데 하룻밤 자고 일어나니 육지가 보이는 것이다.

그리고 거센 물소리의 정체가 드러났다. 수십 척 높이에서 떨어지는 거대한 폭포수. 떨어지는 무게를 이기지 못해 뿌연 안개비를 다시 만들어내어 하부의 모습을 스스로 가리고 있는 폭포가 소리의 주인이었다.

"와!"

무한이 거대한 폭포가 만들어내는 광경에 잠이 번쩍 깬 듯 탄성을 터뜨렸다.

"어때, 놀랍지?"

어느새 다가온 하연이 물었다.

"여기가 파나류인가요?"

무한이 침을 꼴깍 삼키며 물었다.

그들의 목적지가 파나류이므로 육지가 나타났다면 당연히 검은 대륙 파나류라고 생각한 것이다.

"아니, 이릉섬이야."

"아! 맞아. 중간에 이릉섬에 들른다고 했지. 그런데 이릉섬이 이렇게 큰 섬이었나요?"

시선을 남북으로 돌리며 자세히 살펴보니 끝이 보이지 않는 해안가가 이어져 있다.

"봄섬보다 열 배는 클걸?"

"그렇게 커요?"

"응, 하지만 사람이 살 곳이 못 돼."

"왜요? 저렇게 폭포도 있고, 숲도 무성한데요. 주거지를 만들려면 만들 수 있는 것 아닌가요?"

"보기에는 괜찮아 보여도 섬으로 들어가면 살 곳이 못 돼. 저 숲 아래는 흙이 아니라 거대한 바위들이 가득한 땅이야. 오랜 세월 작은 나무와 풀들이 바위 위에 뿌리를 내려 크고 죽기를 반복하면서 일정한 깊이의 퇴적층이 생겼지. 그 퇴적층 위에 형성된 숲이라서 큰 태풍이 불면 마치 산사태가 나듯 퇴적층이 바람을 이기지 못하고 무너져. 그럼 바위가 드러나지. 숭숭 빠져 버린 머리처럼."

"그럼 농사를 지을 수 없다는 뜻이군요?"

"응. 그래도 그나마 이곳은 숲이라도 있지, 서북쪽으로 가면 북방에서 불어오는 차가운 해풍 때문에 숲도 없어. 겨우 허리에도 미치지 못하는 잡목이나 잡초들이 자랄 뿐이지. 그래서 섬의 크기는 커도 거주하는 사람들은 없는 거야."

"죽은 섬이네요."

"사람이 사느냐로 보면 죽은 섬이지. 하지만 뭐, 사람의 존재만 빼면 그런대로 아름답잖아? 이곳에 적응한 동물도 있고."

하연의 말에 무한이 고개를 끄떡였다.

사람에게는 불모의 땅이지만 자연은 또 그런 땅을 아름답게 만드는 재주가 있었다.

"그런데 여긴 왜 온 거죠?"

사람이 살 수 없는 땅에 배를 몰아온 이유를 알 수 없는 무한이다.

"파나류로 들어가기 전에 잠깐 휴식을 취하러 온 거야. 이후의 행로도 다시 한번 점검하고."

"쉴 곳은 있어요?"

"아. 그걸 말 안 했구나. 이 이릉섬은 우리 소룡들이 즐겨 찾는 수련 여행지 중 한 곳이야. 사람이 살지 않아 남의 눈에 띌 염려가 없을 뿐더러, 땅이 척박하니 생존 연습하는 데는 최적지지. 당연히 배를 대고 몸을 쉴 만한 곳도 만들어놓았지."

"그렇군요. 그래서 여기에 온 것이군요."

무한이 고개를 끄떡였다.

배는 폭포를 지나 숲 무성한 이릉섬 안쪽으로 들어갔다.

폭이 좁은 배라서 이릉섬 안쪽에서 흘러나오는 물길을 따라 안으로 들어가기 용이했다. 다행히 바람도 바다에서 섬 쪽으로 불어와 노를 젓지 않아도 섬으로 들어갈 수 있었다.

그리고 정말 그곳에 배를 댈 수 있는 작은 접안대와 허름해 보이는 몇 채의 오두막이 있었다.

무한과 오대의 소룡들이 봄섬을 떠난 지 정확하게 보름 만의 일이었다.

*　　　　*　　　　*

후두둑!

어두운 밤하늘로 이름 모를 새들이 날아갔다. 밤임에도 불구하고 그 모습을 숨길 수 없을 만큼 큰 날개를 지닌 새였다.

숲 먼 곳에서는 정체를 알 수 없는 들짐승의 울음소리도 들렸다.

사람이 살 수 없는 땅이지만, 들짐승과 날짐승들이 또 그 치열한 생존력으로 이릉섬을 자신들의 삶의 터전으로 만든 것 같았다.

어쩌면 사람이 없다는 사실이 그들에게는 어느 곳보다 좋은 환경일 수도 있었다.

하지만 그렇게 짐승들이 주인인 섬의 밤은 사람들에게 두려움을 안겨준다. 그 두려움은 무공을 익힌 무인들도 본능적으로 느끼는 것이었다.

그래서 소룡오대는 자연스럽게 한 채의 오두막에 모두 모여 있었다.

오두막의 숫자가 다섯 채이니 넓게 쓰려면 나누어 쓸 수 있었지만, 그들은 단 한 채의 오두막만 사용했다.

화르륵!

마른나무를 더하자 불길이 하늘 높이 치솟으며 불씨들을 사방으로 날렸다. 한순간에 오두막 앞에 피워놓은 모닥불이 괴물처럼 거대해졌다.

그러자 밤의 한기와 함께 몰려왔던 두려움도 조금 가시는 듯 느껴졌다.

일행은 그 온기 속에서 때늦은 저녁 식사를 마쳤다.

섬에 도착한 것은 아침이었지만, 배를 섬 안으로 몰고 들어와 하선을 한 후 머물 오두막을 청소하고, 오두막 주변 십여 리를 살펴보고 나니 어느새 늦은 저녁이 되어 있었던 것이다.

"후우… 이럴 줄 알았으면 술이라도 좀 가져올걸."

간단하게 말린 육포로 요기를 한 것이 아쉬운지 왕도문이 중얼거렸다.

"거, 배에 있지 않아?"

두굴이 당장에라도 배에 가서 술을 가져올 것처럼 말했다.

"그건 마시려고 가지고 온 술이 아닙니다. 만약의 경우를 대비한 비상식량이자 약이지요. 그마저도 세 동이뿐이고요."

사비옥이 이 와중에 아까운 술을 마셔 버리자는 두굴을 타박하듯 말했다.

"아, 그런가? 이거 내가 미처 그 쓰임새를 생각하지 못했군. 하지만!"

두굴이 갑자기 정색을 했다.

그러자 사비옥이 자신이 말을 과하게 해서 두굴의 기분이 상했나 싶은 생각에 슬쩍 불안한 표정으로 그를 바라봤다.

"하지만 말이야. 언제나 찾아보면 길은 있게 마련이지. 내가 누구야! 그 유명한 석림도의 술망나니 삼공자 아니겠어? 아저씨! 내가 배에 탈 때 특별히 단단히 포장해 실은 것 좀 가져와 봐요."

두굴이 어린 시절부터 자신을 따라다니는 호위무사 바루호에게 말했다.

두굴의 호위무사 바루호에 대해서는 다들 궁금해하고 있었다. 어떻게 보면 시종 같기도 하고, 어떻게 보면 호위무사 같기도 한 사람이었다. 또 어떻게 보면 보호자 같기도 했다.

그런데 그는 두굴이 원하는 모든 일을 해줬지만, 그렇다고 비굴하거나 두굴을 두려워하는 것 같지도 않았다. 늘 당당해서 그를 두굴의 시종으로 보는 것은 무리가 있었다.

더군다나 두굴은 꼬박꼬박 그에게 존댓말을 썼다. 일을 시킬지언정 말과 행동에서 바루호를 무시하는 일이 없었던 것이다.

"설마 그게… 술이었습니까?"

바루호가 오랜만에 입을 열었다.

그는 두굴을 호위하는 일 외에는 관심이 없어서 늘 침묵 속을 지키며 묵묵히 두굴을 도울 뿐이었다.

그런 그가 처음으로 감정이 드러나는 말을 한 것이다. 그리고 그런 그의 얼굴에 나타나는 것은 불만이었다.

"어! 화났어요?"

두굴이 기가 죽은 표정으로 물었다.

"이 와중에… 설마 술을 챙겨 오실 줄은 몰랐습니다. 석림도를 떠나면서 술을 멀리하실 거라 생각했는데……."

실망한 기색이 역력한 바루호다. 자신 모르게 술을 챙겨 온 두굴에게 크게 실망한 것 같았다.

"에이, 화내지 말아요. 어떻게 술을 한 번에 끊나. 그리고 많이 가져온 것도 아니고……."

"혹시 백림주입니까?"

두굴과 바루호 사이의 냉랭한 신경전에도 불구하고 왕도문이 침을 삼키며 물었다.

이전에 이미 한 번 두굴이 내놓은 백림주를 맛본 소룡들이다. 이후 왕도문은 그 맛을 잊지 못하고 있었다.

"지금 그런 말이 나와?"

하연이 왕도문을 보며 혀를 찼다.

"아니 뭐… 그냥 궁금해서."

왕도문이 주눅 든 표정을 지으면서도 두굴을 바라봤다. 그러자 두굴이 고개를 저었다.

"미안하군. 도문 아우님이 원하는 백림주는 아니네. 그건 봄섬에 들어갔을 때 이미 다 떨어졌어. 대신 내가 봄섬에 머무는 동안에 묵룡대선 숙수님들의 도움을 받아 나름대로 재주를 부려 만든 술을 실었지. 아마 지금쯤 아주 잘 익었을 거야. 그러니까… 아저씨, 한잔합시다!"

두굴이 다시 바루호를 바라봤다.

그러자 바루호가 어쩔 수 없다는 듯 자리에서 일어났다.

"이후에 술동이를 보면 제가 전부 깨버리겠습니다."

그 말을 남기고 바루호가 술을 가지러 배로 걸어갔다.

"저분은 어떤 분이세요?"

바루호가 멀어지자 하연이 두굴에게 물었다.

"바루호 아저씨?"

"예."

"음… 내겐 부모와 같은 분이지. 어려서부터 날 돌봐주셨고, 아마 아저씨가 없었다면 난 죽었거나 혹은 정말 술망나니가 되었을 거야."

"보아하니 무공을 하시는 분 같소만."

석와룡이 물었다.

"물론이지요. 무공으로 보자면… 미안하지만 여기 계신 분 중 바루호 아저씨를 상대할 수 있는 분이 없을 것 같은데……."

"……?"

두굴의 말에 일순간 소룡들의 말문이 막혔다. 너무 뜻밖의 말이기 때문이었다.

물론 두굴을 호위하고 있으니 바루호가 뛰어난 무공을 지니고 있을 거란 건 누구나 예상할 수 있었다. 그러나 독안룡 탑살의 제자들, 그것도 이제 곧 소룡에서 벗어나 정식으로 묵룡대선의 전사가 될 젊은 고수들이 상대할 수 없는 고수일 거라고는 아무도 생각지 못했던 일이다.

"그 말 농담 아니죠?"

하연이 정색을 한 표정으로 물었다. 항상 장난기 많은 두굴이라 다시 한번 확인한 것이다.

"농담이라니. 정말이야. 생각해 봐. 수십 년 동안 어떻게든 날 죽이고 싶어 안달이 난 사람들 속에서 아저씨는 혼자 날 지켜냈다고. 설마하니 날 향한 음모가 지난번 한 번뿐이었다고 생각하는 건 아니겠지?"

"…많았어요?"

하연이 다시 물었다.

"열다섯 살 넘으면서부터는 더 이상 세지 않았지. 크고 작은 위협들이 한두 번이 아니었으니까. 하지만 그때마자 바루호 아저씨가 모든 걸 조용히 해결했어. 아마 그래서 아버님께서 바루호 아저씨를 내게 보내주신 거겠지만. 그러니까… 사실 우리 오대의 소룡 형제들은 아주 대단한 조력자를 얻은 셈이지."

두굴이 빙긋 미소를 지었다.

그러자 다시 하연이 뭔가를 물으려는데, 두굴이 손가락을 입에 대며 재빨리 말했다.

"그만하지. 아저씨는 누가 자기에 대해 이야기하는 걸 좋아하지 않으니까."

두굴의 말에 하연이 시선을 돌렸다.

어느새 바루호가 투박한 가죽으로 둘둘 만, 한 덩어리의 술통을 들고 오두막 앞을 향해 걸어오고 있었다.

두굴은 술을 잘 마시기만 하는 사람이 아니었다. 그는 술을 잘 담그기도 하는 사람이었다.

물론 그가 봄섬에서 담근 술이 석림도를 떠날 때 가져왔던 백림주에 비할 바는 아니었다. 백림주는 마개를 여는 순간부터 주향으로 모든 사람들을 황홀하게 만드는 천하의 명주. 그에 비견되는 술은 찾기 힘들다.

하지만 두굴이 봄섬에서 담근 술 역시 대단했다. 시장에 나가서 팔면 주당(酒黨)들이 줄을 서서 마실 만큼 괜찮은 술이었다.

그래서 모닥불을 사이에 두고 술잔을 기울이기 시작한 이후, 두굴이 술을 마시자고 제안한 것을 비난하는 사람은 더 이상 없었다.

그의 오랜 호위무사 바루호까지도 한 잔 술을 얻어 마신 후에는 잔소리를 거둬들일 정도였다.

두어 잔의 술이 사람들에게 돌아가자 소독이 입을 열었다.

"석 대장님 파나류에 들어가면 어디로 가야 하는 것입니까?"

여전히 빛의 술사가 언급한 비밀스러운 세 곳의 인연지(因緣地)에 대한 정확한 정보는 석와룡만이 가지고 있었다.

물론 다른 두 곳, 사자의 섬과 무산열도 북쪽 외진 섬의 장소는 각기 무리를 이끄는 전위와 악룡에게 전해진 상태였지만, 소룡오대가 향하고 있는 파나류의 인연지에 대해선 아직 정확한 장소가 공유되지 않고 있었다.

"나도 정확한 위치를 아는 것은 아니네. 다만 열화산 인근까지 가야 하는 것은 분명하네. 열화산 근처에 가서는 이 그림이 도움이 되길 바라야지."

석와룡이 품속에서 한 장의 양피를 꺼냈다. 그 위에 지도인지 그림인지 정체가 모호한 선과 그림들이 그려져 있었다.

산과 강, 그리고 그 경계들을 선으로 나타낸 지도였다.

"이것이 촌장님께서……?"

소독이 물었다.

북창의 옛 신전이 바다에 수몰되었으므로 지도의 출처가 궁금했던 것이다.

"맞네. 촌장께서 기억을 되살려 그리신 것이네."

"후… 그렇다면……."

소독이 말꼬리를 흐렸다.

사람의 기억, 그것도 몇 년 지난 기억을 믿고 가기에는 너무 멀고 위험한 길이었다.

"지도의 정확성은 걱정 마시게. 촌장께선 한 번 본 것은 쉽게 잊지 않으시는 분이네. 더군다나 신전의 그림과 글들의 중요성을 알기에 북창의 촌장님들은 대대로 신전의 글과 그림을 거의 외우다시피 살펴봤다고 하시더군. 그러니 아마도 이 지도는 신전에 있던 지도를 거의 완벽하게 재현하고 있을 걸세. 오히려 문제는……."

"다른 문제가 있나요?"

이번에는 하연이 물었다.

"음, 이 지도는 정확하지만 이 지도가 나타나는 지역을 찾아가는 것이 문제이네. 신전에 기록된 글에는 불타는 불의 대지 아래 차가운 신의 신전이 있다고 기록되어 있고, 그곳이 서역, 그러니까 파나류 서쪽을 지칭한다는 것이 촌장님의 해석이었지."

"그래서 열화산으로 가는 것이군요. 열화산은 북쪽에 위치하고 높은 봉우리를 가지고 있어서 그 주변에 만년설이 쌓일 정도로 춥지만, 그 정상은 화산으로 인해 뜨거운 열기가 뿜어 나오는 곳이라고 들었지요."

하연이 왜 소룡오대가 열화산으로 가야 하는지 이해하겠다는 듯 고개를 끄떡이며 말했다.

"그렇다네."

"그럼 배를 타고 파나류 서북쪽 해안까지 진출하는 것이 낫겠군요."

사비옥의 차분한 표정으로 말했다.

그러자 석와룡이 고개를 저으며 말했다.

"거리로 보자면 그렇지만, 우린 청류산 부근에서 육지로 들어가야 하네. 서북쪽 해안에서 열화산으로 가는 길이 없네. 물론 길이 없다고 가지 못할 것은 아니지만, 그 지역은 제대로 여행해 본 사람이 없는 지역이지. 곳곳에 건널 수 없는 깊은 계곡과 절벽, 그리고 끝을 알 수 없는 무저갱이 존재하네. 땅 밑으로는 열화산에서 시작된 불의 강이 흐르고 있다고도 하고. 반면 청류산에서 열화산까지는 멀고 험하긴 하지만 그나마 길이라는 것이 존재하네."

석와룡의 말에 사비옥도 고개를 끄떡였다. 괜히 짧은 길을 택하려 했다가 오히려 길이 막힐 수도 있기 때문이다.

"청류산에서 열화산까지는 여행해 보셨어요?"

문득 무한이 석와룡에게 물었다.

"그 근방까지는 가보았구나."

"와! 정말 여러 곳을 다니셨군요?"

"젊은 시절의 이야기지."

석와룡이 미소를 지으며 말했다.

"어떤 곳인가요?"

무한이 다시 물었다.

"글쎄… 그곳뿐 아니라 파나류 자체가 참 기이한 땅이지. 천국과 같은 곳도 있고, 지옥의 한가운데 들어온 것 같은 곳도 있지. 그나마 서쪽과 남쪽 땅에 대해선 거의 알려지지 않았고."

"왜 그곳에 대해선 알려지지 않은 거죠?"

"지형적으로 가기 힘든 곳이니까. 대륙의 동서를 북에서 남으로 길게 이어진 거대한 산맥들인 열화산, 곤모산, 대설산 등이 가르고 있지. 그 산들을 어렵게 넘어가면 이번에는 어떤 생명도 살지 못한다는 사막들이 즐비하지. 열화산과 곤모산 서쪽으로는 한열지, 대설산 남쪽으로는 파나류 대사막이 사람의 길을 막고 있다. 동남쪽 끝자락에는 타림사막도 있고."

"어휴, 무슨 사막이 그렇게 많아요?"

무한이 혀를 내둘렀다.

"파나류를 검은 대륙이라고 말하는 것은 사람들의 시야가 파나류 동북 지방에 한정되어 있기 때문이란다. 만약 서남 지방을 제대로 돌아본 사람이라면 검은 대륙이 아니라 열사의 대륙이라고 불렀을 거야. 그만큼 사막이 많지. 누구도 건너보지 못한 사막, 그러니 그 너머에 또 뭐가 있을지는 아무도 모른다. 아니… 독안룡 님은 아시려나?"

석와룡이 고개를 갸웃했다.

"선장님이요? 어떻게요?"

무한이 되물었다.

"몰랐느냐? 독안룡께서 젊은 시절 튼튼하게 만든 상선을 몰고 서북빙해를 지나 대마협을 통과하셨다는 사실을. 대마협을 통과하면 바로 파나류 서부 해안가에 도달하지. 사막의 반대편으로 나갈 수 있는 바닷길이란 뜻이다. 그러니 파나류 서쪽 끝도 보셨을 거다."

"그에 대한 말씀을 없으셨습니다."

소독이 말했다.

"본래 말이 없는 분 아닌가? 하지만 어쨌든 그곳을 여행한 분은 독안룡 님이 거의 유일하지. 다른 사람이 갔었다는 이야기는 듣지 못했네. 아무튼 결론은 이거네. 파나류는 예측 불가의 세계고 그래서 우린 조심해야 한다는 것, 그래서 길이 멀어도 그나마 가장 안전한 길로 자네들을 안내하겠네."

석와룡이 침착하게 자신의 뜻을 밝혔다.

"알겠습니다. 저희들은 석 대장님만 믿겠습니다."

소독이 대답했다.

그렇게 두굴이 술독을 푸는 것으로 시작한 저녁 술자리는 향후의 행로에 대한 진지한 논의로 이어지고 있었다.

그날 밤 소룡오대는 석와룡으로부터 파나류에 대해 많은 이야기를 들을 수 있었다.

그동안 그들이 가보지 못했던 땅이라 이 여행에 대한 알 수 없는 불안감이 존재했던 일행은, 석와룡의 이야기를 통해 그 불안감을 제법 해소할 수 있었다.

이룽섬에서의 휴식은 짧았다. 소룡오대는 정확하게 삼 일 동안 이룽섬에 머물렀다.

무한은 그 시간 동안 하연과 함께 그들이 머무는 숲의 경계까지 가보기도 했다.

하연의 말처럼 그 너머에는 거친 바위의 세상이 존재했다. 관목이래야 허리에도 오지 않았고, 서북 방향에서 마치 한겨울 같은 차가운 해풍이 불어와 사람을 견디지 못하게 했다. 이 섬이 봄섬보다 남쪽에 있다는 것을 믿을 수 없게 만드는 기후였다.

그러다가 다시 숲으로 들어오면 온화한 기온이 돌았다. 그럼에도 불구하고 섬에 정이 가지는 않았다.

사람들이 이 섬에 정착하지 못하는 이유가 척박한 환경 때문이기도 하지만, 섬 자체가 가지는 느낌 때문일 수도 있다는 생각이 들 정도였다.

그래서 삼 일째 되던 날 아침, 이릉섬을 떠나면서도 무한은 전혀 서운한 감정이 들지 않았다. 오히려 이릉섬을 떠나는 것이 다행스럽게 생각될 정도였다.

그렇게 정들지 않는 섬, 이릉섬을 떠난 일행은 검은 대륙 파나류를 향해 다시 바다를 건너기 시작했다.

*   *   *

그의 등 뒤로 단단하고 웅장한 검은 성이 세워지고 있었다.

아니, 정확하게는 성을 새로 세우는 것이 아니었다. 그곳에는 예전부터 성이 존재했다. 하지만 옛 성은 이름 없이 버려진 고성(古城)이었다.

파나류에서 이렇게 버려진 성들을 찾는 것은 그리 어려운 일이 아니었다. 흑라의 시대에 파나류의 성(城) 중 칠 할이 무너지고 파괴되었기 때문이다.

물론 그 이전에도 파나류의 성(城)들은 오래 유지되는 경우가 드물었다. 그만큼 거칠고 위험한 땅이기 때문이었다. 그래서 이 땅에 전통 있는 왕국이 서지 못하는 것을 사람들은 당연하게 받아들였다.

그런 이름 없는 고성에 석 달 전부터 사람들이 모여들기 시작하더니, 석 달이 지난 지금은 완전히 새로운 성으로 탈바꿈되어 있었다.

하늘을 찌를 듯한 웅장한 첨탑이 세워졌고, 무너진 성벽은 본래의 높이보다 두 배 이상 높게 복귀되었다.

그 어떤 병기로도 뚫을 수 없을 것 같은 무거운 성문이 뻥 뚫려 있던 출입구를 막은 것도 성의 재건을 상징하는 일이었다.

멀리서 보면 이미 완성된 듯 보이는 성이지만 그 내부에서는 계속 재건이 진행되고 있었다. 그 거대한 성 앞쪽으로 펼쳐진 황량한 초지에 그가 앉아 있었다.

"전하라!"

검은 두건을 눈까지 내려써서 초지에 쏟아지는 강렬한 태양을 가린 신마성주 전마 치우가 그의 앞에 부복한 사내에게 말했다.

그러자 사내가 입을 열었다.

"이왕사후는 송강 하구에 집결하고 있습니다."

"송강 하구… 역시 사해상가가 중심이군."

"그렇습니다. 그곳에서 원정에 참여할 육주의 전사들을 불러 모으고 있습니다. 현재까지 모인 전사들의 숫자가 오천이 조금 못 됩니다."

"오천, 나쁘지 않군."

신마성주가 무심하게 고개를 끄떡였다.

"오천이 넘으면 둘로 나누어 삼천 정도의 병력을 선봉으로 바다를 건널 계획이라고 합니다."

"그럼 한 달 안에 출발하겠군."

"그렇습니다."

사내가 대답했다.

그러자 신마성주가 뒤에 서 있던 신마후 두 명을 불렀다.

"갈단! 룬!"

"예, 성주!"

두 명의 신마후가 신마성주 옆으로 다가와 고개를 숙였다. 그중 한 명은 얼음처럼 차가운 눈을 가진 여인이다.

"그대들 둘이 원정대를 상대한다. 사해상가가 중심이라면 원정대의 도착지는 금하강 하구다! 신마전사 일천을 주겠다."

"감사합니다, 성주!"

두 사람이 동시에 고개를 숙여 보였다.

삼천의 적을 상대하는 데 일천의 전사를 주겠다는 말은 사지(死地) 가라는 말과 같지만, 갈단과 룬이라 불린 여인은 진심으로 신마성주에게 고마워하는 것 같았다.

그건 그들에게 일천의 전사로도 육주의 삼천 원정대를 상대할 자신이 있다는 의미다.

"다얀, 반융, 석중귀!"

신마성주가 다시 세 명의 신마후를 불렀다.

"예, 성주!"

삼인의 신마후가 옆으로 다가와 고개를 숙였다.

"봄섬에서 세 척의 배가 은밀하게 출발했다. 그들의 정확한 목적지는 불확실하지만, 각기 무산열도 북방, 사자의 섬, 그리고 파나류 북서쪽으로 향했다. 그들이 움직인 목적은 확실치 않지만, 그것이 빛의 술사와 관련되었을 가능성은 충분하다. 북창 촌장 염호가 독안룡에게 있으니까. 그대들은 그 세 무리를 추격하라."

"예, 성주!"

"그들의 목적이 빛의 술사라면… 반드시 그 결과를 내게 가져와야 할 것이다."

"알겠습니다."

세 명의 신마후가 일제히 대답했다.

"성이 완성되고 육주의 원정대를 이 성 앞까지 끌어들일 수 있다면, 그리고 빛의 술사의 힘을 얻는다면… 위대한 신마성의 이름으로 그대들이 원하는 세상을 만들 수 있을 것이다."

『사자의 아들: 칸의 여행』 4권에 계속…